集英社オレンジ文庫

央介先生、陳情です！

かけだし議員秘書、真琴のお仕事録

せひらあやみ

JN054178

本書は書き下ろしです。

CONTENTS

プロローグ …… 6

第一話　あたし、ゆるキャラに憑かれちゃいました …… 9

第二話　思い出のお化け屋敷 …… 84

第三話　秋夜祭りと央介の過去 …… 156

第四話　四年に一度のまつりごと！
——選挙と住民《あたし》、どっちが大事？ …… 236

イラスト／カズアキ

央介先生、陳情です！
かけだし議員秘書、真琴のお仕事録

プロローグ

「……しかし、前の会社はずいぶん早く辞めちゃったんだねえ。どうしてこんなに続かなかったの？　陽野《ようの》さん」

訝《いぶか》るように、面接官が問う。まさに地獄、地獄の瞬間だ。

事実だし、訊かれて当然の質問だった――それなのに、陽野真琴《まこと》の心はグサッと削《けず》られた。

「あ、あの、そうですね……。始業前出勤と就業後業務の過多によって、体調を崩してしまい……」

会社を辞めることになったのは、真琴が至らなかったせいだと思う。仕事量が自分の容量《キャパシティ》を超えている。そう言えなかった。けれど、正直に説明しては、面接を通らない気がした。だから、無難に答えようと練習してきたはずだった。それなのに、あんなに頑張ったのに、なぜか嘘をついている気がして――。

結局上手《うま》く答えられず、真琴はとぼとぼと会社をあとにした。

（まただ。また、転職活動に失敗しちゃった……）

履歴書《りれきしょ》に貼ってある証明写真の真琴はいかにも真面目腐《まじめくさ》って、だけど自信がなさそうな顔をしていた。俯《うつむ》きながら歩いていると、……靴《くつ》の裏に嫌な感触が走る。

「っ……」

気がついた時には、犬だか猫だかの糞《ふん》を踏んづけていた。マナーの悪い飼い主か、それとも野良の仕業《しわざ》？　こういうのを、行政だか区だかはなんとも思わないのだろうか。

（……なんで？　なんで、あたしばっかりこうなの……？）

世の中の不条理に、なんだか泣きそうになってきた。……ああ駄目だ。泣いたら、もっともっと落ちてしまう。

（もう、泣くくらいだったらっ……）

これ以上悲しくなるのを防ごうとして、真琴は自棄酒《やけざけ》に走ることにした。気弱な割りに酒豪《しゅごう》の真琴は、飲酒だけは大好きなのだ。コンビニで酒類を買い込んでぐいっと呷《あお》ると、アルコールが五臓六腑《ごぞうろっぷ》に染み渡った。

（……もういいや。たまには好きなだけ自棄酒したっていいじゃない。今日はとことん飲んでやる――！）

飲んで飲みまくって、ふらふら夜の町を彷徨《さまよ》って――。

どのくらい経っただろう？

これまでずっと言いたいことも言えずに歳《とし》を重ねて、早二十云年《うんねん》。誰かの顔色ばかりを窺《うかが》って生きてきたような気がする。

けれど、いつもまわりの空気ばかり読んで生きてきた真琴がここまで鯨飲《げいいん》に励《はげ》んだのは生まれて初めてだった。辞めた職場や社会に対する苛立《いらだ》ちに、感情が振り切れてしまったのかもしれない。じろじろと視線を送ってくる深夜の徘徊《はいかい》老人をにらみ返し、爺《じじい》が慌てて退散するのを見て、真琴はケラケラと笑った。もう、ほとんど無敵みたいな気分だった。

いつの間にか人気《ひとけ》のない場所に出ていた真琴は、ふいに誰かにぶつかられた。悪酔いしているせいか、普段なら先に来るはずの恐怖よりも、まずカッとなった。

「なによ、女が一人で道端で酒飲んでちゃ悪いわけっ……？」

真琴は、相手も見ずに悪態をついた。しかし、相手は無言で寄りかかってくる。まさか痴漢《ちかん》だろうか。酒の勢いと行き場のない怒りに任せ、真琴は力いっぱい相手を振り払った。

「離れなさいよ、このっ……！」

だが、なぜだろう――その痴漢の体はいやに軽かった。ぎょっとする間もなく、痴漢もろとも猛烈な勢いで地面に衝突し、……真琴は意識を手放した。

第一話 あたし、ゆるキャラに憑かれちゃいました

（……あれ？　あたし、今、なにしてるんだっけ……？）

夢でも見ているのだろうか。ぼーっとしていると、ふいに誰かの声が聞こえた。

『――まったく、この姉ちゃん、やってくれたもんだぜ。呑気《のんき》にグースカ寝やがってさ、腹が立ってしょうがねえなぁ！』

なにやら酒焼けしたような濁声《だみごえ》だった。それを嗜《たしな》めるように、ひんやりとした声が続く。

『相変わらず短気ね、ドラさんは。そんなに怒って、なにか変わるのかしら？　けど、いったいどうしましょうか。可哀想《かわいそう》に……。この子、間違いなく――祟《たた》られるわね』

ぎょっとしていると、また別の声が響いた。

『まあまあ、ドラさんもシロさんも落ち着いて。そう簡単に結論づけなくてもいいじゃないですかぁ。確かにこのお姉さんは、ずいぶんと罰当《ばちあ》たりなことをしてくれちゃいました。でもね、まったくチャンスがないわけじゃないですよぉ』

丁寧《ていねい》だけれど、どこか甘ったるく、図々《ずうずう》しさのある声だった。

『チャンスがあるって、この子に？　冴えない普通の女の子にしか見えないけど』

『ま、なんでもいいけどさ。この姉ちゃんには、落とし前つけてもらわなくちゃな！』

『それじゃ、さっそく接触してみましょうか。……どうやら彼女、さっきから狸寝入りしているようですからね。聞き耳立てていたようですから、話は早いでしょうよ』

にゃっひっひと不気味な笑い声が響き、三者の手が不気味に伸びてくる。なんだかわからないが、急いで逃げなくては——慌てたところで、ふいに頬《ほお》を誰かに叩かれた。


「——嬢ちゃん嬢ちゃん、大丈夫か」

夢で聞いたあの濁声にどこか似ていた。……いや、ちょっと違うか。瞼《まぶた》を開けると、老人の日焼けした顔が真琴《まこと》を覗《のぞ》き込んでいた。いつの間にか、町はとっくに朝になっていた。

「目え覚めたみたいだな」ほっとしたように、老人は軽く微笑《ほほえ》んだ。「昨夜ずいぶん飲んでたみたいだから心配してたんだが、あんたこの辺の子？　怪我《けが》はないかい」

「ああ、ええ……」間の抜けた返事をして身体《からだ》を起こした途端、後頭部にズキッと強い痛みが走る。「……うぎえっ⁉」

「あーあー、やっぱり病院行った方がよさそうだな。だって、頭に派手なたんこぶできてるもん」老人が、肩をすくめた。「ちょっとうちの奴呼んで車まわしてくるから待ってな。まったく、あんたみたいな若い娘がこんなとこで泥酔《でいすい》してご当地ゆるキャラ像に引っかかって転んで寝てたなんて、親が聞いたら泣くぜ」

立て板に水の調子でそう言うと、色褪《いろあ》せたポロシャツを着た老人はさっさと歩き去っていった。真琴は眉《まゆ》をひそめて、首を傾《かし》げた。

「ゆるキャラ像……？」

真琴が倒れていたのは、駅前の賑《にぎ》わいから少し離れた線路前にある空《あ》き地だった。そばには、人間サイズの安っぽいプラスチック製の人形のようなものが無残にも地面に転がっている。どうやら、さっきの老人の言っていたご当地ゆるキャラ像とはこれのことらしい。

少々色褪せたペイント塗りのそのプラスチック人形は、猫をモチーフとしたもののようだ。縁起《えんぎ》のよさそうな猫が、手招きをしている。しかし、ただの招き猫ではない。愛嬌《あいきょう》のある三毛猫《みけねこ》の顔の両側には、別の猫の顔がそれぞれついていた。右側は片目の潰れた柄の悪そうなドラ猫で、左側は品のよさそうな白猫である。

台座に、なにやら説明が書いてあった。三面大猫天《さんめんだいねこてん》——通称〈猫天様《ねこてんさま》〉、だそうだ。由来を読むと、なんでも昔からこのあたりで祀《まつ》られてきた神様がモデルとなっているらしい。

しかし、いったいどうしてこの像は倒れているのだろう？

（……そういえば昨夜、正体不明の痴漢に遭遇《そうぐう》したような）

まさか、この惨状《さんじょう》は真琴の仕業なのだろうか？　青くなって、真琴は急いでプラスチック像を起こした。埃《ほこり》を払ってみると、どうやら昨日感じた勢いほどには傷はついてないようだ。ほっとしていると、車のエンジン音が聞こえてきた。

「お待たせ、嬢ちゃん。ほら、乗んな！」

前の通りに停まった軽自動車から、あの老人と奥様らしき老婦人が降りてきてくれた。

「あなた大丈夫？　泥酔して路上で寝ていたって聞いたけど、若い子がそんなことしちゃだめよ。頭の方はどう？　まだ痛む？」

「い、いいえ、大丈夫です。病院には一人で行けます」

「頭を打ったんなら無理しちゃ駄目よ。ほら、遠慮《えんりょ》しないでいらっしゃい」

親切な老夫婦に支えられながら、真琴は軽自動車に乗り込ませてもらったのだった。

丈夫な体に生んでくれた親に感謝すべきだろうか？　派手にたんこぶができただけで他は異状なしと診断されて会計を待っていると、あの親切な老夫婦がやってきた。

「ああ、よかった。その様子だと、重症ではないみたいね」優しそうな奥さんに言われ、慌てて真琴は立ち上がろうとした。「いいのよ、立たないで。お家には連絡した？」

「家のことは平気です、一人暮らしですから。助けていただいてありがとうございました」

「たまたま俺が通りかかってよかったよ。しっかし、なんだってあんなに飲んでたんだい？」

参った。初対面の人間に諸々《もろもろ》打ち明けるのはもちろん嫌だが、病院まで連れてきてもらった恩義がある。渋々、真琴は老夫婦に小さく打ち明けた。

「実は転職活動がなかなか上手《うま》くいかなくて、悩んでおりまして……」

「なんだ、自棄酒《やけざけ》か」

「ちょっと、お父さん」

「悪い悪い。本当にそれだけが理由なら、就職先を紹介できるぜ。当てがあんだよ」

「そんなのあるの？　お父さん」

「あそこだよ、あそこ。央介《おうすけ》先生のとこ」

「ああ、そういうこと」

先生？　真琴が首を傾げていると、彼は続けた。

「気が向いたら連絡してきなよ。条件はよかないけどさ、この辺に住んでる人たちの悩み相談に乗ったり、まあ、とにかく地元の人の役に立つ職場だよ。嬢ちゃんの場合、あんな自棄酒するほど思い詰めてんならとりあえず勤め先があった方がいいだろ」

台紙に連絡先を書きつけた使い捨てのポケットティッシュを真琴に押しつけると、老夫婦は去っていった。真琴は、二人の背中に深々と頭を下げた。


病院を出ると、暖かな春風がひゅうっと吹き抜けた。

（会社を辞めた頃は、まだ寒かったのに……）

真琴が無職になって足掻《あが》いている間に、世間ではこんなにも時が流れていたのだ。

中島区《なかじま》は、桜の多い町だ。でも、綺麗《きれい》なのは桜ばかりではない。これから、神社の敷地や公園にもどんどん花が咲き始めることだろう。このあたりは都内のベッドタウンだ。地価の関係で単身者世帯が多く、マンションやアパートがたくさんあった。エントランスにシンボルツリーを植えている真新しい建物も多い。

けれど、町を彩る花が増える度《たび》、それを楽しむ余裕がある人を見かける度、真琴は悲しくなる気がした。……なんだか、自分だけが取り残されている気がして。

家へ辿《たど》り着くなり、真琴はベッドへばったりと寝転んだ。小学生までこの町に住んでいたのもあって、真琴は一人暮らしの拠点をこの部屋に決めた。新卒で入った会社の残業時間があまりに強烈で、通勤時間を少しでも減らしたかったというのが大きな理由だった。

頑張ったのだ。真琴なりには。だからこそ、大きなため息が出てきた。

真琴は、あの老人から受け取ったポケットティッシュをぼんやりと眺めた。〈島原辰二《しまばらたつじ》〉という署名と一緒に、彼の連絡先が書きつけてあった。どうやら役所で貰《もら》ったものらしく、台紙には中島区役所のお堅い印字が並んでいる。隅にはなんと、三つの顔を持つ猫のゆるキャラが描かれていた。中島区公認ゆるキャラ、その名も三面大猫天。

「これって……、あの猫天様？」

真琴が首を傾げると、

『──あら、わたくしたちを呼んだかしら？』

ふいに、品はあるがどこかひんやりした声が返事をしたので、真琴はぎょっとした。

「えっ……!?」

慌てて顔を上げ、真琴はさらに大きく息を呑《の》んだ。

『こんにちは、お嬢さん』

突然部屋のど真ん中に現れ、しゃなりしゃなりと真琴に会釈《えしゃく》したのは、──美しい艶《つや》のある毛並みをした白猫だった。それも、人間大の。目にも鮮やかな朝顔柄の浴衣《ゆかた》を粋《いき》に着流し、凜《りん》と二本の足で立っている。神秘的なオッドアイが、真琴の顔を眺めていた。

「……ギャアアア!?」真琴は悲鳴を上げた。「だ、誰!?　よ、妖怪……っ？」

『はあ？　失礼ね。わたくしは妖怪なんかじゃなくてよ』

謎の猫人間が、律儀《りちぎ》にそう返事をしてきた。白猫の隣から、片目が潰れてやくざみたいな顔をした柄の悪いドラ猫が口を挟んできた。

『シロさんの言う通りだぜ。まったく、人間ってのは気が早くていけないねえ。いつだって、おれたちの話を聞く前に結論をつけたがる』

どこか島原に似た、人好きのする濁声《だみごえ》だった。そのドラ猫は、黒い浴衣をだらしなくはだけて、腹には晒《さら》しを巻いている。晒しの中にはドスでも隠していそうだった。

『えーっ？　短気者のドラさんにだけは言われたくないと思いますけどぉ』

最後に割って入ってきたのは、どこか甘ったれた声の三毛猫だった。一人だけ浴衣ではなく、矢絣柄《やがすりがら》の入った紺地《こんじ》の半纏《はんてん》姿だった。

『だけどよぉ、ミケさん。この姉ちゃんにゃ、やっぱり挽回《ばんかい》なんかできないんじゃねえのかい。ずいぶん根性なさそうな腑《ふ》抜《ぬ》け顔をしてるぜ』

白猫のシロさん、ドラ猫のドラさん、三毛猫のミケさんと続いたところで、やっと真琴は声を上げた。

「な、なんなのよ、いったい⁉　これ、夢なの⁉　……うぅ、痛たたたたたぁ……」

昨夜強く打ったところが痛み、真琴は後頭部を押さえた。立派なたんこぶができている。

これのおかげで、見えてはいけない幻覚が見えるようになってしまったのだろうか？

『違えよ、早とちりすんなって。おれたちは姉ちゃんに大事な話があって現れたんだよ』

ドラさんが真琴に詰め寄ってきたかと思えば、シロさんが念押すように続いた。

『あなた、昨夜三面大猫天のご当地ゆるキャラ像に罰当たりなことをしたでしょう？』

『そうそう』

ミケさんも頷《うなず》く。真琴は、奇妙な猫面人身の三人組にすっかり囲まれてしまっていた。

「……あ、あなたたち、いったい何者なの……？」

『神よ。話せば長いんだけどねえ。わたくしたちは、もとは古くからこの地に祀られていた三位一体の土地神だったのよ』

シロさんが、やれやれとばかりに首を振った。隣のミケさんも同調する。

『ですが、世知辛《せちがら》いですねえ。世の流れというやつかどうか、最近では手を合わせてくれる人もお社《やしろ》すらもなくなって、野良神になりかけてたんです』

『いくら神でも、居場所がねえとどうにもならねえ。お社もねえから、仕方なく、おれたちをモデルにして作られたあの依《よ》り代《しろ》に強引に入ってたのよ』

ドラさんに説明されて、真琴は首を傾《かし》げた。

「依り代って……、あのプラスチックの像が？」

『おうよ。ま、ちょっと格は下がっちまったけどな。いわゆる付喪神《つくもがみ》ってやつさ。お誂《あつら》え向きにも、ありゃこの地を盛り上げるために作られた像だっていうしな』

『だけどねえ。せっかくあの像の中で御役目をもう一度果たそうと誓い合っていたところだったのに、お嬢さんが勢いよく押し倒してしまったでしょう？　おかげで、わたくしたちはあの像からぽろんとはみ出してしまったのよ』

『いたいけなぼくらには、もはやあの像に戻る力はありません。ぼくらは、あなたに責任を取ってもらうためにここへやってきたんです。これからよろしくお願いしますね』

　ドラさん、シロさん、ミケさんの三人組ならぬ三匹組に言われ、真琴は、目を皿のようにしてまじまじと彼らを見つめた。ドラ猫、白猫、それに、三毛猫。そういえば、あの三面大猫天の像には、こんな猫たちの顔が刻まれていたようだった。

「……いや嘘でしょ、そんなはずないったら！」

『えへへへ。いいんですよ、無理して現実を受け入れなくても。そうしたら、ぼくらずっと、ゆるキャラ像の代わりにあなたに憑《つ》いているだけですからねぇ。あっ、心配なら病院に行ってくれても結構ですよ。拝み屋さんにも行きたければ行ってみてください。付喪神からさらに格を落としたとはいえど、ぼくらは神ですからね。科学の力を使っても非科学の力を使っても、人間ごときに祓《はら》い落とすことなんてできやしませんから』

ミケさんのつらつら続く刑罰確定のような宣告に、真琴は眩暈《めまい》がした。

「そんな……。つまり、あなたたちは、……夢じゃないの？」

『その通りさ。いいかい、姉ちゃん。おれたちゃ、人間たちに頼られなくなってほとんど神通力《じんつうりき》を失っちまってるんだ。だけどよ、この地に住む人間の悩みを聞いたり、役に立つことで、神通力が戻るはずなんだ。姉ちゃんがちょいとおれたちの代わりを務めてくれりゃ、きっとまたおれたちもあのゆるキャラ像の中に戻れると思うんだよな』

ドラさんが腕組みしてうんうん頷くと、シロさんが付け加えた。

『ま、一番簡単なのは、この土地に住む人々の力になることね。他には、あなた自身もこの地に住んでいるのだから、あなたという人間をこの上なく幸せにしてもいいんだけど。不器用に不器用を重ね着したようなあなたには無理そうね』

『そう言うなって、シロさん。自分をこの上なく幸せにするってのは、難しいようで難しくないもんだぜ。な、姉ちゃん。見たとこあんたが抱えてる悩みはあれだろ、世にはびこる法を免れてのうのうと生きている悪人に対する怒りと憤《いきどお》りだろ？』

「え、違いますけど」

『いやいや、おれにゃわかってんのよ。勘違いだったけど、昨夜の痴漢《ちかん》に対する活《かつ》は強烈だったもんなあ。いっそ、善行ついでに現代の必殺仕事人になるってのはどうだい？　悪人に痛い目見せてやりゃあスカッとして姉ちゃんもハッピーだし、この土地から悪人を追っ払えれば土地の役にも立つ。一石二鳥《いっせきにちょう》の裏稼業《うらかぎょう》だぜ』

ドラさんが勝手に決めつけるように言うと、ミケさんが大げさに驚いてみせた。

『えーっ？　そんなことしたら、また怪我《けが》しちゃいますよぉ。それよりね、お姉さん。無理しなくていいんですよ。あなたはそのままでいいんです。ええ、ええ、これはやっぱり夢なんですよ。この土地に住んでいる人間の役になんか立たなくてもいいんです。悩みがあるなら、おのおのてめえらで解決すればいいんですよ。自己責任です。だからね、これから死ぬまで仲良く暮らしましょう。えへへへ、ぼくの好物、珍味のジビエを使用した高級猫用おやつでお取り寄せ品なんですけど、毎日お供えしてくれますよね？』

微笑《ほほえ》むミケさん、豪快なドラさん、辛辣《しんらつ》なシロさんをそれぞれ見比べて、真琴は叫んだ。

「あ、あなたたち、なんでそんなに意見が違うのよ⁉　三位一体の同じ神様なんでしょ⁉」

『と、言われましてもねえ。お社を失ったぼくらは、神通力を失っていくと同時にどんどん荘厳さも失くしてしまったようで。今では言うなれば亜人ならぬ亜神《あしん》、準教授ならぬ準神《じゅんしん》、猫ちゃん以上神様未満というのが正しいところなんです。今となっては、手を合わせてもらっても、なかなか上手《うま》くご利益を与えることもできませんで。だからああして、ゆるキャラ像すらも誰からも見向きもされずに廃《すた》れるばかりだったわけです。だけど、それぞれ自分の担当分野では頑張ってたんですがねえ。――ミケさんこと、このぼくが担当するのは、〈逃避〉です。えへへへ、辛《つら》くなったら逃げればいい。なぁに、この国はなんかんや優しい国です。なんとでもなりますよ』

『このドラさんが司《つかさど》るのは〈本意〉さ。生き物の原動力よ。常識に囚われちゃいけねえ。おめえさんは思った通りの心のまま、本意のままに生きるべきなのさ』

『わたくしシロさんは〈理《ことわり》〉。理屈、正しき道を諭《さと》すのが仕事よ。もちろん、手を合わせた人がどんなに苦しんでいて辛い時でも容赦《ようしゃ》なく正論で叩き落とすわ』

……どれもこれも、聞き慣れない担当分野だ。どうやら、彼らは神としても相当ニッチな存在だったらしい。道理で、真琴が一緒に倒れ込んだゆるキャラ像もずいぶん色褪《いろあ》せて手入れもされていなかったわけだ。

『おや？　今不遜《ふそん》なことを思いませんでした？　祟《たた》りますよ』

「お、思ってないわ」慌てて首を振って、それから真琴は腕組みをした。「それで、あなたたちに離れてもらうには、具体的にはなにをすればいいの？」

『本当になんにも聞いてない子ねえ』呆《あき》れたように、シロさんが額に手の肉球を当てた。

『だから言ったでしょう。この土地に住んでいる人たちの力になって、わたくしたちに神通力を取り戻させてほしいのよ。――ね、お嬢さん。この土地に住んでいる人間の役に立ちそうな仕事を紹介されたんでしょう？　今の状況にぴったりじゃない。あなたが土地の人の役に立てば、わたくしたちも力を取り戻せるの。どんなに些細でも、人から感謝されることがわたくしたちの力になるからね。ドラさんじゃないけど、一石二鳥よ』

「でも……。なにか、変な仕事だったら？」

『その時は逃げたらいいでしょ。やる前から考えすぎるの、あなたの悪い癖《くせ》よ。さあ、その重いお尻を上げて、当たってお砕《くだ》けなさい』

『粉々にな！』

『骨は拾ってあげます』

「砕けたくないんですけど……」

ぶうたれたあとで、真琴は目を瞬いた。真琴が腹を決めたのを悟ったのか、三匹の猫天様の姿があっという間に消え去ってしまったのだ。気がついた時には、真琴は一人で部屋の真ん中にたたずんでいた。拾い上げたポケットティッシュに描かれた猫天様が、真琴を見てにんまりと笑っているようだった。

猫天様に祟られて、本当におかしくなっては堪《たま》らない。仕方なく、真琴はそこに書かれた電話番号にかけてみることにした。それが、すべての始まりだとは、まだ知らずに。

「うわ、ここかぁ……」

島原が教えてくれたその住所は、駅から徒歩約十五分。昭和中期頃に建てられたであろうことを優に知ることができる、みすぼらしい外観の襤褸《ぼろ》アパートだった。

この古めかしい職場《アパート》を見ては、働きたいと思う若い女性はほぼ存在しまい。踵《きびす》を返そうか迷っていると、ぽんと肩を叩かれた。

「待ち合わせ時間きっかり十分前。こんな早く来るなんて、あんた見た目通り真面目《まじめ》だねえ」おそるおそる振り返ると、あの島原老人だった。「あの時の怪我はもう大丈夫かい？」

「は、はい、平気です」

「さ、説明は中で聞きな。大丈夫、難しいことはなーんもねえからな！」

アパート一階に位置するその部屋は、雑誌や本や書類が山積みになった小さな事務所のようだった。

奥からのそのそと現れたのは、無精髭《ぶしょうひげ》を伸ばしたボサボサ髪の男だった。長い前髪が目もとを覆《おお》っていて、顔がよくわからない――が、顔色は異常に悪い。

「あ、どうもおはようございます。島原さん」

「また徹夜かよ、央介先生。飲み歩いてたんか？　それともゲームかい」

「へへへ。どっちもです」

島原にどやされ、央介と呼ばれた男は子供のように笑って頭を掻《か》いた。まるで、教師と生徒――いや、老舗《しにせ》居酒屋の店主と常連客みたいな空気感だ。と、央介と目が合った。

「あれ、もしかして、彼女がうちで働きたいっていう方ですか？　ずいぶん若そうだけど」

「そうなんだよ。えーと、名前は」

「陽野《ようの》真琴です」

「そうそう、真琴ちゃん。彼女、就職難民なんだよ。央介先生んとこでしばらく雇ってやってくれないかい。なんといっても受け答えが真面目だし、親御さんに貰《もら》った体も頑丈なんだから。なにせ、酔っ払って罪もない老人にガンつけて、そのまま道端で朝まで寝てられるぐらい……」

「いや、あの、島原さん！　その話は！」

「そうかい？　そんじゃ、その辺はおいおいな。酒癖は悪そうだからそこだけ気をつけてやってな。それ以外はしっかりしてそうないい子だから」

「しかし、本当に彼女は僕のやってる仕事内容を知ってるんですか？　うちみたいな仕事は、合う合わないがかなりあると思うんだけどなあ」

「大丈夫だって、この子なら」島原が強く真琴の背を押す。「真琴ちゃんの住んでるとこ、近いんだろ？　なら、央介先生のお客さんじゃないか。困ってる町の人を助けるのがおまえさんの仕事だぜ。なあ真琴ちゃん、この央介先生はこういう抜《ぬ》けてる先生なんだけどさ。次の職場が見つかるまで力になってやってくれよ。あんたみたいな真面目そうな子がついてると、俺も安心なのよ。これも人助けと思ってさ」

「はあ……」

人助けという言葉に、今の真琴は弱い。そのために、重い腰を上げてやって来たのだ。

「じゃあ、そういうことであとはよろしくな。またちょくちょく顔出すからよ！」

真琴が納得していると思ったのかどうか、島原はさっさと去っていってしまった。

「――えっと、きみ、僕のことは知ってるんだよね？」

「はい。……はい？」

央介に当然のように確認され、真琴はきょとんとした。もしかして、彼は有名人なのだろうか。まさか、売れない芸能人とか？　口下手《くちべた》な割りに脳内だけはくるくるまわる真琴は、目を白黒とさせた。普通に答えていいのだろうか？　正直に全然知らないと答えたら、不快にさせてしまうのではないか……。迷いに迷って、真琴は曖昧《あいまい》に答えた。

「えっと……。どこかで見たことがあるような、……ないような」

「ええっ？　ないの？」案《あん》の定《じょう》、央介は素《す》っ頓狂《とんきょう》な声を出した。「……いや、彼女は今時の若い子だから、僕らの世界に興味がないのかも？　じゃ、おいおい知っていけばいいから。できたら真琴ちゃんのお友達にもぜひ知らせてね！」

がっかりした二秒後には復活した央介が、真琴の手を握ってぶんぶん振りまわした。猛烈な速さの距離感の詰め方だ。どうやら、この男は、真琴とは正反対の性質を持っているらしい。……しかし、いったい彼は、何者なのだろう？

すると、彼は壁に貼られた謎のチラシをこんこんと叩いた。そのチラシには、誰かのポートレートが大きく印刷されていた。

「ほら、見て。この人が僕なんだよ」

「……えっ？」

驚いて、真琴は目を凝《こ》らした。壁に貼られたチラシに、ドーンと印刷された顔。

真琴は、何度も写真に映った端整な顔立ちの仕事ができそうな男と目の前に立つボサボサ頭の男とを見比べた。こういう写真ではライティングやメイクや加工は常套《じょうとう》手段なのだろうが、よくよく観察してみると、どうやらぎりぎり同一人物のようだ。

名前は、幸居央介《さいわいおうすけ》。——政治家、らしい。

キャッチコピーは、〈愛と勇気〉。顔がパンの正義のヒーローを髣髴《ほうふつ》とさせる。しかし、政治家の割に具体性ゼロだが、いいのだろうか？　目を細めて、真琴はチラシに印刷されている細かい文字を読んでみた。

「……えっと、区議会議員？　というと、この中島区のことですか？　国会じゃなくて？」

「そう。僕がやっているのは、地方議員なんだ。行政区画の最小単位、市区町村のうちの区を担当する議員ってわけ」

底意のなさそうな顔で、央介が説明してくれた。しかし、国会議員ならともかく、地方議員だとか区議だとかと言われてもちっともピンとこない。彼がなにを仕事としている人なのか、まったく想像がつかなかった。央介は、真琴の疑問に構わずにこにこ続けた。

「僕みたいな地方議員は秘書を置かない人がほとんどなんだけど、島原さんの頼みじゃ断れないよね。今日からきみは、この中島区議会議員、幸居央介の秘書だ。よろしくね」

「——とりあえず、事務所の整理をお願いしようかな。僕はシャワーを浴びてくるから」

しっちゃかめっちゃかな事務所を背にし、央介は颯爽《さっそう》とユニットバスに消えてしまった。

わけもわからないまま一人取り残されて、真琴はあらためて事務所を眺めた。

古いカーペットが敷かれた十畳《じょう》はありそうな部屋に、応接用のデスクの他に、古びたソファとパソコンデスクがあった。本棚《ほんだな》が壁をズラリと占拠して、窓はほとんど塞《ふさ》がっている。風通しは悪そうだが、その代わりに玄関のドアは開けっ放しである。古い電気コンロのあるキッチンや、小さな流しが奥に備えつけられていた。

「古い資料もね、捨てないで。この町の歴史を知るのに必要なことがあるから……」

ユニットバスから、シャワー音と一緒に声がする。真琴はシャワー室に声をかけた。

「あのう、幸居先生――」

「先生はやめてくれるかな。なんか親しみがないじゃない？」

「でも、政治家なら先生と呼ばれるものでは……」

「だけど、あんまり好きじゃないんだよね」

「ええと、それじゃ、幸居さん。古い資料を捨てないとなると、なんにも片づかないかもしれないですよ」

「いいのいいの。とりあえず、来客の時に邪魔にならなければいいから」

雇い主のいい加減な指示に肩をすくめていると、央介のビラの上に目が留まった。

「……政治活動報告書？」

そのビラには、事務所に貼ってあるものと同じ写真が使われていた。ビラは二つ折りになっていて、一番目につくところにつらつらと小さな字で央介の略歴が書かれていた。

幸居央介。都内の四大卒業、独身。大学卒業後、海外放浪を経て中島区議に立候補――この辺の経歴はかなりざっくりしている。生まれも育ちもこの町。前回の統一地方選挙で当選した新人無所属議員で、年齢は二十九歳。

「あの先生、案外若いんだ。なになに……政治信条？　これが、あの先生の売りポイントってことかな？」

〈町のなんでも屋さん〉、〈なんでもご相談ください〉、〈地域の困りごと解決します〉。……どうしてだろう？　ここまで並べられると、却《かえ》ってなんにも解決しなさそうに感じるのは。

真琴は、応接テーブルに山積みになっている他の政治家たちのビラも眺めてみた。

「……あれえ？　この人が挙げてるのは、政治信条じゃなくて公約？　だけど、ここの先生と違って一つだけなんだ」

受け狙いや売名行為で、突拍子もない公約をたった一つ掲《かか》げる色物候補というのはどこにでもいる。しかし、地方議員はそういう感じとも少し違うようだ。得意分野たった一つを武器に切り込んでいる候補が数人いるのだ。たとえば、サラリーマン候補なら、〈満員電車の解消〉。お母さん候補なら、〈遊び場の充実〉。

真琴が首を捻《ひね》っていると、ふと聞き覚えのある濁声《だみごえ》が玄関のあたりから響いた。

「――あーあー、姉ちゃんは本当にツイてねえな！　なかなか面倒そうな職場に当たったじゃねえか。だからおりゃ、人知れず地元の悪を斬る必殺仕事人になれって勧めたのによ」

ぎょっとして振り返ると、開け放たれたままの幸居事務所の玄関口には、いつの間にか黒い浴衣《ゆかた》姿の男が寄りかかるように立っていた。浴衣の前はだらしなくはだけていて、腹には晒《さら》しを巻いている。そして、極めつけには片目に黒い眼帯が……。

「あ、あ、あなた誰ですか……⁉」

「姉ちゃん、おめえさんが一番よくわかってんじゃねえのかい。――おれだよ、おれ」

真琴の前に顔をぐいっと突きつけてきたその男の顔が、束の間、あの片目の潰れた柄の悪そうなドラ猫に変わる。くわっと開いた口に牙が光り、真琴は息を呑《の》んだ。

「……や、やっぱりドラさんなの？　こんなところに、いったいなにしに現れたのよ⁉」

「決まってんじゃねえか。このなんとかいうセンセイの仕事についてなんも知らないおめえさんのために、残り少ない神通力《じんつうりき》をやり繰りして降臨してやったんだろ。他の二人は以前手を合わせに来てくれた奇特な人間のところに行ってっから、今回はおれだけさ。ま、せいぜい感謝してくれよな。……えーと、なんの話だっけか。ここのセンセイの仕事はーっと」図々《ずうずう》しくも真琴の新しい職場へ居座ろうというのか、人間の姿に戻ったドラさんがドカッと椅子《いす》に座り込んだ。「お、これか。へえ、地方議員ね」

「だ……、だけど、ドラさん、議員だとか行政のことについてなんて知ってるの？」

「まあ、おれだってこの辺りを見守ってきた神さんの端《はし》くれだからよ。なんでも聞きな」

「えっと……、じゃあ公約について聞いていい？　区議候補の中には掲げてる公約が一つだけの人がいるんだけど、理由、わかる？」

「ほいほい、ちょいと待ちなよ」袖《そで》の下からなにやら小さな手帳を取り出すと、ドラさんはぱらぱらと捲《めく》ってにらめっこを始めた。「えーと、なになに？　……どうやら、選挙区の規模に鍵《かぎ》がありそうだぜ。ちょいと、前回の中島区議選挙の得票ランキングを調べてみな」

「得票ランキング？」

　ドラさんに言われるがままに、真琴はスマホを取り出した。直近中島区議選、選挙結果――なるほど、前回の中島区議選挙の当選者は有名政党所属の現職議員がほとんどらしい。反対に落選者は、無所属の新人ばかり。央介はといえば、最下位でぎりぎり滑り込み当選している。千五百少々の得票だ。

「ヒヒヒ。つまり、この小さな区では、千五百人の支持を集めれば議員になれるっつーことだ。人間の世ってのは面白いもんだなあ。支持してくれる千五百人の内訳は、有権者であればなんでもいいらしいぜ。極端な話、サラリーマン千五百人でもよければ、お母ちゃん千五百人でもいいっつーわけだ」

「あ、そういうことか。それで、掲げる公約を絞《しぼ》る候補者がいるってわけね」

「しかし、これが選挙区の広い、たくさんの得票が必要な都議や首長だとそうはいかねえ。都議選に当選するともなれば、最低でも二万票は必要だそうだ。中島区長選なら三万票以上ってとこかね。一つの有権者層に絞った公約を掲げて選挙活動をすれば、他の層を全部捨てることになる。選挙活動に相当な自信がないとできねえ芸当ってこった」

「ははぁ……」

それで、大きな選挙区で戦う政治家たちの掲げる公約は、あらゆる有権者層が求めている理想的な、そして、やや個性に乏《とぼ》しい内容になってしまうわけか。つまりは、選挙区が小さいほど、住民の細かな要望まで掬《すく》い取ることができる。反対に選挙区が広いと、もっと大きな視点で住民の暮らしやすさを考えないとならないということだ。

加えて、知名度に絶対的な自信のある候補者の公約に特色がある理由もわかった。彼らは、自身の選挙活動に相当な自信があるということだ。

「地盤、看板、カバン、ってやつだな。地盤ってのは選挙区内の支持組織、看板は知名度、カバンは資金のことを差すらしい。選挙で勝つための大きなポイントなんだってよ」

「あれ？　だけど、総理大臣って国会議員が選ぶよね？　知事とか区長の場合は、地方議会の議員が選ぶんじゃなくて、有権者の投票なんだ」

「……おめえさん、そりゃ、ガッコの教科書に載ってるような一般常識じゃねえのかい」

「い、一応確認してるのよ」

「やれやれだぜ」嘆息《たんそく》を吐いて、ドラさんがまた手帳を調べてくれた。「えーと、日本の場合は地方議会と国会じゃ仕組みが違うらしいぜ。日本の国会は議院内閣制だが、地方議会と首長の関係は、むしろアメリカの大統領制に近いようだ。地方議会では、法案ではなく条例を制定したり、予算の計上や配分を議論するらしい。予算案や副首長なんかの人事は区議会の与党ではなく、首長が――中島区長が提案するらしいぜ。難しい言葉でいうと、首長の専権事項っつーんだってさ」

「ってことは、地方自治体では、首長が強い権限を持ってるのね」真琴はビラを見比べながら頷《うなず》いた。「じゃ、央介先生たちみたいな地方議員は、いったいどんな仕事をするの？」

「一言でいえば権力の監視っつーことだな。首長が出してきた予算案が適正かどうかチェックしたり、地域住民の暮らしをよりよくすることが、地方議員ってやつの存在意義らしい」

首長が独裁しそうになったら、央介たち議員が止めるというわけだ。真琴がドラさんにもっと詳しく話を訊こうとすると、ふいに背後から声がかかった。

「――どうしたんだい、真琴ちゃん。お客さんでも来た？」

話し声に気づいたらしい央介が、濡れ髪のまま大急ぎでユニットバスから出てきたのだ。

真琴がぎょっとしてドラさんの姿を隠そうとすると、央介がにこっと笑顔を浮かべた。

「ああ、いらしてたんですね、ドラさん」

「おう、央介先生、今日も暇潰しに来たぜ」

「うちの事務所にはなんにもありませんけど、ゆっくりしていってくださいね」

「……えっ、ええ!?」真琴は目を剝《む》いた。「お、お二人は、知り合いなんですか……？」

「そう。こちらは、銅鑼堂《ドラドウ》さん。みんなドラさんって呼んでるよ。最近このアパートに引っ越してきたんだ。うちの事務所のお隣さんだよ。なんでも、探偵業を営《いとな》んでるんだって」

「そういうこった。おれは自由業だからよ、日がな一日この辺をうろついてることもあるぜ。ま、おれもこのアパートじゃ新参者だが、わかんねえことがあったらなんでも訊いてくれや。姉ちゃん」どんな魔法、いや、神通力を使ったのか、ドラさんがしれっと言う。

「だけどよ、央介先生。慌てすぎだぜ。ほら、髪乾かして髭《ひげ》剃《そ》ってきなって」

「はいはい」

ドラさんに勧められて央介が再びバスルームへ消えると、真琴はドラさんに詰め寄った。

「ちょ、ちょっと、ドラさん……！　これはいったい、どういうことなのよっ」

「ヒヒヒ。姉ちゃんがあんまり頼りねえもんだからよ、このアパートに住人として暮らしてみることにしたのさ。ご近所さんの記憶も、ちらっと弄《いじ》っておいたぜ」

「……ってことは、まさか他の二人も？」

「あたぼうよ。あいつらも、そのうち姉ちゃんの前に姿を現すだろうぜ。だけど、神通力の方はもうほとんどすっからかんさ。小手先のことはともかく、大技は使えねえ。あとは頼むぜ、姉ちゃん」ドラさんは、無責任に真琴の肩をぽんぽんと叩いた。「さ、政治家秘書の初仕事だ。来客のおれに茶ぁの一杯でも淹《い》れてくれや」

「あ、ドラさんにお茶を淹れてくれてるんだね。やり方わかる？　僕が代わろうか？」

「いえ、お茶の淹れ方くらいなら、あたしにも……」

子供に対するような央介の声に振り返り、真琴は目を丸くした。央介の髪からは、まだ湯気が上がっていた。しかし、癖毛《くせげ》がいい感じに分けられ、髭も綺麗《きれい》に当てられている。

（おぉ……、これが政治家……）

思わず、真琴は感心した。まるで正義のヒーローの変身後みたいだ。派手な隈《くま》や顔色の悪さ、濁《にご》った眼《まなこ》さえ目を瞑《つむ》れば、央介の顔の造形はかなり整っていた。これなら、ビラに映る爽《さわ》やかな彼がこの男だと言われても納得がいきそうだ。

「どう？　シャワーを浴びてちゃんとすれば、ポスターに負けないくらいイケメンでしょ」

いや、自分で言うか？　確かに顔が整っているのは間違いないが、この自己肯定感はどこから来るのだろうか。

（……だけど、これもまた政治家ってやつ？）

呆《あき》れかけたが、ついつい悪癖が顔を出し、真琴は中途半端な愛想笑いを浮かべた。

「え、えへへ。そうですね、イケメン……」

すると、応接テーブルの方から、どかっと大きな音が聞こえた。はっとして目をやると、ドラさんが行儀《ぎょうぎ》悪く脚をテーブルに乗せている。その口が、音もなくぱくぱくと動いた。

『……はあ、やれやれだな。まったく見てらんねえぜ。おめえさんよう。本気でその央介先生がそんな二枚目なんて思ってんのかい』声もなく脳内に直接聞こえてくるドラさんの濁声《だみごえ》に、真琴は息を呑《の》んだ。『だってよ、おめえさんの好みは正反対だろ。お気に入りのアイツと真逆じゃねえか。そのスマホの中に住んでる、あの切れ者眼鏡《めがね》で中身は冷徹非道な――』

真琴は混乱した。なぜドラさんが、真琴がこよなく愛する某《ぼう》ゲームの推しキャラのことまで知っているのか。飲んだくれながら推しキャラと戯《たわむ》れて現実逃避するのが、真琴の密かな唯一の楽しみだった。真琴がぎょっとしているのを見て、央介があたりを見まわした。

「どうかした？　虫でも出たかな」

「い、いえ。あの、気にしないでくださ……」

『まあよう、袖《そで》振り合うも他生《たしょう》の縁《えん》というがな。姉ちゃんに憑《つ》いてる神としちゃ、おめえさんが同じ穴に陥《おちい》るのは見てられねえなあ。本心をあんまり我慢すると、まーたどん詰まるぜ。嘘も方便とは言うがよ、姉ちゃんの場合、度が過ぎるんだよな。どうせこのまま自《じ》縄自縛《じょうじばく》の人生ならさ、おれが手解《てほど》きしてやっから、いっそ今からでも必殺仕事人になって、我慢も欺瞞《ぎまん》も綺麗さっぱり忘れて法に裁かれぬ悪を本意のままに叩きのめして……』

どうやら、ドラさんは真琴以外の人間には聞こえない声も発することができるらしい。

（――もうわかったから、今は黙ってて！　でないと、あたしが変な人だと思われちゃう）

必死にテレパシー的なもので訴えると、伝わったらしく、ドラさんがニヤリと笑う。

『本音を言ってどうなるかは、言ってみなけりゃわかんねえぜ？　たまにゃ感情の赴《おもむ》くままに思ったことをぶつけなきゃ、鬱憤《うっぷん》が溜まっちまって仕方がねえ。そんなんじゃ、この央介先生の丁稚奉公《でっちぼうこう》も務まらないだろうぜ。ほれほれ、怖がらないで言ってみな』

〈本意〉とやらを司《つかさど》るというドラさんが、ようやく口をつぐんでくれた。

「大丈夫かい、真琴ちゃん。もしかして、怪我《けが》が痛むのかな……」

央介が、心配そうに真琴の顔を覗《のぞ》き込んでくる。イケメンのくせに、この央介はなんだかやたらと人が好い。これまで出会ってきた三次元のイケメンというと、調子に乗っていたり、真琴のような地味な人間にやたらと冷たかったりしたものだ。だから、こういうタイプが実在するとは、真琴にとってはUMA《ユーマ》の存在よりも信じがたい。

『おいおい、なんだそりゃ。ずいぶんと二枚目に対する偏見が激しいこったな。世にいる二枚目の中にゃ、この先生みたいな奴だって当然いるだろうがよ』

（……だって、会ったことがないものはないんだもの。あたしは、あたしみたいな人間にまで優しさ溢《あふ》れる対応ができるお人好しなイケメンよりも、元土地神で今はゆるキャラの付喪神《つくもがみ》になっちゃった猫天様の方がまだ現実味があるように感じるわ）

『へーえ。ま、なんにせよ、その意気だぜ。なーに、ちょいと性格改善をして生きやすくなって、代わりにこの事務所を追い出されたら、また新しい職場を探しゃいいんだ。ほれほれ、腹の底に後生大事《ごしょう》に抱えてるその本音、口に出して言ってみなって』

ドラさんに背中を押されて、真琴は腹を決めた。

（……よし、見てやろうじゃないの）

この男の標榜《ひょうぼう》する愛と勇気とやらが、本物なのかどうかを。

「……幸居先生」

「だからね、先生はやめてよ」

「やめないことにしました。雇われる以上、先生の方が呼びやすいですし、自分が呼びやすい方を優先します」

「それなら、せめて央介先生でどうかな」

「なぜですか」

「親しみというか、親近感が湧くじゃない。それに、僕のことを央介先生って呼ぶ人も多いから。何度言っても、みんなすぐに先生呼びに戻っちゃうんだよね」

どうやら、央介は呼称問題で過去にも揉《も》めて、敗戦を重ねてきたらしい。

だが、央介がこだわる理由がよくわからない。名前の呼び方というのは表面上のことであって、本質とは別な気がするのだが――。それ以上は言い返さずに、真琴は頷いた。

「わかりました。そこが妥協点《だきょうてん》ですね。央介先生」

「いいね。話し合ってお互いに納得できる妥協点を探し、利益を共有する。それが政治の目的でもある」よくわからない理由で、央介は悦《えつ》に入《い》った。「これを僕らの信頼関係の第一歩にしよう」

「それではですね、央介先生。呼び方について双方合意がなされたところで、央介先生の容貌《ようぼう》につきまして、勇気を振り絞《しぼ》って、あたしの意見を申し上げます。――央介先生の容姿は決して並以下ではないと思いますが、その写真の方が顔面偏差値は高いです」

　言ってしまったあとで、真琴は心臓を押さえた。普段他人の顔色ばかりを窺《うかが》ってきたから、こんな風に感じたことを口にしたのは本当に久しぶりだった。……いや、もしかすると、生まれて初めてかもしれない。しかし、慣れないことをしたせいで加減を間違えてしまったのだろうか。決死の覚悟で口にした真琴の率直《そっちょく》な感想に、央介は酷《ひど》く目を丸くした。

「えっ……、本当に?」央介は、端で見ていても可哀想《かわいそう》なほどに落胆《らくたん》した。「そう、そうか……。あ、いや、気にしないで。これからチームで働くからこそ、看板役としての僕に対する意見はきちんと聞きたいから――」

　その落ち込みように、真琴の方が慌てた。

（す、すみません！　やっぱりこっちの角度から見てみると、結構イケメン……）

　しかし、口に出す前に、央介はすぐに復活した。

「――まあ、人それぞれ好みはあるよね！」

虚を衝《つ》かれている真琴を見て、央介の後ろでドラさんがニヤッと笑った。

真琴は、目を瞬いた。そうか——こんなもんなんだ。どうやら、本音をぶつけてどう感じるかは相手次第ということらしい。相手がどう受け取るかに怯《おび》えて、臆病になりすぎていたようだ。だけど、口に出して言ってみなければわからないこともある、……らしい。

「そう……、人それぞれ、なんですよねえ」肩の力がどっと抜けた気がして、真琴はふと呟《つぶや》いた。「……だけど、別人というわけではないですよ。ちょっと顔色とかは気になりますけど、シャワーを浴びて髪をセットしたら、ちゃんと央介先生だってわかりますし」

「そう？」央介は、腕組みをして自分のポスターを眺めた。「あのね、ちょっと真面目《まじめ》な話をするよ。地方議員の任期は四年なんだ。だけど、四年間どんなに頑張っても最後の審判を受ける選挙期間はたった七日ばかり。投票所前に貼ってある選挙ポスター一枚で投票先を決める人も少なくない。だから、選挙ポスターはちゃんとしたものを用意せざるを得ないんだ。この写真、有名なスタジオで撮ってもらったんだけど、いくらしたと思う？」

金額を聞いて、真琴はぎょっとした。真琴の前の職場の一か月分の給料に近い額だ。

「このポスターの写真一枚で、そんなにお金がかかるんですか？」

「まあね。だから、他のところで頑張って節約してるんだよ。たとえば、僕はこのアパートの二階に住んでるんだ。島原さんに声をかけてもらってね」

「島原さんに？」

「この物件、島原さんたちがオーナーなんだよ。二人は二階の角部屋を使ってる……そうだ、きみに伝えてくれって島原さんに頼まれてたんだ。きみ、一人暮らしなんでしょう？　あのね、政治家って言っても僕は区議だから、都議や国会議員ほどお給料を出せるわけじゃないんだ。このアパートなら家賃も安いし、島原さんたちとか僕も暮らしてるから、防犯上も安心だと思う。通勤時間もゼロになるし、よければ引っ越してきたらどうだい」

「おう、いいじゃねえか。引っ越してきちまえよ、姉ちゃん。前の職場を辞めてから時間も経ってるんだろ。ぶっちゃけカツカツだろうがよ」

「ドラさんは、彼女のことをよくご存じなんですね」

「ヒヒヒ。まあ、姉ちゃんとは知らねえ仲じゃねえからな。それにほら、おれは探偵だろ？　面《つら》を見ただけでなんでもわかっちまうのさ」

　ドラさんが、央介に適当なことを答えている。央介は疑いもせずにあっさりと頷《うなず》いているのだが、詐欺《さぎ》にでも騙《だま》されないか心配なほどの人の好さだ。央介とドラさんの後押しにも乗せられて、ありがたく真琴はこの襤褸《ぼろ》アパートに引っ越してくることとなったのだった。

央介やドラさんの手伝いもあって、荷物の少ない真琴の引っ越しはすぐに終わった。

議会の委員会に一緒に出たり定期的に行っている街頭演説を手伝ったりして央介の事務所で働くうちに、町の桜は満開を迎えていた。この町は、本当に桜が多い。戦後の区画整理事業が植樹の始まりだそうで、大通りの両脇を飾る桜並木は名所として知られている。

「……でも、花びら掃除《そうじ》は大変なんだよねえ」

最近、掃除は毎朝の日課になっていた。昔懐かしい竹箒《たけぼうき》と塵取《ちりと》りを手に道路に散見するゴミを集めてまわっていると、だんだん、この町にも問題があるということがわかってきた。たとえば、道路にポイ捨てされている煙草《たばこ》の吸《す》い殻《がら》。小さな子供が口にしたら大変だ。それから――犬か猫かはわからないが、そっと放置された排泄物《はいせつぶつ》。これも、放っておいて自然になくなることはない。幸居事務所の秘書にならなければ、誰かがどうにかするのだろうと思って見すごしていたようなことばかりだ。

ふと顔を上げると、アパートの壁に政治家のポスターが貼ってあった。

「うわ、これ落書きされてるじゃない。眉毛《まゆげ》繋《つな》げられてる。しょうもない落書きだなあ」

「――まったく、くだらないことしやがるよなあ。まあ、暇潰しの悪戯《いたずら》なんだろうけどよ」

朝だというのに、地底から響くような濁声《だみごえ》だった。振り返ると、二日酔いでもしたのか、青い顔をしたドラさんが事務所の隣の部屋から出てくるところだった。

「おはようさん、姉ちゃん」いかにも猫らしい大きな欠伸《あくび》をしながら、ドラさんは真琴の隣に並んだ。「知ってっかい？　政治家のポスターへの落書きって、犯罪なんだってさ」

「犯罪って……。じゃあ、この眉毛を描いた人って、捕まっちゃうの？」

「政治活動の妨害は、民主主義の大敵らしいぜ。逮捕される場合もあるみてえだな」

「だけどさ、ドラさん。これ描いたの、子供だと思わない？」

可愛《かわい》く先が巻いた髭《ひげ》やらお洒落《しゃれ》眼鏡やらに、王道の鼻毛や虫歯の落書きは、明らかに幼くて子供っぽい筆致だった。もしかすると、逮捕されるような重罪とは知らずに悪戯描きしたのかもしれない。指でなぞると、インクが薄く滲《にじ》んだ。

「あ、水性インク。ふーん。こういう落書きって、油性でやるもんだと思ってた」

消えないインクを使わないのは、政治批判ではないからということだろうか――すると、その時だった。事務所の玄関先に、誰かが立っているのが目に入った。

「ヒヒヒ。……どうやら、央介先生と姉ちゃんの助けを求めて誰かが来たようだぜ」

「――央介先生、いらっしゃいますか？」そう声をかけてきたのは、スポーツウェアを上下に着込んだ年配の女性だった。「あら、ドラさんも今日はいらしてたのね。こんにちは」

「よぉ、こんちは！」

それは、真っ白な髪をきゅっと束ねたアクティブそうな女性だった。きりっとした目もとに見覚えがある気がして、真琴は彼女をじっと見つめた。そうだ——彼女は、先日真琴が居眠りしてしまった、厚生委員会という委員会に傍聴《ぼうちょう》に来ていた女性だ。ちなみに厚生委員会は常任委員会で、社会福祉《ふくし》や保健衛生なんかについて審査や調査をしているそうだ。

「あの、以前議会棟に傍聴にいらしていた方ですよね？　央介先生は今、シャワーを浴びてるんです。すぐ出てくると思いますので、お待ちいただけますか。なんでも、オンラインゲームを夜通しやってたそうで……」

言いかけて、真琴は口をつぐんだ。事実とはいえど、あまり聞こえのいい理由ではない。しかし、彼女は驚いた様子もなく微笑《ほほえ》んだ。

「まあ。央介先生は議員になっても相変わらずなのねえ」

相変わらず？　その感想に、真琴は目を瞬いた。

彼女は、どうやら央介をよく知っているようだ。それも、議員に当選する前から。

「あたし、中村佳代《なかむらかよ》っていいます。町内会の役員だとか地域ボランティアをしていて、今も央介先生とよくご一緒するのよ。有志で、中島駅前のゴミ拾いをやってるの。ふふ、不思議でしょう。議員に立候補すると、なぜか地元のゴミ拾いをする人が多いのよ。地元の消防団とか、青年会議所とか、商店街組合とか、なんでも参加している人もいるの。もっとも、選挙が終わった途端に幽霊メンバーみたいになっちゃう人もいるけれど。その点、央介先生は今もちゃんと顔を出してくれるから、頑張ってる方ね。彼、前回の選挙ではあんまり苦労しなかったはずなんだけど」

「そうなんですか?」

「あら、あなた知らなかったの? 彼のお父様、この辺じゃ有力な政治家だったのよ。最後はスキャンダルを起こして落選しちゃったけど。彼はその大先生の不肖《ふしょう》の五男坊で――」

驚いていると、ちょうどユニットバスから出てきた央介が駆け寄ってきた。

「ああ、佳代さん! ドラさんも、いらっしゃい。狭いですけど、皆さん中へどうぞ」

相変わらず、シャワーを浴びる前と後ではまるで別人だ。歯磨《はみが》き粉のCMに登場する俳優ばりの爽《さわ》やかな笑顔で、央介は佳代を促した。真琴がお茶を淹《い》れている間に、もう話が始まっていた。どうやら佳代は、近隣で起きている問題のことで陳情《ちんじょう》に来たらしい。

「……ええ、そうなの。ここ何か月くらいかしら。あたしが住んでる地区で、最近小動物の排泄物被害が凄《すご》くなってるのよ」

それは、真琴も心当たりのある話だった。転職活動に失敗した日になにかの排泄物を踏みつけたし、つい今もこのアパートの前で遭遇《そうぐう》した。耳を澄ますと、央介が佳代に訊いた。

「小動物というと、犬や猫でしょうか？」

「だと思うんだけど。ご近所さんのお家の前に毎日糞《ふん》をしていく犬もいるのよ。不衛生だから、役所にも訴えてるんだけど。うちの近所には、有名な餌遣《えさや》りさんもいるでしょう？」

「餌遣りさん……？」

事情がわからない真琴に、央介が説明してくれた。

「桐ヶ谷《きりがや》さんっていうんだけど、あの界隈《かいわい》じゃ有名な男性でね。頻繁《ひんぱん》に鳩や鴉《からす》を餌付《えづ》けしてるんだ。何度か役所からも控えてもらうよう連絡してもらったり、僕や他の区議も話をしに行ったこともあるんだけど……。それでもなかなかやめてもらえないんだよ」

「桐ヶ谷さんって、昔からあそこに住んでいらっしゃる方でしょう。最近は足も悪くなさっているし、他に楽しみがないのかもしれないわ。だから、裁判に訴えてとかまでは、あたしたちも考えられなくて。そっとしておいてあげたいのはやまやまだけれど、近所に住んでいる人たちが本当に困っているのも事実なのよね。家の屋根だとか通学路とか、外に干してる洗濯物《せんたくもの》や布団にまで排泄物の被害が出ていて、みんな困ってるの」

佳代の懸命な訴えに、央介が頷いて答えた。

「今、区議会でも、野生動物への餌遣りやマナーの悪いペット飼育者について話し合ってます。区長も区民の陳情を受けて、動物愛護条例の改正に乗り出してるんです。条例が改正されれば、役所や行政ができることも増えていくはずです」

「そういえば、この間の厚生委員会の議題は地域の動物たちについてでしたね」

居眠りの狭間《はざま》の記憶を呼び起こして真琴がくちばしを入れると、佳代が顔をしかめた。

「だけど、確か議会ではかなり揉《も》めてるでしょう？　この間の厚生委員会でも、まともに議論が進んでいるようには思えなかったわ」

「地域でマナー啓発活動をしてくれている〈中島ペットクラブ〉さんや、動物愛護ボランティア団体から抗議が出ているんです。なかなか意見がまとまらなくて……」

央介と佳代が、深刻そうな顔で話し込んでいる。佳代にお茶のお替わりを出そうと真琴がキッチンに立つと、ドラさんが隣に並んで手伝ってくれた。

「早く条例がきちんと整った方がよさそうなものに。なんで抗議なんか出るんだろ？」

真琴が訊くと、ドラさんが例の手帳を開いた。

「待ってな。……ふむ、今度の条例では飼い主のいなくなっちまった猫への餌遣りも規制されるらしいぜ。それに対し、野生の鳩と捨て猫は違うんじゃねえかって意見が出てるみてえだな。そもそも、野生の鳩は人間から餌を貰《もら》わなくても生きていけるからな。だけど、捨て猫や捨て犬はそうじゃねえんじゃねえかと人間たちは考えているってわけさ」

「じゃ、ペットと鳩を分けて条例制定すればいいだけの話じゃないの？」

「えーと、国が定めている法律が動物愛護法だから、それに倣《なら》ったみたいようだな。地域の条例ってのは、法律の範囲内で定めるものらしいぜ」

ややこしい。鳩なんかの野生動物とペット動物は明らかに違うと思うが、といってそれぞれ別で条例制定しようとすれば、施行までにかなり時間がかかるのは想像に難くない。

だが、野生の鳩だろうが捨て猫だろうが、動物の排泄物被害に遭《あ》って困っている住民にとっては違いがない。どちらもきちんと管理してほしいという人たちもいるということだ。

真琴がドラさんとやり取りしている間にも、央介と佳代の相談は続いていた。

「……動物愛護条例の改正まで待てないという声が多いんですね」

「そうなの。央介先生は頑張ってくれているけれど、やっぱり政治不信の声は根強いのよ。どうせ議会も区長もあたしたちの声は聞いてくれないって、みんな怒ってるの。お願い、央介先生。なんとかあなただけでも、今困ってる区民の力になってあげて」

藁《わら》にも縋《すが》る思いということか、この頼りなさそうな央介に、佳代は懸命に頭を下げた。

「うーん、わかりました。僕にもできることはないか、考えてみますね」

まったくもって調子のいい返事である。それを見て、ドラさんが真琴の肩を叩いた。

「あの人間が持ち込んできた問題を解決できたら、御役目一つ達成かもしれないぜ」

「そ、それ本当?」

「この地域に生きてる奴が困ってるってんなら、当然のことさ。……もっとも、本当に姉ちゃんの助けが必要なのは誰かはまだわからんがね」謎かけのような言葉を吐いて、ドラさんが猫らしく牙を見せてニヤリと笑った。「——さあ、お手並み拝見といくぜ。姉ちゃん」

「央介先生! それで、いったいどうするんです?」

勢い込んで真琴が訊くと、佳代を見送った央介はこともなげに首を傾《かし》げた。

「そうだねえ。真琴ちゃんは、なにかいい考えある?」

「えっ、具体的なアイディアはないんですか?」

「まあね」

あっさり頷《うなず》かれ、真琴は顔を引きつらせた。

「じゃあ、さっき佳代さんに言ってたできることを考えるっていうのは……」

「僕の場合、文字通りそのままの意味」

「ヒヒヒ! いいねえ、行き当たりばったりで。おれはあんたみたいな奴嫌いじゃねえぜ」

これは、ドラさんなりの皮肉だろうか？　いや、ドラさんは本当に腹の底から大受けしている。褒《ほ》められたと感じたのか、央介も一緒になってにこにこ笑っている。

「とりあえず動いてみるってのが僕のモットーなんだ。真琴ちゃんもなにか意見があったらなんでも言って。話し合い、大事よ？　うちはボトムアップ重視だし、民主主義で活動方針を決めるから即採用するよ。ドラさんもなにかいい考えがあったらお願いしますよ」

「へえ、この事務所にゃ、ちゃんとしたブレーン役が必要そうだなあ」ドラさんが頭を掻《か》く。「ま、とにかく、まずは排泄物《はいせつぶつ》を置いていっているのが誰か特定するのが先決なのかねえ。犯人がわからなくっちゃ、対策なんか打ちようもねえしな」

「犯人探しってのはどうも気が進まないなあ」

「まあまあ、央介先生の気持ちもわかるけどよ。誰がやってるかはっきりすりゃあ、糾弾《きゅうだん》以外の解決方法も思いつくかもしれねえぜ」

「でも、どうやって犯人を突き止めればいいんでしょうか……？」

真琴は、片づけども片づけども整理の目処《めど》がつかない幸居事務所を見渡した。なんの自慢にもならないが、この事務所には金はなくとも時間と労力だけはたっぷりある。

央介の目の下にできた不健康な隈《くま》を、真琴は見やった。夜更けまで央介が打ち込んでいるオンラインゲームは、同じタイトルに夢中になっている地域の若者たちの悩みを聞くためにやっているらしいのだ。飲み屋巡りもそう。居酒屋経営をしている地域住民たちに、話を聞きに行っているのだった。お調子者に見えて、まあ、本当にお調子者なのだけれど、この男のやる気と行動力は本物だということを真琴はすでに知りつつあった。

「央介先生、こういうのはどうですか？　佳代さんは役所にはもう行ってみたみたいでしたし、マナーの悪いペット飼いさんたちがいないか、パトロールをしてまわるんです」

「パトロールか。いいかもしれないね。どの地域にどの程度の被害が出ているか調べれば、行政にも働きかけやすいし」

「おれも暇な時は付き合うぜ。面白そうだしな」

ドラさんも頷いてくれた。真琴は、急いで棚《たな》から地図を取り出した。

「それじゃ、具体的にどの地域に被害が出ているのかリストアップしてみましょうか」

「――おー、確かにあるなあ」なぜだか嬉しそうに、央介が言う。「佳代さんも掃除《そうじ》してまわってるって言ってたのに。真琴ちゃん、住所と時間記録よろしく」

時は夕暮れ。帰宅ラッシュの住宅街を、真琴と央介は排泄物を探してゆっくりとまわっていった。発見したブツの懐かしい臭《にお》いを嗅《か》いで、真琴は思わず複雑な表情を浮かべた。

「……この排泄物、犯人はたぶん猫ですね」

「犬じゃなくて？」

「うち、母親が動物好きでいろいろ飼ってたんです。犬も猫も飼いましたけど、案外排泄物の臭いには差があるんですよ。排泄物の臭いって、要は食べ物の差なんです。動物性たんぱく質を多く摂《と》ってると、どうしても臭いが強くなります。犬は雑食性で、猫は肉食性ですから。ペットショップで売ってる餌も、犬猫両用なんて見たことないでしょう？」

「なるほど。そう言われてみるとそうかも」今度は、央介が自治体での野良犬と野良猫の扱いの違いを教えてくれた。「野良犬って、野良猫と違ってあまり見かけないと思わない？」

「そういえばそうですね。昔のアニメなんかを見ると、普通に町を歩いたりしてますけど」

「狂犬病予防法という法律があってね。野良犬は、野良猫よりもずっと積極的に保護されるようになったんだよ。狂犬病は人間にも伝染するからね。人間に害があるかどうかによって法整備が進む速度が変わるという側面は、どうしてもある……」

なるほど——つまるところ、法律は人間のためにあるというわけだ。

（でも、ドラさんが言ってた助けが必要な人って、いったい誰なんだろ……？）

あの時の言いようでは、どうやら佳代ではないようだ。では、マナーの悪いペットの飼い主たちだろうか。考えながら央介のブログ型ＳＮＳで活動報告をするために路地を撮影していると、ふと、後ろから声がかかった。

「――あんたら、なにしてんの」

振り返ると、そこには真琴より賢そうな柴犬《しばいぬ》を連れた老人が立っていた。訝《いぶか》るような顔でこちらを見ているその男を見て、央介が立ち上がった。

「おはようございます、鈴山《すずやま》さん。ご無沙汰《ぶさた》してます」

「ああ、あんた、央介先生かよ。また佳代さんに言われたの？」

「ええ、まあ。最近、この地域でペットの排泄物問題が起きていると聞いたんです」

「やっぱりか。だけどさ、佳代さんたちの言い分だけ聞かないでよ。佳代さんの言いがかりには、本当に困ってんだよ。あたしらはペットは可愛《かわい》がってるし、マナーはちゃんと守ってるんだからさ。ほら、こんなのも作ってるんだ」

鈴山老人は、懐《ふところ》から紙を取り出した。それは、手作りの町の地図だった。

「見てよ。これ、あたしら中島ペットクラブが推奨《すいしょう》してる散歩コースだよ」

（中島ペットクラブ……？）

真琴が首を傾げると、ドラさんが耳打ちしてきた。

「この辺に暮らしてるペット飼いたちが、有志で作った会らしいぜ」

（へえ。それじゃ、ペットを飼ってる人たちも一生懸命頑張ってくれてるのね……）

それは、実家で長らくペットを飼っていた真琴にも実感があった。ほとんどの人は、大事にペットを飼ってるものだ。マナーを守らないのは、本当にごく一部の人たちだけ。数人――時にはたった一人だけという場合もある。でも、その人たちのために、あらゆる規制が厳しくなっていってしまうのも事実なのだ。

「――あたしらはね、有志でこの地図のコースを散歩しながら掃除してるんだ。みんなで費用を出し合って有志で頑張ってるのよ。ここまでやってる地域、なかなかないでしょう。それなのに、こうしてあてつけみたいに見張られちゃうと、どうもねえ」大変な努力をしているからこそ、鈴山は強く続けた。「あたしらマナーを守ってる動物愛好家を苛《いじ》めるより、やることとあるでしょうよ。たとえば、ほら、餌遣《えさや》りをやめない桐ヶ谷の親爺《おやじ》をなんとかしたらどうだい。あとは、夜になってもふらふらしてるガキどもとかさ。まったく、お宅ら政治家ときたら、いつも余計なことばかりに目を留めて……」

過去の憤懣《ふんまん》を思い出したのか、鈴山の声に怒りがこもっていく。政治家全般への不満をぶつけられた央介は、意外にもうんうんと頷いている。

「本当ですよねえ。困ったもんです」

自分も政治家のくせに、なぜか鈴山に共感している。少しきょとんとしたあとで、央介の人柄を思い出したのか、鈴山はぷっと噴き出した。

「だよなあ、本当になんとかしてほしいよなあ」感情を激しかけていた鈴山の表情が一気に緩《ゆる》み、彼は央介の肩を叩いた。「央介先生が頑張ってくれてんのは知ってるけどさ。あたしらも楽しくやりたいだけなのよ。だから、一方に肩入れってのだけはやめてくれよな」

両手を合わせて懇願《こんがん》して鈴山が去ると、ドラさんがニヤニヤしながら茶々を入れた。

「ヒヒヒ、やるじゃねえか。座布団一枚だな、央介先生」

「え？　どういうこと？」

「なんだよ、姉ちゃんはわかんなかったのかい。央介先生の奴め、ただのお人好しに見えて、存外人間の機微をよく心得てやがるぜ。カッとなりかけていたあの爺《じい》さんの感情を、上手《うま》いこと逸《そ》らしてやったじゃねえか」

「……っていうと、今のがわざとってこと？」真琴は目を瞬いて、思わず央介に訊ねた。

「央介先生、今のって、敢えて鈴山さんに言い返さないで同調したんですか？」

「ああ、うん」央介は、あっさり頷いた。「怒りに対して強い調子で返すと、ヒートアップしちゃうでしょ。相手が納得する気があるのかないのか、見極めが大事なんだよ。もちろん、問題の解決なんかどうでもよくて、ただごねるためだけに難癖《なんくせ》をつけてくる人もいる――残念ながら。だけど、鈴山さんの意見には一理あったし、彼は解決を求めてる人だ。つまりは、佳代さんとも僕らとも仲間ってこと。喧嘩《けんか》してもしょうがない」

なるほど――意見の対立があるように見えて、実は佳代も鈴山も目指す目的が同じ仲間というわけか。

「あたし、ちっとも気づきませんでした。……だけど、これからどうしましょうか？」

「佳代さんたちの訴えを聞いて、鈴山さんの要望を聞かないってのは確かに不公平だね。少しこのあたりをまわったあとで、餌遣りさん――桐ヶ谷さんのところへ行ってみようか」

餌遣りさんの住む家は、真琴の想像とは違っていた。やや古びているが立派な家屋で、敷地も広い。イチイの茂る生垣《いけがき》は少々暴走気味だが、その向こうに見える庭は広く、古びた噴水のようなものや、錆《さび》の入った小さなブランコまで見えた。

「……中島区の餌遣りさんって、広いお家に住んでるんですねえ」

「ずっと昔から住んでる地主の家系らしいよ。ご近所さんは引っ越してきた人が多いから、ますます注意しにくいみたいなんだ。だけど、ずいぶん綺麗《きれい》になったなあ。前はこの辺の道路まで一面鳥の糞《ふん》だらけだったんだけど」央介が、生垣越しに庭を眺めて続けた。「桐ヶ谷さんはね、自分の家の庭で鳩に餌を遣ってるんだよ」

「そうなんですね。あたし、そういう方って、公園とかで餌を撒《ま》くんだと思ってました」

実際、自治体で問題になる鳩への餌遣りは、公園や駅、道路などの公共の場でパン屑《くず》などを撒き散らす行為を指すことが多い。しかし、中島区の餌遣りさんはそういうタイプとは毛色が違うらしい。

「だから、行政はどうしても口出しがしにくくてね。こういう案件は、公道なんかの公共の場に被害が出ているかどうかがポイントなんだ。住人個人の敷地内でのこととなると、近所の人が困っていても、対応がなかなか難しい……」

その日はチャイムを押しても反応がなく、桐ヶ谷と接触できたのはしばらく経ってからのことだった。それも、インターフォン越しだったが。

『ああ、どうも……。央介先生ですか。何度もご足労させてしまって、申し訳ない』

「こちらこそ、何度も連絡してしまって申し訳ございません。最近桐ヶ谷さんがどうされているか気になって、顔を見たくて伺《うかが》いました。お変わりはありませんか?」

央介は、桐ヶ谷と世間話を始めていた。さすがにいきなり餌遣り問題のお説教とはいかず、最近の暮らしぶりや、区内のちょっとしたニュース、議会での話題などを話している。

「ほれ、姉ちゃん、こっちから立派な庭が見えるぜ」

ドラさんに手招かれ、真琴は背伸びをして桐ヶ谷家の庭を覗《のぞ》き込んだ。公園でよく見かけるような庭木が、水滴をつけてキラキラと輝いている。

「……ねえ、ドラさん。最近、雨なんか降ったっけ？」

「さあ、記憶にねえなあ」

では、桐ヶ谷が庭木に水を遣ったばかりなのだろうか？

すると、どうやらようやく本題に入ったようだ。央介が難しい顔で、インターフォンの向こうの桐ヶ谷と話し込んでいる。

『……うちじゃ、何十年も前から庭で鳩に餌遣りしてきたんですよ。それが、今になって急に条例だとかを持ち出されても困るんです。うちには、鳩だけじゃなくて、鴉《からす》や目白《めじろ》、たまには鶯《うぐいす》だって来てたんだ。見ているだけで本当に癒《い》やされたんですよ』

「おっしゃる通りなんですが、最近野鳥の数も増えておりまして、排泄物被害も急増してるようなんです。排泄物から感染症が広がる恐れもありますから……」

『そう……、そうですよね。だからね、うちの庭で餌を遣るのはもうやめたんです。まだ餌をねだりに鳩が来ることはありますが、じきに諦めると思います。清掃業者も手配しましたし、一時は死んだ女房と育てた庭木を切るかどうかまで考えたんです。それは、友人たちに止められましたが。もしまだ心配なら、ご近所さんにも話を聞いてみてくださいよ』

「だから、庭も綺麗に手入れされてるんですか？」

つい横から真琴が口を挟むと、桐ヶ谷は静かに答えた。

『別に庭を手入れしたっていいでしょう。それじゃ、そろそろ失礼しますよ』

スピーカーのスイッチが切れる音が響き、真琴は驚いて頭を下げた。

「……すみません。あたし、余計なこと言っちゃいました」

「いいんだよ。庭の様子が変わったのは、僕も気になってたから。……だけど、庭木を切るってのはどうしてなんだろう？　餌遣りとなにか関係があるのかなあ」

首を捻《ひね》って、二人は帰ろうと踵《きびす》を返した。すると、ドラさんが真琴に耳打ちしてきた。

「――ちょいと待ちな、あそこから誰か出てくるぜ。どうやら事情を知ってるようだぜ」

目をやると、ちょうど通りへ出てきた隣家の主婦がこちらへ会釈《えしゃく》をするところだった。

「あたしたちも央介先生にはお世話になったから、報告に行こうとは思ってたんです」そう前置いて、彼女は続けた。「どのくらい前からだったかしら。桐ヶ谷さん、急に餌遣りをしなくなったんですよ。バードバスにも、餌どころか水も張らなくなくなって」

「バードバス？」

「桐ヶ谷さんのお庭にある置物のことですよ。あそこで、鳩が水を飲んだり浴びたりするのね。昔から桐ヶ谷さんのお家は動物が好きらしくて、鳥が喜ぶような実をつける庭木を植えたり、果物やナッツを置いたりしてたそうなの。以前はそんな微笑《ほほえ》ましい程度だったんだけど、何年前だったかしら。桐ヶ谷さんが足を悪くした頃に、庭木に鳩が巣を作ったことがあったのよ。おっかなびっくり巣立ちまで見守って、小さな鳩が桐ケ谷さんのあとをついて歩いたりしてね。桐ヶ谷さん、凄《すご》く嬉しかったみたい。パン屑やお米を派手に撒くようになっちゃったの。この辺に住んでる人たちみんな、洗濯物《せんたくもの》や家の屋根が糞でだいぶやられたのよ。……だけど、やっとわかってもらえたようで、よかったわ」

なるほど――庭木まで切らせる気かと桐ヶ谷が静かに怒っていたのは、そういうわけだったのか。しかし、彼女たち近隣に住む人たちが困っているのもよくわかった。

（……助けが要る人って、桐ケ谷さんってことなのかな？　でも、道路の排泄物は鳥の仕業《しわざ》じゃないし……。やっぱりマナーの悪いペットの飼い主が他にもいるってことなのかな）

となると、そのマナーの悪い人間を見つけない限り、問題は解決しないのだろうか？

真琴が頭を捻っていると、央介が呟《つぶや》いた。

「昔は鳩の数もこんなに多くなかったし、この辺は畑もあったりして、もっと自然が豊かだったんだって。だから、今ほど鳩なんかの野鳥への餌遣りが問題になってなかったんだよ。時代が変わったんだろうね」

「人の世ってのは、移ろいが激しいもんだねえ」

時代の進み方と、人の進み方の速度は一緒じゃない。先を行きすぎてしまう人もいれば、だんだん遅れていってしまう人もいる。誰が悪いわけでもなければ、誰が正しいわけでもない。そして、だからこそ、——難しいらしい。


だんだん目新しいこともなくなって、ドラさんも飽きてしまったのか、ついてこない日が増えていた。街頭演説帰りに央介と夜の町を歩いて、真琴はふと地域の掲示板を眺めた。

「ここにも鈴山さんが見せてくれた中島ペットクラブの散歩マップが貼ってありますね」

「本当だ。この路地も、中島ペットクラブの散歩ルートに入ってるみたいだね」

あらためてマップを眺めてみて、真琴は首を傾《かし》げた。

「でも、この辺の人たちって犬の散歩に公園は通らないんですね……？」

「中島区では、一部を除いて区立公園に犬の同行入園を禁じてるんだよ。公園で犬の放し飼いをしたり、排泄物の始末の悪い飼い主がいて、苦情が多かったそうでね」

「えっ、そうなんですか？」

真琴は目を丸くした。だけど、排泄物被害が多かったのは、公園周辺だったはずだ。

慌ててスマホで確認しようとすると、ふいにさり気なく、ふくらはぎのあたりに温もりが通り抜けていった。さっと撫《な》でるような心地よい感覚。どきっとして顔を上げると、それは猫の神様ではなく、本物の猫だった。

——確か、今まで見つけた排泄物は、猫のものが多かった。

「央介先生、猫です。あたし、ちょっと、追いかけてみてもいいですか」

返事を待たずに、真琴は猫を追いかけて歩き始めた。


なんとなく——あの野良猫が、ドラさんの猫姿に似ているように思えたのだ。猫の影を追い、時に歩き、時に走り、角をいくつか曲がって、路地裏を抜け、見知らぬお家の駐車場をそっと走り抜けると、そこには小さな公園があった。

「——あれ、おまえも来たの？」

ふいに、声が響いた。少年特有の細い声。それが、いくつも呼応して、重なり合う。

「あ、ほんとだ」

「ほら、おまえも食べな」

それらの声に続いて聞こえたのは、短い猫の鳴き声。あれは、餌《えさ》をねだる時の鳴き方だ。きりん公園には、線の細い体つきをした子供たちがたむろしていた。一番手前に立っている男の子は、猫のプリントが入った黄色のTシャツを着ていた。彼らの足もとには無数の猫が集まっている。みんな野良猫なのだろうか？　餌や水を入れる皿がいくつか置いてあって、猫たちは一心不乱に餌を食べている。

真琴は、あっと思った。野良猫たちを公園に集めて、餌をあげている。——あの子供たちが。つい先入観でマナーの悪い飼い主がいるのかと思ってしまったが、これはもしかすると……。

勇気を出して、真琴は彼らに声をかけた。

「ねえ。あなたたち、もしかして小学生？　こんな時間に、なにしてるの？」

黄色いTシャツの少年が、ぎょっとしたように顔を上げた。見知らぬ人間の登場に、野良猫たちも跳びすさる。だが、相当人慣れしているのか、またすぐに集まってきた。

しかし、肝心《かんじん》の少年たちは、胡乱気《うろんげ》な顔でだんまりを決め込んでいる。

「ちゃんと答えようよ。家の人はどうしてるの？　なにか困ってることがあるなら……」

役に立ちたい。猫天様から預かっている御役目もあることだし。そう思って真琴が近づくと、黄色いTシャツの少年が、ふいに合図して——彼らは、息を合わせて走り出した。

「え、ちょっと……！」

　子供たちはあっという間にバラバラに散り、その背中は夜の住宅街に消えてしまった。


　やっと追いついてきた央介に、真琴は今あったことを説明した。

「……へえ、この公園に子供がいたんだ。小学生かな。家出っぽい感じだった？」

「わかりません。もしかして、心当たりあるんですか？」

「家庭に居場所のない子たちは、どこの地域にもいるから。ほら、例のオンラインゲームでも、そういう子たちとよく絡むんだよ」

「そういえば、鈴山さんもそんなこと言ってましたね」

「きりん公園の周辺って、他にもちょっと問題が出てるんだよなあ。この辺に貼られてる政治家のポスターに、結構な数の落書き被害が出てるんだよ」

「アパートのポスターにも落書きがありました。あれも、あの子たちの仕業でしょうか？」

「案外、子供は活動範囲が広いからね。あんまり大事にはしたくないんだけど、今度からはこの辺のポスターも見てまわることにしようか」

「――本当だ。やっぱりここにも落書きがありますね。……ああ、これも水性ペンですね。うちのアパートに貼ってあるポスターもそうだったんです。今すぐ拭けば大丈夫かも……」

翌日ポスターを見てまわっていた真琴たちは、さっそく被害を見つけた。落書きを触ってみると、黒いインクが垂れて尾を引く。はっとして辺りを見まわし、真琴は声を上げた。

「央介先生、あっちのラーメン屋さんを見てください。子供がいます」

それも、一人ではなかった。子供たちが何人か集まり、手に手にペンを持ってひそひそしながらじゃれ合っている。中には、あの少年がいた。例の派手な黄色のTシャツにプリントされた猫が、こちらを向いて手招きをする――。

(あっ、あの猫って……)

真琴は今になって気がついた。あの少年が着ているTシャツにプリントされているのは、――なんと、三面大猫天をモデルにしたゆるキャラだったのだ。

「……やべ、あそこに大人がいる！　逃げるぞ！」

こちらに気づいたらしい子供たちが、ぱっと蜘蛛《くも》の子《こ》が散るように走り去った。

「今度は僕が先に追いかけるから、ついてきて」

土地勘のある央介がすぐに走り出した。結構速い。情けないことに、真琴はあっという間に彼の背中を見失ってしまった。

雇い主を探してあたりをぐるぐる歩きまわったところで、真琴は呑気《のんき》に散歩している野良猫を見かけた。あとをつけていってみると、あのきりん公園へ出た。そこにいたのは。

「あれ？　ドラさんも来てたの？」

「まあな。ほれ、公園の中を見てみな」

ドラさんに示され、真琴はきりん公園を見た。どうやら、央介は少年を一人捕まえたらしい。央介が、猫天様がプリントされたTシャツの少年の顔を覗《のぞ》き込んでいる。

「——ひょっとして、きみ、早坂大地《はやさかだいち》君？」

「……どうして、オレの名前知ってんの」

「だって、前に少年野球団の体験練習で会ったことあるでしょ？　きみの小学校のグラウンドで一緒に練習したじゃない。大地君、大ホームランを打ったよね。あのあと、あの少年野球団には入らなかったんだね。コーチたちが残念がってたよ」

「……覚えてないよ、そんなの」

名前まで判明してすっかり観念したのか、早坂大地はきりん公園のベンチに座り込んだ。

央介が名刺を渡すと、大地は眉間《みけん》に皺《しわ》を寄せてそれを受け取った。

「政治家……？」

「そう。きみたちは、夜中に町を歩きまわってるって噂《うわさ》の子たちだよね？」

しかし、大地はまただんまりになった。ドラさんと一緒にきりん公園へ入り、真琴は央介たちのいるベンチの前へと立った。

「央介先生、この子を知ってるんですか？」

「一度会ったことがあるんだよ」

「でも、昨夜会ったのはずいぶん遅い時間でしたよ。どうしてあんな時間に外にいたの？」

真琴が訊くと、央介も大地を見た。大人たちに囲まれ、大地は不貞腐《ふてくさ》れた顔をした。

「……だって、家はうるさいんだもん。オレん家《ち》、兄弟たくさんいるし。他の奴らだってそうだよ。家にいたって邪魔扱いされるだけだから」

聞けば、大地の親は遅くまで働いており、家には夜遅くまで大人がいない状態だという。他の子供たちも、似たような事情の家庭だそうだ。

「そういう子たちで集まって、この辺の公園で野良猫たちに餌をあげてたのね……」

道理で、公園まわりにばかり排泄物《はいせつぶつ》があるはずである。だけど、それでは、助けが要るというのは……。ふと気がつくと、また野良猫たちが集まりつつあった。

「へえ、ずいぶん懐いてやがんなあ」

ドラさんが、慣れた手つきで猫たちを撫でまわしている。その横で、央介がまた訊ねた。

「餌代はどうしてるんだい？　餌を買うのも、結構お金がかかるでしょう」

「万引きしたわけじゃないよ」むすっとした顔になった大地は、口早になった。「別にいいじゃん、猫に餌やるくらい。ほら、よく言うじゃない。動物愛護ってやつだよ。大人は邪魔にするけどさ、こいつらだって食べなきゃ死んじゃうよ。それとも見殺しにしろっての？」

責められていると感じたのか、大地は、苛立《いらだ》ったようにこちらをにらみつけている。すると、ドラさんが鷹揚《おうよう》に大地の肩を抱いた。

「まあまあ、そういきり立つなって、坊主《ぼうず》。央介先生も姉ちゃんも、ちょっと待ってやってくれや。この坊主も思いがけず捕まっちまったから慌ててんだよ。おれとしちゃ、こいつには裁量を甘くしてほしいね。なんせ、着てる服の趣味がいいからよ」

「……は、はぁ？　なんだよ、おっさん。急に馴《な》れ馴《な》れしくすんなよ」

ふいに感じた人の温もりにぎょっとしたのか、大地が困惑したようにドラさんを見上げている。ドラさんの片側だけの瞳を眺めたあとで、なぜか大地は、足もとの猫たちに目をやった。野良猫たちとドラさんとを見比べ、それから、棘《とげ》の抜けた声で大地は訊ねた。

「……おっさん、誰？」

「ドラさんだよ」口の中の牙を見せてニヤリとし、ドラさんが大地に訊いた。「坊主は、その服をどこで手に入れたんだ？　確か二十枚も売れてねえレアな代物《しろもの》だったはずだが」

「服ってこれのこと？　……これはバザーで母ちゃんが買ってくれたんだよ。一枚十円で」

「ほう。値段は気に入らねえが、センスのあるお袋さんだな」

猫天様グッズの話に花を咲かせているドラさんに、真琴は思わず声を上げた。

「ちょっと、ドラさんは少し黙っててってば。今大事な話をしてるんだから――」

なんとか割り込んで宥《なだ》めようとしたのだが、真琴の声に我に返った大地が、はっとしたように急いで乱暴にドラさんの手を撥《は》ね除《の》けた。

「そ、そうだよ。オレだって大事な話をしてるよ」大地は、真琴をきっとにらみつけた。「えっと、どこの国だっけな……。外国では、野良猫に餌《えさ》をやったっていい国もあるんだって。可哀想《かわいそう》なちっちゃい生き物が死なないように愛の手を差し伸べてるんだよ。オレたちがやってることもおんなじだよ。なにが悪いの？　見てよ。オレたちが餌をあげてるやつらの中には、大人が勝手で捨てた猫もいるし、飼い主が死んじゃって困ってる猫もいるんだ。知ってる？　野良猫に餌をやること自体は悪いことじゃないんだからね」

「でも……」

飼い主のいない猫たちが困って、それを助けようとした大地たちが困って、今度は排泄物被害で困る人が出て……。誰もが、なんとか自分にできることをしようとしている。けれど、このままでは駄目なはずだ。

なにかを言おうとして、真琴は詰まった。自分は、誰かを叱《しか》り慣れていない。口にすれば強い言葉になってしまいそうで、なんと言えばいいかわからなくなった。

すると、ドラさんが真琴を見て、その口を音もなくぱくぱくと動かした。

『ほら、姉ちゃん、頑張れ。──思いなんてもんは口に出して言ってみなけりゃ、吉と出るか凶と出るかはわからねえもんだぜ』

それは、初めて央介と会った時にドラさんに言われたのと同じ内容だった。少し考え、真琴は唇を引き結んだ。固唾《かたず》を呑《の》んで、それから、真琴はゆっくりと大地に言った。

「……ねえ、大地君。よく聞いて。避妊《ひにん》手術をしないと、猫はどんどん増えてしまうのよ。その子たちにもこうして餌をやり続けることはできないでしょう。それがどういうことに繋《つな》がるか──人間が考えなくてはいけないわ」

「そ……、そんなの知ってるよ。だけどさ、避妊手術は安くても五千円とか一万円とかかかるんでしょ。この数の猫にしてあげられるほど、お金持ってないよ」

「だったら……」

「だいたい、避妊手術ってのは納得いかないんだ。人間に勝手にやったら大犯罪なのに、動物ならいいってのが気持ち悪い。偽善なんだよ。動物を怪我《けが》させたり殺したりしても、大した罪には問われない。保健所に連れてかれたら、容赦《ようしゃ》なく殺処分だ。だって、こいつらは人間じゃないからね。そんなのあんまりだって、桐ヶ谷さんが――」

そこまで言ってから、はっとしたように大地は口をつぐんだ。

「桐ヶ谷さんって、この近くに住んでるあの桐ヶ谷さん？」

「……ありゃりゃ。口が滑っちまったな、坊主」

同情するようにドラさんが肩をすくめると、怒りで誤魔化《ごまか》すようにして、大地は続けた。

「い、いいだろ、別に。桐ヶ谷さんとは友達なんだ。とにかくさ、勝手なことばっかり言わないでよね。猫や桐ヶ谷さんをあんまり虐《いじ》めるんなら、俺らにだって考えがあるよ。町に貼ってあるおじさんのポスター見つけたら、全部破るからね」

「ちょっと……！　それは犯罪だよ」

「冗談だよーだ！」

存外子供っぽい捨て台詞《ぜりふ》を残し、大地は立ち上がって駆け去ってしまった。さっきの追いかけっこの疲労が尾を引いている真琴と央介は、今度は追いかける気力も湧かなかった。

「聞きましたか？　あの男の子は、桐ヶ谷さんと友達だって言ってましたけど……」

「とすると、餌代の出どころは桐ヶ谷さんだったのかな」

「らしいねえ」

ドラさんもしたり顔で頷《うなず》く。どうやら、またあの桐ヶ谷邸へと赴《おもむ》かねばならないらしい。

＊＊＊

大人たちが追いかけてこないのを見て、大地はやっと足を止めた。

「……あ、思い出した。あれ、あの襤褸《ぼろ》アパートで事務所やってる人じゃん」

ようやく思い当たると、大きなため息が出た。猫たちが懐いてくっついてくるせいもあるが、道理で簡単に逃げた先が探し当てられてしまったわけだ。どうやら、あちらもかなりこの町を歩いてまわっているらしい。

すると、仲間の子供たちが集まってきた。

「大丈夫だった？　大地君、捕まっちゃったみたいだから心配だったんだよ」

「桐ヶ谷さんのことがバレちゃった。あの様子だと、桐ヶ谷さん家に押しかけてくるかも」

「えー、マジで？　桐ヶ谷さん家、僕らの逃げ場なのに」

困ったように、みんなが声を上げた。年齢は上下に一、二年ずれるが、なんとなく集まる顔ぶれはいつも似たような感じだった。誰も彼も、大地と似たような事情を抱えている。

父が母とまだ幼い大地たち兄弟を残して家を出ていってから、もう何年も経っていた。母は仕事で忙しく、帰ったら帰ったで小さな弟妹たちの面倒に追われている。

最初は大地も母親と一緒に弟妹の面倒を見ていたのだが、あの喧騒《けんそう》の中では宿題をやる気にすらならずに、大地は町をぶらつくようになった。図書館に行くこともある。児童館も行くし、公園も行くし、無料の子供食堂も行く。要は、無料《ただ》でいられるところならどこでも行った。中でも、桐ヶ谷邸は格別だった。エアコンは効いているし、本もテレビもあるし、時にはおやつも出してもらえたから。

桐ヶ谷は、遠方に住んでいる祖父を思い出すような人だった。優しくて、甘くて、耳が遠くて、老人特有の匂《にお》いがして、丸め込みやすくて、……でも、やっぱり優しかった。

「オレ、桐ヶ谷さんのところ行くよ。事情を話してくる」

リーダー格の大地が言うと、仲間たちはなんとなく頷いた。

（ドラさんって、いったっけ……）

あの男は、いったい何者なのだろうか。なぜなのかはわからないが、あの男からは、大地たちが餌をやっていた猫たちに似たもの――温もりのようななにかを感じられた。あのドラさんがいるなら、酷《ひど》いことにはならないだろう。不思議と、大地にはそう思えた。

＊＊＊

「――あ、やっぱり来たんだ」真琴と央介が桐ヶ谷邸へ行くと、大地があの広い庭にホースで水を撒《ま》いていた。「桐ヶ谷さーん、あの人たちが来たよ。ええと、なに先生だっけ」

目をやると、縁側からつっかけを履《は》いた桐ヶ谷が出てくるところだった。

「桐ヶ谷さん！　お顔を見られてよかったです」

「こんにちは、央介先生。きっとまたいらっしゃるだろうと思って、大地君と相談して待ってたんですよ」

白髪混じりの頭を下げて、桐ヶ谷老人が目を細めた。初めて顔を見せてくれた桐ヶ谷は、意外にも優しそうな老人といった雰囲気《ふんいき》の男だった。桐ヶ谷に縁側へ招かれると、年齢も性別も所属もちぐはぐな四人とドラさんが、並んで腰を下ろした。

「この度《たび》は、わたしの不始末でまたご足労させてしまって、本当に申し訳ない」

「桐ヶ谷さんが謝ることじゃないよ。オレたちが勝手にやってたんだし」

「まあまあ、坊主もちょっとは落ち着けって。この央介先生と姉ちゃんは、悪い人間じゃねえぜ。話を聞いてやったって悪いことにはならねえ。このおれが保証してやる。さ、話してみなよ。本意から話せばわかることも案外あるもんだぜ、この人の世にはよ」

ドラさんの人好きする濁声《だみごえ》に丸め込まれたのか、大地は渋々といった様子で説明した。

「……昔っから、桐ヶ谷さんはオレたちに優しかったんだ。桐ヶ谷さん家《ち》は庭も広いし、ブランコもあるでしょ。庭で遊ばせてくれたり、家にも上がらせてくれたりしてさ」

「じゃ、結構付き合いは長いんだね」

「まあね。桐ヶ谷さんが近所の暇人に苛《いじ》められて、この誘鳥木《ゆうちょうぼく》？ってのが多い庭の手入れをしたいっていうから、遊びがてらに代わりにやってあげてたんだ。桐ヶ谷さん、足が悪いしさ。草むしりしたり、水遣りしたり。でも、桐ヶ谷さんがバードバスに鳥が水を飲みに来ないように水を張るなっていうから、雨上がりにはちゃんと拭きに来たりしてたんだぜ。そうしたら、お礼にお小遣いをくれるって言うから、猫のことを相談したんだ。オレたちの話をちゃんと聞いてくれるの、桐ヶ谷さんだけだったから……」

「すみません。子供にお金を渡すのは褒《ほ》められたことではないとわかっていたのですが、大地君の話を聞いていると、どうしても他人事《ひとごと》とは思えなくて」

「野良猫のことが、ですか？」

真琴が訊くと、桐ケ谷は頭を掻《か》いた。

「いえ……。恥ずかしながら、自分のことです。大地君たちが、誰もわかってくれないと憤《いきどお》っていたり、まわりから孤立していることなんかを話の端々に小耳に挟むと、どうも、自分と同じようだなあと思ってしまって」

「そうだよなあ。坊主たちもガキなりに、なんとかしてやろうと思ったんだよなあ」

今にも縁側で丸まって眠りたそうなドラさんの濁声が、不思議とその場に温かく響いた。

「……ドラさんでしたっけ？　子供たちの気持ちをわかっていただけて、ありがたいです」我が子を――いや、自分の分身を見るような目で大地を慈《いつく》しみ、桐ケ谷が言った。

「大地君たちも、行き場のない猫たちをどうすればいいか、ずいぶん調べたんですよ。なんとか少しずつ新たな飼い主を探したりもしているんですが、子供だけではなんとも難しいようで」

そう――それは真琴も感じていた。大地と話したあと、真琴も調べたのだ。後片付けさえきちんとすれば、野良猫への餌遣《えさや》りは決して禁じられた行為ではなかった。

「大地君たちは、どうしてそんなに猫たちのために頑張ってたの？」

「だってさ、あいつら可哀想《かわいそう》じゃん。……誰からも見捨てられた存在って感じでさ」

大地がふいに口にした言葉が、集まった大人たちの心を衝《つ》く。

「そう……。そうだったのね」

誰にも必要とされず、誰にも助けを求められず、誰にも気づいてもらえず……。案外そんな風に人生の落とし穴に嵌《は》まってしまう人は、身近にも普通に生きているのかもしれない。……たとえば、今、この場所とかにも。

真琴は、つい自棄酒《やけざけ》したあの夜のことを思い出した。あの時はもう、どこへ行けばいいかもわからず、この町をふらふらさ迷ってしまったのだが——いつの間にか不思議な縁に流されていくようにして、そういう人を助ける御役目を負った真琴が今ここにいる。

「だから、オレらだけは見捨てたくないって思ったの。別に、悪いことじゃないでしょ」

「気持ちはわかるよ、本当に。僕も、過去に似たような思いをしたことがあったから」央介も、しみじみとした声で呟《つぶや》いた。「だけどね、大地君。そういう時、案外家族や友達だけじゃなくて、地域が力になれることもあるってことは知っておいてほしかったな」

すると、桐ヶ谷が少し寂しそうに首を傾《かし》げた。

「だといいんですけどね。わたしも、ご近所さんには迷惑をかけた身ですから、なかなか呼びかける勇気も出なくて」

「オレは、あとから引っ越してきて迷惑だなんていう方が図々《ずうずう》しいと思うけど」

あくまで桐ヶ谷贔屓《びいき》らしい大地がまたむくれ、央介が彼の肩を叩いた。

「鳥の糞《ふん》に困らされていた近所の人はいても、桐ヶ谷さん自身を迷惑に思ってた人はいないんじゃないかな。みんな、桐ヶ谷さんを心配してたんだよ。桐ヶ谷さんに大地君たちみたいな友達がいることを知ったら、近所の人もきっと安心すると思う」

「どうだか」

「そんなに心配しないで。桐ヶ谷さんの他にもきみたちの力になってくれる大人はいるよ。区内にも飼い主のいない猫たちを保護したり、飼い主を探してくれている団体もいる。世の中の大人の誰も彼もが、動物に冷たいってわけじゃない」

「おう、そりゃこのおれも請け負うぜ。よかったじゃねえか。な、坊主《ぼうず》」

ドラさんにまた肩を叩かれると、なぜだか大地の態度は軟化した。

「そういうことなら、まあ、オレだって……」

その先を素直に続けることのできない大地に、央介が明るく声をかけた。

「とにかく話はまとまったじゃない。僕らも協力するから、あの辺の公園に集まってる猫だけでも状況を把握《はあく》してどうすればいいのか考えよう。真琴ちゃんもいいかい」

「もちろんです」

猫好き――かつ、猫天様からの御役目を預かっている真琴は、一も二もなく頷《うなず》いた。

「──央介先生、今回は大変だったんですって？　でも、おかげさまで助かったわ。子供たちが掃除《そうじ》してくれてるのもあって地域の排泄物《はいせつぶつ》被害は減ったし、央介先生たちの見まわりがあってからマナーの悪い飼い主もちゃんとするようになったみたい」

「よかったですね、佳代さん。鈴山さんも喜んでくれてましたよ」

大地たちの頑張りが徐々に町へ伝わり、猫たちを飼いたいという人たちも少しずつ見つかってきている。佳代を見送ると、猫の姿になったドラさんが真琴のデスクに降臨した。

『ヒヒヒ。上手《うま》くいったなあ、姉ちゃん。だけどよ、人の役に立つってのはやっぱり気持ちがいいもんだねえ』

（……そうね、そうかもしれない）

今まで、自分の意思で人の役に立とうと思ったことなんかほとんどなかった。ましてや、友達でもない地域の人のためとなったらなおさらだ。でも、人の役に立つというのは、……案外それほど難しいことではないのかもしれない。

（ねえ、ドラさん。これで御役目は上手くいったの？）

『いいようだぜ。久しぶりに力が戻ってきやがったぜ、おれはな』不吉な言葉を残して、ドラさんはニヤリと笑った。『あと二回も健闘を祈るぜ。あばよ、姉ちゃん』

ふいにドラさんの姿がきらきらした光の粒に覆《おお》われ、気がついた時には消え去っていた。

（え……？　ドラさん、ドラさん……？）

もういくら呼んでも、ドラさんの姿はどこにもなかった。急いで事務所の隣の部屋を覗《のぞ》いてみると、そこはもうがらんどうだった。扉には、島原の手による〈入居者募集中〉の貼り紙があった。事務所に帰って、真琴は央介に訊いた。

「……あの、ドラさんってもう引っ越しちゃったんですか？」

「え？　ドラさん？　誰のこと？」

「と、隣の部屋に住んでた男の人ですよ！　自称探偵で、眼帯をしてる銅鑼堂さん……」

「ええ？　隣の部屋なら、ずっと空《あ》き部屋だよ。なかなか入居者が来てくれないって、島原さんがいつもぼやいてるんだ。真琴ちゃん、どこか違う部屋と勘違いしてるんじゃない？」

――どうやら、ドラさんは去ってしまったようだ。アパートからも、人々の記憶からも。

備品補充のお使いにかこつけて駅まで行って、ゆるキャラ像に手を合わせてから事務所に戻って、ふとポストを覗いてみて、真琴は目を見開いた。

「央介先生、見てください。……苦情の手紙が届いてます」

いわく――〈せっかく自由に生きていた野良ちゃんたちが可哀想だから、捕まえて自由を奪うのはやめてください〉。意外と達筆な筆文字で書かれたその文章は、真琴たちが一部の野良猫たちに対処し始めたことを明らかに糾弾《きゅうだん》していた。

真琴は、思わずため息を吐いた。

「自分がいいことをしてるのか悪いことをしてるのか、……自信がなくなりますね」

すると、迷っている真琴の背中を押すように、央介が微笑《ほほえ》んだ。

「僕もいつも迷うよ、異論はどんな時でもあるからね。満場一致なんて、きっとあり得ない。だから、僕らはただ――、できることをやるだけです。これ以上悩んでもおんなじさ。さあ、もうひと頑張りしましょう」

それは、ポスターと同じ、元気で明るくて、力強い笑顔だった。

その笑顔を見て、〈愛と勇気〉なんていう子供じみたキャッチフレーズを思い出して――真琴は、肩の力が抜けて、思わず笑ってしまった。そう――そうなんだ。幸居央介は、こういう人。真琴が本音をぶつけてもすぐ復活するし、提案だって受け入れてくれる。それが、そのことが、どんなにか真琴の心に自信を持たせたか、……彼は知らないだろう。

ずっと、自分を否定されてばかりの人生だったから。

〈ドラさんが司るのは、〈本意〉だって言ってたっけ。あたし、少しは自分の思った通りの心のままに動けるようになったみたい。あたしがここに来たのって、もしかして猫天様のお導きだったのかな？　まさかね……）

どこからか、ゴロゴロとドラ猫が喉《のど》を鳴らすような音が聞こえた気がした。真琴も笑顔になって、央介に頷きかけた。

「はい――！　央介先生」

第二話　思い出のお化け屋敷

八月に入ってからというもの、殺人的な暑さが続いていた。猛暑が巨大な積乱雲を生み、雹《ひょう》を伴《ともな》う豪雨を降らせたのはつい先日のことだ。やっと雨が止んだこの日、事務所を戸締まりしてスマホを確認してみると着信が入っていた。表示は、――母。

一瞬、複雑な感情が真琴《まこと》の胸を交錯《こうさく》する。父は上場企業勤務のサラリーマン、母は専業主婦。兄弟は真琴よりもずっと優秀で、以前ちょっと職場の愚痴《ぐち》を零《こぼ》してみたら、母親に電話口で大仰《おおぎょう》なため息を吐かれたものだ。兄弟の中で一番鈍臭《どんくさ》い娘を、両親はどう思っているのだろうか。……家族はあまり、得意ではない。

「……大丈夫？　真琴ちゃん」

気がつくと、央介《おうすけ》が真琴の顔を心配そうに覗《のぞ》き込んでいた。

「いえ、なんでもないんです」しかし、上手《うま》く誤魔化《ごまか》そうとしたはずなのに央介の表情はますます案ずるように曇って、真琴は急いで頭を下げた。「あの、今日もお疲れ様でした」

用事がある振りをしてスマホを持って駅を目指していると、通りでふと声をかけられた。

「――そこのお嬢さん、ずいぶん浮かない顔をしているのねえ」

はっとして顔を上げると、駅から少し離れた辻《つじ》に小さな机が出ていた。机にはなにやら神秘的な水晶玉が置かれ、浴衣《ゆかた》姿の女占い師が座っている。彼女の着ている浴衣の柄を見て、真琴は目を瞬いた。それは、既視感《きしかん》のある、目にも鮮やかな夏らしい朝顔柄だった。

「うふふ……。こんばんは、お久しぶりね」

聞き覚えのある、どこかひんやりとした品のある声音《こわね》。年齢不詳の美しい女占い師が、謎めいた微笑を浮かべている。嫌な予感はあったが、一応真琴は確認した。

「……ひょっとして、シロさん？」

「そうよ、白峰《シロミネ》という名で占い師をしているの。これからよろしくね、お嬢さん」

シロさんの美しい声が、和を感じさせる赤い口紅を引いた唇から零れ落ちていく。肌はきめ細かく真っ白で、まるで日本画の中から出てきたようだった。

「さっきからそんなにそのスマホを眺めちゃって、なにか嫌なことでもあったのかしら？」

「そ……、そういうわけじゃないんだけど」

「まあ、いいわ。今夜はこの町のどこかで事件がありそうな匂《にお》いがするもの。あなたにもなにかが起きてもおかしくないわ」

意味深に言って、シロさんは駅ビルの合間にぽっかりと浮かぶ満月を見上げた。さっきまで白く輝いていた満月は、もう黒い叢雲《むらくも》の向こうに隠れていた……。

＊＊＊

事件は――、幸居《さいわい》事務所から少し離れた古い住宅街で起きていた。

ガサ、ガサ、ガサと、いくつもの足音が鳴り響いている。その庭に降り積もった枯れ葉は、雨水を含んですっかり腐っていた。いや、枯れ葉ばかりではない。空き瓶《びん》や空き缶に、プラスチックゴミまでもが散乱し、ぐっしょりと濡れそぼったまま放置されていた。

「……なんか、虫いそうじゃね？」

早坂大地《はやさかだいち》は、怖々《こわごわ》としながら呟《つぶや》いた。すると、すぐ前を歩いている三島雄二《みしまゆうじ》が長い前髪を掻《か》き上げて肩をすくめた。

「いるに決まってんだろ、馬鹿」

（……ちぇっ、雄二の奴。馬鹿はねえだろ、馬鹿は）

大地が俯《うつむ》くと、生温《なまぬる》い嫌な風が吹いて月光がさらに翳《かげ》った。満月が雲に隠れたのだ。

（ああ、最悪。今夜もまた雨が降るのかなあ。……だからオレは嫌だって言ったのに）

大地たちがこんなところに来る羽目になったのは、すぐ前を歩いている雄二のせいなのだった。春先にこの町に引っ越してきたという雄二が大地たちのグループに入ってきたのは、最近のことだ。学年は大地より一つ上。そのせいか、やたらと先輩風を吹かせてくる。

『オレたちで肝試《きもだめ》しに行こうぜ。図書館の裏手にある、例の〈お化け屋敷〉にさ……』

雄二がそんな提案をしたのは、夏休みに入ってからのことだった。大地たちがお化け屋敷と呼んでいるのは、近所で最近話題になっているこのゴミ屋敷のことだった。見上げれば、外壁はボロボロで枯れて朽《く》ちた蔦《つた》が這《は》っている。敷地を囲んでいるブロック塀《べい》も酷《ひど》く傷んで、今にも崩れそうだ。庭の有様も酷い。このお化け屋敷に、最近、本当に出るというのだ。大地の友人たちの中にも、亡霊のような影を見たという者がいる。

……だけど、まさかこんな馬鹿げた計画を本当に実行することになるとは思わなかった。

『なんだよ、おまえら怖いの？　行こうぜ、面白いって絶対』

みんなを乗せるように、雄二は饒舌《じょうぜつ》に煽《あお》った。……いや、ひょっとすると、雄二自身も、引っ込みがつかなくなってしまったのかもしれない。みんなの気を引きそうな計画を口にしておいて、実際には実行する勇気がない奴——と思われるのが嫌だったのだろうか？

雄二には年の離れた兄がいて大人びて見えるから気づかなかったが、大地たちの中にあとから入り込んできて、どこか肩身の狭い思いでもしていたのかもしれない。

けれど、今になってそんな可能性に思い当たっても遅い。スナック菓子の包装を雄二が投げ捨て、大地はさり気なくそれを拾って言った。

「なあ、ちょっと待てよ、雄二。康《こう》ちゃんたちがまだだよ」

「いいじゃん、別に。足手まといなんか放っといて、行こうぜ。オレらだけでも」

しかし、本音は少し怖いのか、懐中電灯を持つ雄二の手が震えている。雄二が庭側の窓を引くと、錆《さび》に引っかかってギリギリと音を立てたあとで、本当に開いた。

お化け屋敷とはいうが――、内部の荒れっぷりは想像以上だった。古い衣類の山に新聞紙や封書類もいっぱい積まれていた。床はほとんど見えない。雄二が持っている懐中電灯の光が、散らかった床を照らす。さっと目を走らせると、色褪《いろあ》せているけれど、やたらと目にうるさいカラーばかりで埋もれていた。赤、紫、黄色にピンク。

「……ここに住んでたのって、女の人だったのかな」大地は首を傾《かし》げた。「なんか、色が凄《すご》くねえ? 桐ヶ谷《きりがや》さんはさ、もっと地味な感じの服ばっかりだよ」

「そうだっけ。似たようなもんじゃねえ?」

肩をすくめて、雄二が鼻の頭を掻く。雄二は、桐ヶ谷とはまだあまり親しくなかった。

すると、庭の方から声がかかった。

「おーい、待ってよう。大地君、雄二君……」

「やっと来たか、康ちゃん。早くこっち来いよ。お化けなんか嘘さ、誰もいやしない……」

その時だった。甲高《かんだか》い女の叫び声が響いた。思わず、大地たちは叫んだ。

「う、うわあ⁉　で、出た――‼」

次の瞬間、いきなり窓の外がかっと白くなった。間髪容《かんはつい》れずに雷鳴が轟《とどろ》く。落雷だ。この近くに落ちたらしい。大地たちは、喚《わめ》きながら無我夢中でお化け屋敷を飛び出した。途端に、礫《つぶて》のように重い雨粒が体を叩く。気がついた時には、大地たちは近所の住宅街をびしょ濡れになって駆け抜けていた。

「……み、みんな、大丈夫か？」

「平気。だけど、びっくりした。噂《うわさ》、本当だったんだね……」豪雨の中で濡《ぬ》れ鼠《ねずみ》になった子供たちは、ごくりと喉を鳴らした。

「――あのお化け屋敷、ホンモノのお化けがいるんだ」

＊＊＊

先週まで続いた激しい長雨のあとは、打って変わって夏らしい晴天が戻っていた。

その時、真琴は目の前に建つ〈お化け屋敷〉と呼ばれる、あまりにも古めかしくて長いこと手入れをされていない建物の前に立っていた。門扉《もんぴ》の向こうを覗《のぞ》けば、庭は荒れ放題。どうやら心無い通行人が投げ込んだらしく、飲みかけのペットボトルや空《あ》き缶が無数に転がっている。

幸居事務所の今日の現場は、小さくて大きなご近所問題、〈ゴミ屋敷〉視察なのだった。

「──お嬢さんったら、いつまでそこで二の足を踏んでるつもりなの。さっさと腹を決めて中をよく観察してみなさいな」

「わ、わかってるんだけど……」

真琴がおずおずと振り返ると、シロさんの優美な立ち姿が目に入った。今日のシロさんは、繊細《せんさい》な刺繡《ししゆう》の入った白い日傘を涼しげに差している。

「シロさんまでご足労いただいちゃってすみませんね」

なんの違和感もなく、央介が、〈以前から隣人だった〉ということになっている顔馴染《かおなじ》みのシロさんに声をかけている。シロさんは、つんとした表情で澄まして答えた。

「今回は〈お化け〉絡みだそうですものね。わたくしの霊感が役に立つかもしれないわ」

「お化けって、ちょっと」自称占い師のシロさんを諫《いさ》めてから、真琴は続けた。「……だけど、さすがに今はもうこの家には誰も住んでないんですよね？　表札も出てないですし」

「と、思うけど。人の気配、しないし」

インターフォンを押しても、もちろん反応はなし。

現在、区では五件のゴミ屋敷に対して行政が対応しているらしい。だが、このお化け屋敷はその中には入っていなかった。佳代《かよ》の時と同様、どうしても動きが遅くなりがちな行政に業《ごう》を煮やした島原《しまばら》に頼まれ、幸居事務所が現状調査に現れたというわけだ。

「でも、こんなに凄いのに、どうして中島区《なかじまく》が対応に当たっているゴミ屋敷の中にこの建物は入っていないんでしょうか？」

「それが、こんなに荒れるようになったのはここ数か月のことだそうなんだよ。さすがに苦情はぽつぽつ出てるそうなんだけど」

「ふーん。議員と住民と行政とが三すくみの関係だというのは、よく言ったものなのねえ」

例の万能手帳でシロさんが調べてくれたところによると、議員は住民に弱く、住民は行政に弱く、行政は議員に弱い——のだそうだ。それで、三すくみというわけだ。住民の合意が取れていなくても行政は判断を下さなくてはならない時があり、住民はそれに従わざるを得ない。住民は政治家を投票して選ぶから、議員、特に当選に必要な票数の少ない地方議員は、住民の細かな要望を聞くことができる。そして、議員は行政をチェックして、動かす……らしい。

するとこのお化け屋敷について相談を持ちかけてきた島原が、呆《あき》れたように言った。

「まったく困るよなあ。小火《ぼや》が起きたこともあるっていうし、危ねえったらありゃしねえ」

この一帯は、古い建物が乱立している。道路も現在の規定よりも狭いままで、消防などの緊急車両も通りにくくなっているようだ。

地域ボランティアを長らく務めているという島原に、真琴は訊ねた。

「島原さんは、この家の方と面識があるんですか？」

「いや、会えなかったよ。前にここの婆《ばあ》さんが深夜に徘徊《はいかい》してるって噂を聞いた時に、散歩がてらこっちまで見まわりに来たこともあるんだけどさ」

「島原さんには頭が下がりますよ。地域のために本当にありがとうございます」

「あらあら。央介先生は、この島原御大《おんたい》には頭が上がらないのねえ」

シロさんの指摘に、央介は苦笑した。

「選挙に当選する前から、僕は島原さんにおんぶに抱っこみたいなもんですから」言ってから、央介がお化け屋敷に話を戻した。「そういえば、真琴ちゃんが来る少し前だったかな。近くの小学校のＰＴＡ会長にここの噂を聞いたんですよ。その時、ちょっと図書館で地図を調べてみたんです。このお宅に住んでるのは楢橋《ならはし》さんという方のようでしたよ」

「ほほう。央介先生にも、案外いろんな情報が入ってきてるじゃない」

「僕の人柄ですかねえ」

「自分で言うなや」

「えへへへへ。まあ、冗談は置いといて。公共性や公益性の高い問題について対応するのも、議員の仕事ですからね。案外、地域の細々した問題については、僕みたいな無所属議員の方が相談しやすいって人も多いみたいなんですよ。大きな政党所属の議員だとがっちり支援者もついていたりするから、ハードルが高く感じてしまうんじゃないかなぁ」

そう――さもありなんとは感じるが、この変わり者の央介は無所属議員なのだ。誰にも縛《しば》られたくない、とかなんとか言って。

確かに、真琴がこれまで議会や委員会を傍聴《ぼうちょう》してみた感想としては、名前の通った政党所属議員の方が、区政全体の方針や予算の使い道など、大きな課題について取り組んでいる人が多く思えた。一方の無所属議員は、住民の細かな要望に対応しようと活動している人が目立つ印象だ。特に央介は議員の中でもかなり若いから、個人的な相談や町の世間話を持ちかけやすいというのもあるかもしれない。

「この感じだと、以前みたくまた対策のための条例ができるんですか?」

「いや、もうゴミ屋敷に関する条例は制定されてるぜ。前区長の主導で決めたんだよ。行政の実務担当者は綺麗《きれい》な女の人でさ。冴島美咲《さえじまみさき》さんって人だよ」

島原によると、区で定められたゴミ屋敷に関する条例によって、住民からの相談を受けて行政が調査をし、指導や勧告を経て改善命令を出す。それでも駄目なら、強制撤去に至るということだった。

「近所のママさんに聞いたらよ、ここに本当にお化けが出るって子供らが騒いでるって言ってたぜ。ま、なにかの見間違いだと思うけどさ」

(子供……?)

すると、島原が央介と話し込んでいるのを尻目に、シロさんが真琴に耳打ちしてきた。

「……お嬢さんの出番が近いかもしれないわよ」

目を瞬いて真琴がシロさんの示す方を見やると、そこには、コンビニで売っているような安い駄菓子の包装紙が数枚落ちていた。

「——セルフ・ネグレクトっていうんだって」忙しい島原と別れたあとで、ふと央介が言った。「日本語に訳すと、自己放棄。自分自身の生活や衛生環境を著《いちじる》しく悪化させてもなお、手を打つことをしない人たちのことを言う。誰かに助けを求めることができない一人暮らしの人に多くて、経済状況とも密接な関係があったりするらしい。……ひょっとすると、この楢橋さんのお宅の方もそんな状況だったのかもしれないね」

セルフ・ネグレクトという言葉に、真琴自身、ちょっと思い当たる節があった。職場で失敗して、転職試験で失敗して——ぶちっとなにかが切れて、自棄《やけ》っぱちになったのは春先のことだった。あんな風に酔っ払って夜の町を彷徨《さまよ》い歩いたのは、どうにでもなれというセルフ・ネグレクトの前兆だったのかもしれない。

「でも……。助けを求めるっていっても、頼れる家族だとか友人がいる人ばかりじゃないですよね。近しい人にほど、迷惑をかけたくないって思っちゃう人もいるだろうし」

それは、——真琴自身のことだった。あの時、実家に頼るという選択肢《せんたくし》もあったはずだ。けれど、電話口で親の大仰《おおぎょう》なため息を聞かなければならないと思うと、どうしても電話をかけられなかったのだ。……今も、実家に対する複雑な感情は胸でくすぶり続けている。

「もしかして、真琴ちゃんもそういう経験がある？」ふいに図星を指され、思わず真琴は央介を見た。「実は、この間スマホの画面が見えちゃったんだ。家族から電話が来てたみたいだけど、出ないからどうしたのかなって気になってて」

いつもは能天気なほど明るいのに、こういう時の彼は不思議なほどに勘がいい。しかし、すぐには打ち明けられず、真琴は目を泳がせた。

「そ、そのことなら大丈夫です。心配かけてすみません」謝ってから、真琴は話を逸《そ》らした。「……だけど、そういう時にこそ地域が力になれるかもしれませんよね」

「そうだね……」真琴の表情を少し訝《いぶか》ってから、央介は頷《うなず》いた。「でも、たとえば民生委員に繋《つな》いでもらうにしても、本人や家族の要請が必要なんだよ。ゴミ屋敷については区でも条例が制定されているから、近隣住民からの相談でも対応できる場合もあるんだけど」

近隣住民が困っていても――、問題の源となっている当の本人が、自分は困っていると認識し、助けを求めなければ、手を差し伸べられないこともある。

それがなかなか難しいのだ。

数日後、ゴミ屋敷についての話が出るという区民委員会に真琴たちは傍聴に来ていた。議会の委員会は、議会棟の会議室フロアで開かれる。ずらりと並んでいる役職付きのお役所職員に対峙《たいじ》するように、議員たちが座っていた。

三々五々、地元新聞社の若手記者らしき女性や、地元住人らしい年配の人たちが数人集まってきたところで、区民委員会は開会した。まずは区職員——つまりは公務員たちが概要を説明した。それから、議員たちによる質疑が始まる。

なかなか、こういう委員会の議論のやり方には馴染《なじ》みきれない。頑張ってもたまに眠くなってしまうのだが、続く央介の同僚議員の質問に真琴は顔を上げた。

「——区内のゴミ屋敷に関してお伺《うかが》いします。現在、中島区では五件の対応に当たっていると聞いておりますが、これは他の区に比べて数が少なく、本当に実態が把握《はあく》できているのか疑問です。つきましては……」

委員長を務める議員の進行に従って、生活環境を担当する役職持ちの職員が回答した。

「現在、いわゆるゴミ屋敷につきまして、生活環境分野で対応している件数は変わりありませんが、区全体で把握している件数は八件となっております。そこで——」

職員側の数値に関する回答は簡潔だったが、議員の質問が込み入ったものになると、会議室の外に控えていた実務担当者らしき女性職員がさっと出て上司の男にメモを渡した。

彼女を見て、真琴は寝惚《ねぼ》け眼《まなこ》を瞬いた。綺麗な色味のパンツスーツ姿は颯爽《さっそう》としていて、濃紺《のうこん》やグレーのスーツばかりが目立つ中、彼女の姿は、まるで一服の清涼剤のように爽《さわ》やかだった。年齢は、おそらく四十歳前後だろうか。

（そういえば、島原さんがゴミ屋敷の担当者は女の人だって言ってたっけ……）

確か、名前は冴島美咲と言っていた。しかし、彼女はさっきからメモ書きを渡すばかりで、回答するのは年配の管理職たちだ。

すると、正確性を堅持するあまりに通り一辺倒《いっぺんとう》とも思われるような回答が続いたためか、質問している議員が怒りに震える声で叫んだ。

「いわゆるゴミ屋敷というのは、一度綺麗にしても、しばらくするとまた部屋にゴミや荷物が溜まっていくケースもあります。ゴミ屋敷の住人として一方的に非難されることも多いと聞きますが、貧困や病気でお困りの方もいるでしょう。行政やアウトリーチ機関からの手厚い支援が必要です。そういった傾向がある方に対しては、生活環境という観点からだけではなく、福祉の面からの支援や見守りも必要と考えますが、あまりにも対応が遅い！　いかがお考えなのでしょうか！」

一方の職員側は、ひたすらに低姿勢かつ丁寧《ていねい》に対応していた。最初は議員が行政に対してやたらと威張っているように感じたのだが、何度か委員会に出席してみると印象が変わった。議員が経過を知ろうと間を置いて同じ質問をしても、進展していないことも多い。いつまで経っても回答が同じでは、議員たちが憤《いきどお》るのもわかる気がした。

地方行政の方針提案は、ドラさんに教えてもらった通り、首長の専権事項だそうだから、一職員には確約などできないのは理解できる。けれど、央介のような地方議員だって、数千の支持者を抱えて当選している住民の代表なのに、という思いもあった。

とにかく、一地方議員にできることにはかなり制限があるようなのだ。


結局、具体的な進展がないまま委員会は終わった。お化け屋敷の件もあるので、真琴が勇気を出して美咲に名刺交換を頼むと、彼女ははきはきとした口調で快《こころよ》く頷いてくれた。

「ええ、構いませんよ。わたし、冴島美咲と言います。あなたは、央介先生の事務所に最近入られた方ですね。お噂《うわさ》は聞いております」

「そうなんですか？」

なんだか恥ずかしい。いそいそと名刺交換を終えると、ふと真琴は彼女の名刺入れに目を留めた。そのアルミ製の名刺入れには、なんと、猫天様のシールが貼られていた。

「あの、冴島さん。そのシールって……」

「ああ、これですか？」美咲はにこっと笑った。「可愛《かわい》いでしょう。この町のご当地ゆるキャラなんですよ。でも、グッズの売上は控えめだし、あんまり知名度はないんですけどね」

少し残念そうに美咲が苦笑する。真琴はしげしげと猫天様のシールを眺めた。そういえば、大地も猫天様のTシャツを着ていたようだった。名刺入れにまでシールを貼っているということは、猫天様は彼女の推しキャラなのかもしれない。

「――しかし、いかにも切れ者って感じの女性ですねえ、冴島さんって」

議会棟の廊下《ろうか》で同僚たちと話している美咲を振り返って真琴が言うと、央介が答えた。

「彼女、とても優秀だそうだよ。住民の評判もいいいんだ。対応が丁寧でわかりやすいってさ」

「へえ」

あんなきちんとしていそうな人がゴミ屋敷の担当とは、――なんとも皮肉なものである。

＊＊＊

「……もう、本当に今日は静かにしてなきゃ駄目よ。たくさん苦情が入ってるんだから」

開館と同時に押しかけた大地たちを見て、眼鏡《めがね》の区立図書館司書が困った顔をした。

「はぁい、わかってまーす」

表面だけはいい返事をして、大地たちは図書館の自習コーナーへと向かった。角を折れて、本棚《ほんだな》の向こうに司書の眼鏡が消えた瞬間、大地たちは音も立てずに走った。仲間内の席取りだ。ドサドサと宿題の山を置いて、大地たちは椅子《いす》にどっかりと座り込んだ。

「だけど、桐ヶ谷さん大丈夫かな。足の手術で入院してるんだっけ？」

「リハビリ頑張ってるって。でも、当分桐ヶ谷さん家《ち》には行けそうにないよ」

仲間たちよりずっと頻繁《ひんぱん》に見舞いに行っている大地が答えると、彼らはがっかりしたように顔を見合わせた。桐ヶ谷は心配だが、家に居場所のない大地たちにとって、行き場所が一つなくなるのは切実な問題だ。すると、雄二が駄菓子を取り出し、みんなにまわした。

「桐ヶ谷さん家、留守中は入っちゃ駄目なんだって？」

「駄目に決まってるだろ」

「わかってるって。冗談だよ、冗談。じゃ、他になんか面白そうなこと探そうぜ。な？」

雄二が楽しそうに話し始めると、まわりもつられた。話す声がだんだん大きくなっていき――、やがてこっそり飲食していたのもバレて、図書館を摘《つ》まみ出されることとなった。

「……あーあ、追い出されちゃった。次どこ行こうか？　児童館は、今日休みだし」

「じゃ、公民館の学習スペースは？」

「あそこは十時からだろ。まだ一時間近くあるよ」

「公園……は暑いしなあ。エアコンあるとこじゃないと死んじゃうよ」

目的もなくだらだら駅前に向かっていると、向こうから、マイク越しに聞いたことのある声が響いてきた。なにやら、名前を連呼しているようである。この暑いのに真面目《まじめ》ったらしくスーツ姿で駅前に立っているあの男女は――。

「あ、政治家だ」

＊＊＊

「あ、政治家だ」

そう呼びかけられ、真琴は思わず噴き出しそうになった。通りの向かいで辻占《つじうらな》いをしているシロさんがくわっと猫らしい大きな欠伸《あくび》をして、真琴にだけ聞こえる声で呟《つぶや》いた。

『……どうやら、悪戯《いたずら》小僧どもが現れたようね。まったく、またなにか厄介《やっかい》ごとを持ち込む気かしらねえ』

シロさんが下した不吉な予言に、真琴はぎょっとした。厄介ごととは、いったいなんだろう？　こちらを指差している少年集団を見やると、真ん中には大地がいた。

「こんちは！　真琴さんたち、なにしてんの？」

「街頭演説よ。駅を利用してる人たちに挨拶《あいさつ》してるの」

　ちなみに、駅前でやる街頭演説のことを駅頭《えきとう》という。人通りの多い交差点でやるのは辻立ち、朝の駅頭は朝立ちなんて言ったりするらしい。

「でも、もう終わるところだよ。通勤時間も終わったし、暑いしね」

「なんだよ、やけに仲いいじゃん。この人たち、大地の知り合いなの？」

　大地の横から口を挟んできたのは、見慣れない少年だった。額に垂れた前髪が、頬《ほお》近くまで伸びている。前髪に隠れた彼の目は鋭く光っていた。背は大地より少し高い。

「ああ、雄二は初めてだっけ。この人たち、近所でいろいろ活動してるんだよ。桐ヶ谷さんも知り合い。あっちでマイク持ってる政治家が央介先生で、こっちが秘書の真琴さん」

雄二という新顔の少年に説明してから、大地は真琴を見た。「ね、ビラ配り手伝おうか？」

　野良猫の件以来、大地はすっかり真琴たちに対して素直になった。すると、雄二が生意気な顔で乗っかってきた。

「へえ、いいね、それ。オレもやる！　もちろん、給料出してよね」

「だ、駄目よ、そんなこと」ぐいぐいと迫りくる苦手なタイプの雄二に、真琴は尻込みした。「そ、それより、子供の仕事は勉強でしょう。夏休みの宿題の調子はどうなの？」

「別に」駄菓子を取り出してかじりながら、雄二は詰まらなそうに言った。「じゃあ、やっぱり今日は暇だな。これからどうするよ？　しょうがねえから、あのお化け屋敷でも行く?」

「えーっ!? 絶対やだ!」

他の子供たちが、口々に抗議する。目を瞬き、真琴は少年たちに向き直った。

「……ねえ、お化け屋敷ってなんのこと?」

「へへ、大人は知らないよな。最近、オレらの小学校で噂になってるんだよ。うちの小学校の近くに、ホンモノのお化け屋敷があってさ——」

雄二が得意げに言うのを聞き、真琴は目を見開いた。小学校で噂になっている、お化け屋敷。そういえば、雄二が口にくわえている特徴的な駄菓子の包装紙は見覚えがあった。

「それって、もしかして、区の南部にあるゴミ屋敷のこと?」

「あれっ。お姉さんも知ってるんだ——」

そこへ、演説を終えた央介が汗を拭き拭き交じってきた。

「なになに、なんの話?」

「——じゃ、きみらがいつもお化け屋敷に夜中忍び込んでたのかい?」

「ち、違うよ! 一回だけ、この間が初めてだよ」大地は、ばつが悪そうに首を縮めた。

「あの雷と雨が凄《すご》かった晩にさ、あのお化け屋敷、〈出る〉っていうから肝試《きもだめ》しに……」

大地の言い訳を聞いていた央介が、めずらしく真剣な顔で腰を落とし、彼を諭《さと》した。

「大地君、それから他のみんなも。なんとなくはもうわかるよね。人の家に勝手に入るのはいけないことだ。不法侵入と言って、犯罪なんだよ」

「……はい」

しょんぼりして、大地が肩を落とした。すると、雄二が急に口を挟んできた。

「――だけどさ！　凄いゴミ屋敷だったぜ。テレビで取り上げられるレベルだよ。ねぇねえ、政治家の権力でさ、あのお化け屋敷をオレらの溜まり場にしてよ。あれ、相当苦情も入ってるんじゃないの。オレらに任せてくれれば、ゴミ山もちゃんと片づけるからさ！」

「駄目に決まってるだろう。悪いことしたって、良いことないよ」

「なんだよ、それ。政治家の迷言ってやつ？　ちぇっ。政治家って、いっぱい権力持ってるんじゃないのかよ、ケチ！」

図々《ずうずう》しく雄二が言う。大人に絡むのが好きなのかと思いきや、雄二はどこか仲間内の反応を気にしているようだった。すると、大地が少し躊躇《ためら》うように顔を上げた。

「でもさ。空《あ》き家だって噂《うわさ》だから探検しに行ったのに、あの日は誰かいたみたいだった。……あそこ、人だかお化けだか知らないけど、なんかいると思うよ。実際」

「うーん。もしかすると、浮浪者に住み着かれてしまってるんじゃないですか？　庭先のゴミの中には、煙草《たばこ》の吸《す》い殻《がら》もずいぶんありましたし」

　真琴が央介に言うと、大地が首を傾《かし》げた。

「どうかな。……あれは女の人だったと思うけど。あの晩、声を聞いたんだよ。一瞬だったから自信があるわけじゃないけど、あれはたぶん女の人だった。なあ、そうだろ?」

　けれど、時間が経った今になっては自信がある者はいないらしく、子供たちは顔を見合わせている。あんな家に今も人が住んでいるとは、にわかには信じ難い話だが――。

　怪談のような大地の話に少々怖気《おじけ》づいていた真琴だったが、辻占いをしているシロさんの冷ややかな視線を感じ、慌てて央介に言った。

「そ、それじゃ、とにかくあのお化け屋敷と呼ばれてる家を所有されてる方と、なんとか連絡を取る方法を考えてみませんか?　央介先生」

＊＊＊

　暇潰しに央介たちにくっついていこうとして断られ、大地たちはそろそろ開くはずの公民館へと足を向けた。入り口の前に立って、子供たちはがっくりと肩を落とした。

「あれぇ?　なんだよ。今日、臨時休館だって。参ったなあ。どうする?」

子供たちは、顔を見合わせた。誰も行き先の当てなんかいくつも持っているわけもないし、もちろんお金があるわけでもない。大地たちが困っていると、雄二が手を挙げた。

「……だったらさ。えっと、オレん家来てみる？　今日は兄貴がバイトでいないから……。こっそり昼くらいまでいるだけだったら、平気だと思うよ」

どこか自信のなさそうな雄二に、大地は首を傾げた。心配して視線を送ると、雄二は唇を尖らせてそっぽを向いてしまった。雄二の様子に気づかず、他の子供たちは声を上げた。

「やった！　雄二君、ナイス！」


「――おいっ、騒ぐな！　こらっ、冷蔵庫勝手に開けんじゃねえっての！」

雄二のアパートは、案外片づいていた。小さな弟妹が遊びまわっている大地の家とは大違いだ。雄二の兄が買ったのものなのか、最新のゲーム機類も豊富に揃っていた。

「凄い！　ねえ雄二君、このゲームやっていい⁉」

「馬鹿、駄目に決まってるだろ。あ、兄貴のだから触んなっての！」

大地もずっとやってみたかったゲームが揃っているから残念だったが、雄二がどうやら本当に兄を恐れているように見えたので、仲間たちを促した。

「なあ、ちゃんと宿題やろうぜ。また先生に怒られても知らないぞ」

大地が言うと、少年たちは文句を言いながらも宿題を取り出した。しかし、宿題が一段落した頃になって――、突然、玄関を開ける音が響いた。

「ただいまぁ。……あれ、なんだ、この靴《くつ》の山は」

雄二が、ぎょっとしたように飛び上がる。雄二の兄らしき少年が、急に帰宅したのだ。雄二に似た細い体つきの少年の後ろには、可愛《かわい》らしい少女が立っていた。雄二の兄は、連れの少女に虚勢でも張るように弟の胸倉を摑《つか》んだ。

「――おい、雄二っ。てめえ、勝手になにやってんだっ」

怒鳴った声が裏返っている。雄二もまた、虚勢を張るように言い返した。

「う……、うるせえな。オレだって、たまには友達連れてきたっていいだろ。兄貴はいつもぞろぞろ連れてくるくせに！」

雄二の声は震えていた。すると、後ろの少女が驚いたように彼を嗜《たしな》めた。

「ねえ、ちょっと怒りすぎでしょ。そんなに言わなくてもいいじゃん。……あたしも弟いるからわかるんだ。たまには家で遊びたいよ、ねえ？」彼女は、取り成すように雄二に明るく笑いかけた。「だからさ。あたしたちは、今日はどっか外に行こうよ」

「あ……、ああ、うん。ごめん、そうだね」彼女を怖がらせてしまったことに気づいたのか、雄二の兄は慌てて矛《ほこ》を収めた。「じゃ、じゃさ！　とりあえず、駅前でも行ってみる？」

だが、少女がもう一度靴を履《は》き直している間に、彼女には聞こえないような声で雄二の兄が低く言うのが、大地の耳に入った。

「おまえ、……あとで覚えてろよな」

＊＊＊

「……やっぱり、誰かが出入りをした様子はないみたいですね」

再び立ち寄ったお化け屋敷を眺めて真琴が言うと、シロさんが意味深に鼻を鳴らした。

「やれやれ、早合点《はやがてん》をするのねえ。もう少しきちんと観察してみると、別の事実が見えてくるかもしれないわ」

真琴が首を傾げていると、先に央介が気づいたようだ。庭のゴミを眺めていた央介が、こちらに声をかけてきた。

「ねえ、真琴ちゃんとシロさん。二人はこのゴミの山をどう思う？」央介は続けた。「前に来た時も感じたんだけど……、僕には誰かが片づけてるように思えるんだ」

「こんなに汚いのにですか？」

「でも、ゴミがあるのはきっちり敷地内だけじゃないか。……ひょっとするとこれは、公道にまでゴミが溢《あふ》れ出していたら、行政や警察に動かれやすくなってしまうからじゃないかな」

「というと、そういった人たちに介入されないように片してるってことですか？」

「と、僕は考えてしまう」

「そんなこと、あるんですかねえ……？」

背伸びをして覗《のぞ》き込んでみると、ガスメーターも動いていないし、郵便受けには、ダイレクトメールが山ほど突っ込まれたままだった。きっと、長い間誰もチェックしていないのだろう。真琴には、誰かがここをそっと片づけているなんて思えなかった。

大地たちの話では、このお化け屋敷にいるのは女の人――または幽霊という話だった。以前住んでいたか今も住んでいるかという住人はお婆《ばあ》さんだという話だから、その人だろうか？　しかし、央介は首を振った。

「大地君たちの話してた感じだと、この家で遭遇《そうぐう》したのはお婆さんじゃなさそうだったと僕は思う。だって、年配の女性の声なら、そうと言いそうなものじゃない？」

確かに、老婆《ろうば》の声というなら怪談には打ってつけだ。子供たちの印象にも残りやすいだろう。とすると、大地たちが嵐の晩に聞いたのは、もっと年齢の若い女性の声だったのかもしれない。しかし、このあとどうしようか――と考えていると、察しよくシロさんが例の手帳を手繰《たぐ》ってくれた。

「ふーん。人間界には、法務局というのがあるようよ。そこで登記簿謄本《とうきぼとうほん》を取れば、土地建物の現所有者はわかるようだわね。今から行けば受付時間に間に合いそうよ」

「なるほど、登記簿謄本か」

　央介が、ぽんと手を打つ。その横で、真琴はおろおろと戸惑った。

「……でも、あんまり探ってると思われるのも、警戒されちゃいそうな気がしません？」

「そうねえ。だけど、本当に家の持ち主の知らないところで他所《よそ》の人間が住み着いてるとしたら、大変なことよ。そういうことなら、知らせてほしいと思うんじゃないかしら」

「そう考えると、いいのかな……。小火《ぼや》も起きてるって話だし」

　取り急ぎ、注意喚起くらいはしてもいいだろう。真琴たちは、法務局へ向かった。

　法務局で登記簿謄本の取得申請をすると、くだんのお化け屋敷の所有者の現情報が出てきた。央介が以前図書館で参照した地図にあった通り、土地建物の所有者の名前は〈楢橋〉芳江《よしえ》。高齢の女性らしく、何十年も前に楢橋一郎《いちろう》という男性から相続によって所有権が移っている。おそらく、この楢橋一郎は芳江の父か夫だったのだろう。

「やっとあの家の持ち主さんの名前だけはわかりましたね」登記簿謄本を眺め、真琴は言った。「……あれ？　でも、見てください。この謄本に登録されてる楢橋さんの住所は、あの家とは違うみたいですよ。これって、どういうことでしょう？」

中島区に隣接する野々並《ののなみ》区の住所が、そこには記載されている。

「あそこの土地を登記した時には、住民票はこっちにあった——ってことになるのかな？」

央介も自信がなさそうだ。

「それじゃ、せっかく法務局に来たんですし、この住所の登記簿謄本も取ってみましょうよ。なにかわかるかもしれません」

さらにもう一通登記簿謄本を取ってみると、かつて芳江の住民票があった住所の所有者がわかった。最初の所有者名は、お化け屋敷と同じく、楢橋一郎。

「その下よ、大事なのは。二人とも、よく見てごらんなさい」

シロさんに促されて登記簿謄本を指で追うと、やはり芳江に相続で名義が移っていた。それが、さらに今度は一年ほど前に他の人へ所有権移転している。真琴は目を瞬いた。

「……今度は、苗字《みょうじ》が違う方が出てきましたね」

もとは楢橋一郎の所有物件だった野々並区の所有者は、楢橋芳江を経て、現在は、山室《やまむろ》咲子《さきこ》という女性になっていた。

「所有権の移転理由は、〈贈与〉になってますね……」

「ということは、この山室咲子さんは、楢橋芳江さんの親族なのかな」央介が、顎《あご》に手を当てた。「とりあえず、彼女にお化け屋敷の現状を伝えるために連絡を取ってみようか」

　しかし、山室咲子に趣旨《しゅし》を手紙で報せると、電話で返ってきた返事はにべもなかった。

「――母の楢橋芳江のことなら、あたしにはもうなんの関係もありませんよ」事務所に電話をかけてくるなり、咲子は怒ったように早口で言った。「もうずいぶん前に生前贈与も終わっててね、あたしは相続放棄してるんですよ。あの因業婆《いんごうばばあ》にうるさく言われて、雀《すずめ》の涙みたいな財産しかもらえなかったんです。今更いろいろ言われたって、困りますよ」

「あの、それでは芳江さんは今どうされてるんですか？　連絡が取れなくて困ってるんです。お家が、その……酷《ひど》いことになっていますから」

　苦手な電話対応でおどおどしていると、ますます電話口の声は不快そうにひび割れた。

「はあ？　あんたたち、知らずに連絡してきたんですか？　芳江はね――死んだんですよ」

　そうか――やはり、楢橋芳江は亡くなっていたのか。咲子は、さらに声を荒らげた。

「だからね、もう死人だし、いくら産みの母親ったって他人と同じですよ。あたしは葬式だって出ませんでしたから。今更、ゴミ屋敷だとか不法入居者だとか言われる筋合いもありません。なんだか知らないけど、あんたら政治家なんでしょ？　役所にでもなんでも頼んで、勝手に処分しといてください。あたしはそれで構いませんし、費用を出す謂《いわ》れもありませんから。もう余計な連絡してこないでくださいね」

　ブツッと電話が切れる音がして、それ以降、咲子とは連絡がつかなくなった。


「……相続関係で揉《も》めてたとなると、亀裂は深いのかもしれないね」真琴が山室咲子からの電話を報告すると、央介が首を傾《かし》げた。「親族の仲がよくても揉めるのが相続だからね」

　実感のありそうな言葉に、真琴は訊ねた。

「ひょっとして、央介先生も経験があるんですか？」

「まあね。実はさ、うちは両親が離婚してるんだ。財産分与じゃさんざん揉めたんだけど、これからある相続の方もいまだに話し合いが終わってないんだよ」

「離婚……？」

「父親に長らく好きな人がいたみたいでね。それが議員事務所の秘書だったもんだから、支援者団体からもたくさん批判されたんだ。あの時は本当に大騒ぎになって、最後は選挙にも落ちちゃってさ。まあ大変だったみたいだよ」

　びっくりして、真琴は目を瞬いた。いつか佳代が言っていた央介の父親が起こしたスキャンダルというのは、このことだったのだろうか？　どぎまぎしながらも、真琴は訊いた。

「……そ、それじゃ、ずいぶんご苦労されたんでしょう？」

「母親はね。親父《おやじ》に不倫《ふりん》されたってのに、支援者に謝ってまわってたみたいだよ」

「それはなんともまあ、理不尽なことねえ」シロさんが口を挟んできた。「政治家の伴侶《はんりょ》っていうのも、なかなか大変そうだわねえ」

「でも、うちの母は好きで政治家の妻をやっていたようなところがありましたから。納得はいかなかっただろうけど、それでも最後まで父を支え切りましたよ。結局は別れちゃいましたけど」

「央介先生はどうだったんです？」

「うーん。僕は両親から迷惑を被《こうむ》るより、かける方が専門だったから。こう見えて、昔は荒れてたからね」言葉とは正反対に、人の好い顔で央介は笑った。「その頃に島原さんが声をかけてくれてさ。上手《うま》いこと更生できてラッキーだったよ」

「荒れてたっていうと、……まさかヤンキーだったとかですか？」

「いや、どっちかっていうとニートっぽい感じだったかも」

行動力の塊《かたまり》のような央介がニートとは、まったく想像がつかない。政治家になる前の彼は、いったいどのような男だったのだろうか？　怪訝《けげん》な真琴の顔を見て、央介が苦笑した。

「これで僕も昔は悩んだんだよ。家族ってのは本当に難しいよね。特に若いうちは一緒にいる時間が長い分、お互いの人間性の嫌なところや足りないところが見えてしまうし」

央介の話を聞いて、真琴は思わずどきりとした。つい、自分の家族のことを重ねたのだ。

「……でもねえ。この地域の役に立とうとして動きまわってると、両親のやってきたことに触れたりもする。なんていうか、両親に対する見方が変わったよ。不思議だよね、家での会話はないのに、過去に町で積み上げてきた実績で親を知るってのもさ。だけど、今になって思うんだ。これが我が家の繋《つな》がり方なんじゃないかってさ」

「繋がり方……？」

「そう——同じ家に一緒に住んで仲良くお喋《しゃべ》りしてってていうのは、どうも僕ら一家には無理みたいなんだ。でも、お互いがやってきた仕事を見れば、どんな生き方をしているかわかるじゃない？　それだって、立派な一つの家族のあり方なんだよ。きっと」

だんだんと央介の言っている意味がわかってくると、真琴は目を瞬いた。これまでずっと、真琴は家族を避けている自分が薄情な気がしていた。友達の多くは家族と仲良くできているのに、自分はどうしてこうなのだろう——と。でも、当たり前だけれど、真琴のように家族との距離感に迷って、悩んでいる人もいるのだ。

『……やれやれだわ。本当に不器用な子ねえ、あなたって』シロさんが、真琴にだけ聞こえる声で囁《ささや》いた。『害を与えてくる者から距離を取るなんてことは、動物なら常識以前の行動よ。それがたとえ家族であろうとね。……まあ、害とばかりは言えないから悩んでしまうんでしょうけど。他人ばかりを気にして、自分を守ることを忘れてしまっては意味がないわ。大切なのは、その関係があなたに本当に必要なのかということよ』

（シロさん……）

『だからね。そろそろ勇気を出して、あなたも自分のことを少しは話してみたら？　この人、あれからずっと心配していたのよ。だから、まわりくどく自分の話なんかして』

はっとして、真琴は央介を見た。そうか――どうしてこんな話を急に話してくれたのかと思ったら、そんな理由があったのか。央介が心配そうに自分を見つめてくれているのと目が合って、今度は真琴は素直に打ち明けた。

「……実は、あたしも家族って昔から得意じゃないんです。ほら、この間うちの母から電話があったでしょう？　あの時は久しぶりすぎてびっくりしたんですけど、決心がつかなくてまだかけ直せてなくて」

真琴も、実家の家族とはたぶんもう一緒には暮らせないと思う。生き方のペースや物事の感じ方、どう接すれば心地よく、また傷つくのか、そのすべての感覚が違うのだ。家族だからといってそういうものが合うとは限らないことが、離れて暮らすようになってはっきりとわかった。だけど、央介の話を聞いて気がついた。……一緒に暮らすだけが、家族の形ではないのかもしれない。

「もしかして……、その、お父さんの事件があったから、央介先生はすぐに地域の人の陳《ちん》情《じょう》に応えるようにしてるんですか？」真琴は、おずおずと訊いた。「実は、央介先生がどうしてここまで頑張れるのかなって、不思議に感じてたんです」

央介は町の人の陳情を信じ、応えている。時に私生活を犠《ぎ》牲《せい》にし、人が好きすぎるくらいの真《しん》摯《し》さで。それは、ひょっとすると、スキャンダルで支持者の期待を裏切ってしまった父親のためなのかもしれない。すると、央介は答えた。

「親父のことだけが理由ってわけじゃないけど、僕はやっぱり彼の息子だからね。自分にできることはしようと思っているよ」央介は、あらためて登《とう》記《き》簿《ぼ》謄《とう》本《ほん》を眺めた。「だから、楢橋芳江さんのお宅のことも、なんとか解決したいと思ってるんだけど」

「そうですね」真琴も気持ちを切り替え、一緒になって登記簿謄本に向かった。「娘の山室咲子さんに相続させなかったとなると、あの土地建物はどこかに寄付したんでしょうか？」

「でも、寄付先がちゃんとした団体なら、もう名義変更されてそうなものだよね」

例の手帳を手繰《たぐ》って、シロさんが肩をすくめた。

「ふーん。どうやら、土地建物の名義変更は義務じゃないようよ」

「それじゃ、名義を変えないのはなにか理由があるのか、それともただ時間がないとか、忘れてるだけなのかな。それなら確認しようもないし、ここで手詰まりかな……」

央介が困ったように首を振るのを見て、真琴はため息を吐いた。

「山室咲子さんが相続放棄しているとなると、今のあの家の地権者は誰なんでしょうね。まさか、本当にお化けってこともないでしょうけど……」

そう呟《つぶや》いた時、ひゅうっと生温《なまぬる》い風が事務所へ吹き込んだ気がして——。真琴は、ぶるっと身震いをした。

＊＊＊

「おい——雄二、また帰らないのかよ？」

ぶらぶら前を歩いている雄二に、大地はいい加減で声をかけた。

住宅街は、すっかり静まり返っている。他の仲間たちは、ずいぶん前に家に帰っていた。

「……大地は、帰っていいよ。オレ、今日は朝まで公園にいるから」

「今日はじゃなくて、今日もだろ。いい加減警察に補導されるぜ、だんだんオレらのマーク厳しくなってるもん」

「馬ぁ鹿、そんなん平気だよ。見つかったら、走って逃げればいいじゃん」

ここ数日、雄二はずっとこの調子だった。けれど、大地にも雄二の気持ちはよくわかった。あの面倒そうな兄貴が待っている家になんか、雄二でなくとも帰りたくない。警官が夜間パトロールでよく通るルートを避けて歩いていくうちに、大地たちはふと、あのお化け屋敷へ続く道へ出たことを知った。

「……なあ。今日はオレらだけだし、今度こそちゃんと奥までお化け屋敷探検してみねえ?」

「あのなあ……」大地は呆《あき》れ、肩をすくめた。「まあ、外からちょっと眺めるくらいなら付き合うよ。でも、そのあとは帰る。央介先生とも約束したし。な、雄二もそろそろ帰れよ」

雄二は、答えなかった。やがて、道の先にあのお化け屋敷がゆっくりと見えてきた。

「……どう? 誰か、いる?」

止める間もなく門扉《もんぴ》の中に入り込んだ雄二に、大地は怖々《こわごわ》と訊いた。

本当はもうこのお化け屋敷には近寄りたくなかったのだが、致し方ない。できれば央介や真琴の気持ちは裏切りたくなかったが、雄二を見捨てて自分だけさっさと帰ることは大地にはどうしてもできなかった。

するると、突然大地たちの背中に叱責《しっせき》の声がかけられた。

「――ちょっとあなたたち！　またここに来てたのね。本当に警察呼ばれてもいいのっ？」

＊＊＊

夕食がてら島原に経過を報告したあとで央介とお化け屋敷に立ち寄ってみて、真琴は額に手を当てた。嫌な予感はしたのだが、案《あん》の定《じょう》そこには大地の後ろ姿があった。

「央介先生、それに真琴さんにシロさんも、ごめん！　だ、だけど、オレは敷地には入ってないよ！　……でも、怒らないでやってよ。ちょっと事情があるんだ、雄二の奴にはさ」

すると、門扉の中から悪びれもせずに現れた雄二が口を挟んできた。

「ああ、政治家先生も来たんだ。ね、聞いてよ。今ちょっと覗《のぞ》いてみたんだけど、あの晩、窓を開きっ放しで逃げたのに、今は閉じてた。やっぱりこのお化け屋敷には誰かいるみたいだよ」

「あのねえ、雄二君……」

央介が再び子供たちにきちんと話をしようとした時だった——夜更けのお化け屋敷から、ふいに、なにか物音がした。

ぎょっとして、誰もが黙り込んだ。なにかが床に落ちたような、結構大きな音だった。

「鼠《ねずみ》……、でしょうか？」

「にしちゃ、ちょっと音が大きかったように思わない？　重量感がある音だったような」

「そうですよね、やっぱり……。……まさか、本当にお化けなんてことは」

自分の言葉に、自分で怖くなった。央介もちょっと怖いらしく、顔が引きつっている。

その腰には、青い顔をした大地と雄二が絡まりついていた。

「大の大人が揃いも揃って、情けないわねえ。少しは落ち着きなさいな、まったく」

扇子《せんす》で、シロさんが真琴と央介の顔にひらひらと涼しい風を送ってくれている。

しかし、昼間に様子を見に来た時は人の気配はまったくなかったのに、いったいどういうことだろう？　最近の猛暑のさなかにこのお化け屋敷ですごしていたら、無事では済まないはずだ。まさか、中で誰か倒れていたりして——とはいえ、真琴は腕時計を眺めた。

「……だけど、こんな夜更けに、中に人がいないか確認するっていうのはまずいでしょうか」

「うーん。そこなんだよね」

「それじゃ、今日はひとまず帰って、明日出直してみますか？」

「いやいや、待ってよ。中にいるのがホンモノのお化けなら、夜のうちに見に行かないとわからないんじゃねえ？」家に帰りたくない事情でもあるのか、雄二が騒いだ。「いいじゃん、ちょっとくらい覗いたって。お化けがマジでいたら大発見じゃんか」

「おい、やめろよ」

「誰も行かないなら、オレ一人でも行くし。お化けがいたら面白いし、誰もいなかったら、ちょっとくらいオレらが中で遊んだって別にいいじゃん。あれ以上汚したりしないよ。もうあんなに汚いんだからさ」

雄二が、唇を尖らせて嘯《うそぶ》いている。今夜は真琴たちが彼を家まで送っていくとしても、このままでは、いつか本当にこのお化け屋敷に突入していきかねない。果たしてどうするべきか。真琴が逡巡《しゅんじゅん》していると、ふいに、隣に立っているシロさんが呟いた。

「――だけどねえ、お嬢さん。どうも、中にいるのは物《もの》の怪《け》の類《たぐい》ではなさそうよ」

目を瞬いて真琴がシロさんを眺めると、彼女は澄ました顔で瞼《まぶた》を伏せた。どうやらシロさんは、真琴をあのお化け屋敷へ行かせたいらしい。……ということは、あの中に、困っている地元の人間がいるということだろうか？　謎の物音がしたのは、つい今のことだ。明日になったら、この物音の主は、どこかに去ってしまうかもしれない——。

「……それなら、一度だけインターフォンを鳴らしてみます。さっきの音、確かに鼠とは思えませんし。中に誰かいるなら、きっと事情があるはずです。なにか力になれるかもしれないし、ちゃんと確認した方がいいでしょう。雄二君も、諦めてくれなさそうですし」

みんなにそう宣言して、真琴は、古びたインターフォン——いや、ドアベルを鳴らした。暗闇の中で、バスの降車ボタンを押した時のようなひび割れた音が響いた……。

＊＊＊

その時、——冴島美咲は、ぼんやりとゴミの山に埋もれた部屋を眺めていた。どうやら外の通りで誰かが騒いでいるらしいが、今の美咲には気にもならなかった。

（この家、ちっとも変わってないんだな……）

砂壁はひび割れ、障子《しょうじ》も継ぎ目だらけ。もう令和だというのに風呂やトイレは旧式のままだったし、どこもかしこも小さな虫が我が物顔でとことこ歩いているのだ。

このお化け屋敷とか呼ばれている古めかしい家には、――美咲の祖母が長年暮らしていた。楢橋芳江だ。不思議だった。ここにいると、忌避《きひ》して忘れ去っていたはずのまだ自分が幼い子供だった頃の思い出が、じわじわと染み出してくるのだ。

……幼い美咲がこの家に来たのは、母の山室咲子がどこかで出稼《でかせ》ぎをしてくるだとか、そんな話が出たからだった。

咲子は勝手な女だった。まだ十代だった頃に、家出同然にこの家を出たらしい。咲子に手を引かれて美咲が初めてこの家に来た時には、咲子の母である芳江は驚いて怒り、そして泣いた。祖父はもう、他界していた。

咲子と芳江の間でどんなやり取りがあったのかはわからない。だが、小学生になるかならないかの年齢だった美咲は、祖母と二人で暮らすことになった。

祖母は、自分が育て間違えた娘の子だと思って同情していたのだろう。よく手を繋《つな》ぎたがり、よく頭を撫《な》でたがった。

……それなのに、美咲は芳江の皺々《しわしわ》の手が嫌いだった。

芳江は、当時から度を越した吝嗇家《りんしょくか》で、溜め込み屋だった。三十年以上も前のあの頃、すでにこの家は足の踏み場もないほどの荷物で埋まっていた。あまりに散らかった家の様子に、美咲は、芳江と反目している母の気持ちがよくわかると感じた。お母さんは悪くない――このドケチな祖母は、きっと意地悪で、母を苛《いじ》めていたのだ。そう思い込んでいた。

芳江との暮らしは一年半余りで終わった。ずいぶん昔に母と別れて消えたはずの父が、美咲を引き取りに現れたのだ。しかし、引き取られた先では父の再婚相手との折り合いが悪く、美咲にとって、家庭というものはやっぱり居心地の悪い場所のままだった。

美咲は、だから――絵に描いたような誰からも愛されない子供だった。


芳江が倒れたと知ったのは、つい数か月前のことだった。突然、病院から連絡があったのだ。咲子から聞いていたのか、芳江は、緊急連絡先に美咲の電話番号を書いていた。病院に駆けつけた時、芳江は意識不明の危篤《きとく》状態だった。最期に別れの挨拶《あいさつ》を――なんてこともできずに、芳江は意識を戻すことなく旅立っていった。

祖母の死後、美咲は、初めて自分が彼女の全財産の相続人になっていることを知った。遺産目録を見ると、あの吝嗇だった芳江は貧乏とはほど遠いことがわかった。亡き夫が妻の彼女に残した財産を、貯めて殖《ふ》やし、立派な資産家となっていたのだった。

(……どうしてわたしなんかに、こんなに遺産を? どうしてなの、お祖母《ばあ》ちゃん……)

一緒に暮らした記憶なんか、もうおぼろげなのに。美咲は、それまでの人生で経験がないほどに戸惑った。芳江は、まさか、美咲を本当は愛してくれていたのだろうか? ただ、育て間違えた娘が産み落とした可哀想《かわいそう》な子供に同情していただけではなく？　ひょっとして、この物だらけの家で、彼女は一人美咲が帰るのを待っていたのだろうか？　だとしたら、美咲は、なんで生前に会いに行かなかったのだろう？　地面を這《は》ってでも、会いに行くべきだったのに……。

混乱のさなか、母からは案の定金の無心があった。なにも言う気になれず無視して、淡々と葬儀を一人で行い、死亡届や相続手続きをこなした。そして、以前と変わりなく職務に戻った——表面上では。だけど、仕事を終えて役所を出ると、美咲は亡霊のようになった。

「……もう、仕事辞めちゃおっかな」

相続税は相応にぶん捕られることになりそうだが、それでもかなりの資産が美咲のものになった。独り身なら、役所を辞めても暮らしていける。そうなってくると、なんのために働いているのかわからず、しかし、働くのを辞めることを考えると、今度はなんのために生きているのかわからなくなった。

最近は、毎夜のようにまだ名義を書き換えてもいないこの芳江の家に入り浸っていた。

祖母の名前をこの土地建物の所有者から消してしまうと、芳江という存在の最後の息吹《いぶき》もこの世から消えてしまう気がした。だから、名義の書き換えはどうしてもできなかった。

この家には、芳江がいる。確かにそう感じられた。

芳江の骨壺《こつつぼ》を膝から下ろすと、思いの外大きな音が響いた。体の上から骨壺の重みがなくなると、美咲自身もいなくなってしまったようだった。

すると——ふいに、古めかしいドアベルの音が鳴った。懐かしい音に、弾かれたように美咲は顔を上げた。怖さはなかった。……代わりに、小さな思い出が蘇《よみがえ》った。そうだ——芳江は、いつもこの家に帰る時あのドアベルを鳴らすのが癖《くせ》だった。それで、美咲は宿題の手を止め、芳江が家に上がってくるのを待つのだ。

おかえり、ただいま。

そういえば、帰宅する芳江の手には、時折美咲へのお土産《みやげ》が提げられていることがあった。値引きされた季節の果物、商店街にある昔ながらの和菓子屋で売っているセールのお饅頭《まんじゆう》、安っぽいプラカップに入った売れ残りのいちごカキ氷。甘いものをほとんど食べたことがなかったあの頃の美咲には、それが本当に嬉しかった。

「お祖母ちゃん……?」

帰ってきてくれたの？　美咲は、おそるおそる部屋を出て、廊下《ろうか》をそっと歩いた。

＊＊＊

ドアベルの音が鳴り響き、真琴はドキドキしながら待った。

（もしかしたら、本当にお化けが出たりして……）

するすると、家の奥から廊下を踏む音が聞こえた。……だんだん近づいてくる。ごくりと喉《のど》を鳴らし、真琴は、ドアが開くのを待った。

「あ……」

真琴と顔を合わせた途端、その幽霊のような顔色をした女性は、なぜだろう。落胆《らくたん》したような表情になった。眠っていたのか、それとも、泣いていたのだろうか？　黒いマスカラとアイラインが、滲《にじ》んで隈《くま》のようになっている。

「……なんですか。こんな時間に」

眉《まゆ》をひそめた彼女を、真琴はまじまじと見つめた。彼女とは、どこかで会ったことがある。少し考え、真琴は思い当たった。彼女は——中島区役所の生活環境課に勤めている、冴島美咲だった。どうやら仕事帰りのようで、スーツ姿のままである。だが、顔色が異様に悪い。美咲は真琴を怪訝《けげん》そうな顔で眺めていたが、央介に気づくと背筋を正した。

「えっと……、央介先生？　……ああ、そうでしたね。確かあなたは央介先生の秘書をされている、陽野《ようの》さんだったかしら」

真琴が頷《うなず》くと、央介も大地と雄二を腰にくっつけたまま歩み寄ってきた。

「冴島さん、ですね。夜分遅くに失礼しました。あの、どうしてこちらに？」

「央介先生こそ。どうして秘書の陽野さんまで連れて、こんな夜更けに……」

「冴島さんはご存じないんですか？　このお宅について、近隣の方々から心配の声が上がってるんですよ。これまでも行政に情報くらいは上がっていたのでは……？」央介は、大地と雄二に目をやった。「最近、知り合いの子供たちがこの家に忍び込んだというものですから、僕らは念のために見まわりに来たんです。冴島さんは、ゴミ屋敷問題のご担当ですよね。あなたも、それで様子を見に？　だけど、どうして家の中まで……」

「仕事じゃありません。ここはわたしの家なんです。自分の家にいて、なにか問題でも？」

まるで隙《すき》を見せまいとするように、どこか無理やりらしく美咲が顔をしかめる。しかし、青白い唇が、震えを帯びているようだった。そういえば、玄関のドアに縋《すが》りつくようにして彼女は立っている。

『……その人ねえ、もう何日も寝てないようなのよ』シロさんが内なる声で言った。『家と心中するつもりなのかしらねえ。まったく、人間というのは本当に不条理な生き物だわ……。でも、彼女はわたくしたちを可愛《かわい》いと言ってくれた人だもの。見捨てたくないわ』

するとふいに、央介が叫んだ。

「……えっ、ちょ、ちょっと、冴島さん⁉」

その声に、真琴は慌てて美咲に目を戻した。美咲の目が遠くを見るような動きをして、瞼《まぶた》が落ち、美咲は力なく崩れ落ちた。央介が慌てたように前に出て彼女を支え、地面に激突するのを防ぐ。しかし、いくら揺すって名前を呼んでも、美咲は目を覚まさなかった。

すぐに救急車を呼ぶことになり、サイレンが聞こえ始めると、ざわざわと近所から住民たちが出てきた。驚いたように美咲を指差している住人たちに慌てて事情を説明し、央介が救急車を誘導した。大地と雄二は央介が家まで送り届けることになり、担架に乗せられた美咲には、真琴とシロさんが付き添った。

央介が送り届けた雄二の家では、どうやらひと悶着《もんちゃく》あったらしい。雄二の兄という若者に央介までもが怒鳴りつけられそうになったのだが、よくよく話してみると、なんと彼は央介が作っているオンラインゲームのギルドの匿名《とくめい》メンバーだったらしい。腹を割って話すうちにすっかり友達になって、弟を含めた家族との関係についても話すうちに、これからも彼の相談に乗る約束になった――というなんとも央介らしい顚末《てんまつ》を聞いたあとで、真琴は美咲の容態を報告した。

「幸い、冴島さんは気を失っているだけで、たいしたことはないそうです。貧血と睡眠不足が原因ではないかと医者の先生は言っていました。倒れた時も、央介先生が受け止めてくれたおかげで大きな怪我《けが》はなかったようです」

「そうか、よかった」

するとと、青白い顔をした美咲が、待合室へと現れた。

「……あの、ご迷惑をおかけしたみたいで、すみません、央介先生に陽野さん」

「――あそこは、わたしの祖母が暮らしていた家なんです」待合室のソファに座ると、彼女は静かに説明を始めた。「だけど、祖母がずっとあそこに住んでいたと知ったのは、祖母が亡くなってからだったんです。相続手続きは勝手に祖母が進めていたようで、いろんなことを知ったのはわたしも最近のことなんです」

「それじゃ、あの……。山室咲子さんは……」

真琴が訊くと、美咲ははっとしたように顔を上げ、申し訳なさそうに目を伏せた。

「母とも連絡を取ってくださったんですね。きっと嫌な思いをされたでしょう。母はああいう問題のある人間ですから、祖母が亡くなった時に縁を切ったんです。央介先生たちも、もう連絡しない方がいいですよ。あの人とは、有益な話なんてなに一つできませんから」

美咲が、冷たく言い放つ。その声の裏側には、どこか悲しさが潜んでいる気がした。形は違うが、自分も家族と上手《うま》い距離感を摑《つか》めていないだけに、……真琴には彼女の気持ちがわかるような気がした。

「そういえば、お二人はこの間の区民委員会に傍聴《ぼうちょう》に見えてましたね。ひょっとして、央介先生の事務所にも、祖母の家のことで相談が来ているんですか？」

「ええ、まあ」

「やっぱり。そういうことなら、ご足労をおかけしてすみませんでした」膝に頭をつけるように頭を下げ、顔を上げた美咲はきっぱりと言った。「……だけど、わたしも祖母の家を相続したばかりなんです。今急にいろいろ言われても困ります」

「それはその通りです。僕らも、取り急ぎあの家の事情が知りたかっただけですから」

「なら、もういいですね。夜も遅いですし、お帰りいただけますか」

美咲が、毅然《きぜん》とした仕草でさっと立ち上がる。しかし、その足もとがすぐにふらつき、央介が慌てたように支えた。

「……あ、すみません、央介先生」

済まなそうに、美咲が央介を見上げた。真琴の目には、どうしても彼女が必死に虚勢を張っているようにしか見えなかった。彼女が張っている見えない壁の中は、もう今にも壊れそうになっているのではないか。そんな気がした。

真琴は、思わず美咲に訊いた。

「ご家族か、親しい人に連絡をした方がいいと思うんですが、どうですか？」

「そんなのいませんよ。これまでも全部一人でやってきましたから、わたしは平気です」

ピシャリと返した美咲に――、やれやれとばかりにシロさんが首を振った。

「あらあら、不器用を極めたような子がここにもいたわねえ」

「は……？」初めてそこにシロさんがいることに気づいたのか、美咲が目を瞬く。「あなたは……？」

どこか現実離れした風貌《ふうぼう》をしているシロさんに見入っている美咲に、シロさんは優雅に会釈《えしゃく》した。

「わたくしは白峰よ。みんなはシロさんと呼ぶわ。美咲さんだったかしら？　あなたって子は、誰かさんと一緒で嘘が下手《へた》ねえ。顔に書いてあるわよ。ちっとも平気じゃないって。……今すぐ泣き出したいって。ねえ、美咲さん。人間は脆弱《ぜいじゃく》な生き物よ、一人じゃ生きられないの。だから、こうして群れで暮らすんじゃないのよ」

けれど、シロさんの指摘にむっとしたように、美咲は眉をしかめた。

「そんなことありません。本当にわたしは一人で大丈夫ですから。もう帰ってください」

美咲に押しきられるようにして、真琴たちは病院をあとにすることになった。

「美咲さん、心配だね。なにもないといいけど……」

央介が呟《つぶや》く。ちらりとシロさんを見ると、彼女はこともなげに撫《な》で肩をすくめた。

「ないわけないでしょうね」


幸居事務所に島原が駆け込んできたのは、週末の朝一番のことだった。

「おい、大変だぜ！　早く起きてくれ、央介先生――！」

階下から島原の慌てたような声が聞こえ、真琴は跳ね起きた。窓の外は雨上がりで、ここ数日で一番涼しい朝だった。大慌てで支度《したく》をし、雨に濡れた鉄骨階段を滑りそうになりながら真琴は駆け下りた。

すると、事務所で眠り込んでいたらしき央介も、ちょうど顔を出したところだった。

「島原さん、どうしたんですか⁉」

「ああ、よかった、いたんだな。休みの日にごめんよ、央介先生。真琴ちゃんも出てきてくれてありがたいわ。実は今朝早く、あのお化け屋敷で小火《ぼや》があったんだよ。火が残ってる煙草《たばこ》をポイ捨てしやがった馬鹿がいて、あのゴミ山に燃え移ったらしい」

「み、美咲さんは⁉　もしかして……、またあの家にいたんですか⁉」

「そうなんだよ。幸い、近所の人が気がついて消防を呼んでくれたんだ。俺は消防団にも入ってっから、お呼びがかかってさ。雨も降ってたから消防車が来る前に小火は収まったし、彼女も怪我はなかった。だけど、あの子、呆《ほう》けたようになっちゃってて、話になんないんだよ。央介先生と真琴ちゃんは、この前彼女と話してんだろ？　だから、とにかく一緒に来てもらいたくて……」

島原に頼まれるまでもなく真琴たちが駆けつけると、お化け屋敷の周辺はまだ騒然としていた。なんとか消防車両も入れたようで、火災調査が始まっていた。燃え滓《かす》になったゴミが、水に濡れてとうとう公道まで侵食していた。島原が困ったようにため息を吐いた。

「……ついこの間救急車騒ぎがあったばっかりだからなあ。ご近所さんも動揺《どうよう》してるぜ。どうすっかなあ。彼女、今もあのお化け屋敷の中にいるらしいんだよ。消防署の人と話してるらしいんだが……」

あの晩以来、美咲は職場をずっと休んでいるのだという。央介は島原に答えた。

「そうですね……。この地域のためにも、彼女の力になれるように我々も努力してみます」

　しかし、小火があった当日はもちろんのこと、日にちや時間帯を変えて訪れても、美咲はもう玄関先に顔を出してくれることはなかった。職場にも連絡がないらしく、彼女がお化け屋敷の中でどうすごしているかは誰にもわからなくなってしまった。

「でも、これ以上いったいどうしたらいいんだろう……？　あんな家にいたら、美咲さん、きっとそのうち熱中症で倒れちゃうよ」

　その夜、助けを求めてわざとらしく事務所の隣にあるシロさんの部屋で呟いてみると、真琴の持っていったカルピスを彼女は舐《な》めるように啜《すす》った。背筋をぐっと逸《そ》らして伸びをする仕草は、まるで部屋でくつろいでいる猫そのものだ。物憂《ものう》げに彼女は首を振った。

「そうねえ。あなたがもっと頑張ってくれればねえ」

「そうつれないこと言わないで、協力してよ。シロさんの神通力《じんつうりき》でなにかわからないの？　占ってみてよ。猫天様、偉大なる三面大猫天様。ね、この通り。ははぁーっ！」

　助けを求めて真琴が大仰《おおぎょう》に拝み倒すと、シロさんは水晶玉を取り出した。

「ふーん。当たるも八卦《はっけ》、当たらぬも八卦でいいなら視《み》てあげないこともなくってよ。でも、前にも言ったけど、わたくしたちはあんまりこういうのが上手《じょうず》じゃないの。最悪祟《たた》られることになっても知らないわよ」

シロさんの脅《おど》しに慄《おのの》いたが、真琴は頷《うなず》くことにした。美咲が心配なのもあるが、――央介がなぜあんなにも町の人たちの陳情《ちんじょう》に熱心に応えるか知ってしまったからだ。

「それでいいから、お願い、シロさん」

「いい度胸ね。……少しお待ちなさい」

意味深な仕草でシロさんが両手をかざすと、水晶玉があの晩の満月のようにぼんやりと光り出した。覗《のぞ》き込むと、その中には――二人の少年の後ろ姿が映っていた。

「ふふん、どうやら視えたわね。……これは悪戯《いたずら》小僧の背中かしら」

真琴は目を見開いた。窓を見ると、外はもうすっかり暗い。子供の時間はとっくに終わっているはずだ。……しかし、悪戯小僧の時間なら、まだ終わっていないのかもしれない。


シロさんと連れ立ってお化け屋敷に赴《おもむ》くと――、門扉《もんぴ》に見覚えのある少年たちと一緒に、央介がいた。

「央介先生！　どうしてここに？」

「雄二君がいなくなったって親御さんから聞いたから、来てみたんだよ。そしたら、二人揃ってここにいたんだ」

大地は、決まり悪そうに頭を掻《か》いた。

「あの、オレは違うんだよ、央介先生。雄二の母ちゃんからうちにも連絡があってさ、オレん家《ち》に来てないかって訊かれたの。だから、オレもきっとここだと思って……」

「雄二君が？　どうして？　まさか、また勝手に中に入ろうとしてたの？」

「へへへ、まあね」悪びれもせずに、雄二が頷いた。「この間送ってくれた時に、央介先生、うちの父ちゃんと母ちゃんにもいろいろ話してくれたでしょ。おかげで、オレが家にいない時は央介先生の事務所で駄弁《だべ》ってるって勘違いしたみたいでどやされずに済んだんだよ。兄貴も彼女を家に連れ込んでるのがバレて雷落とされてたし、当分大人しくなりそう。だから、央介先生と真琴さんにちょっとした恩返しをと思ってさ」

「恩返し？」

「大人は常識守らなきゃいけないから、居留守使われたらお手上げでしょ。でも、オレみたいな悪ガキにはそんなの関係ないもんね」もう様子を見たあとらしく、したり顔で雄二が言った。「やっぱり、今夜も中にいるよ。あの人、相変わらず鍵《かぎ》もかけてないみたい」

「それ、さすがに危ないんじゃない？　女の人がこんな隙間風《すきまかぜ》が吹いてるお化け屋敷に、鍵もかけずに一人でいるなんてさ」

　大地の心配そうな声に頷き、央介が言う。

「そうだね。やっぱり、中に入るより仕方がないでしょう」ドアベルを押し、央介はそっと玄関のドアを開けた。「……冴島さん、幸居央介です。お邪魔しますよ」

衣類や新聞類が山と詰まれた廊下《ろうか》を進んでいってみると、確かに奥で人の気配がした。しかし、咎《とが》めに出てくるでもない。真琴たちは、塊《かたまり》になって居間の方へと進んだ。

居間には、美咲が一人座り込んでいた。真琴たちは、傍《かたわ》らには、白い骨壺《こつつぼ》がある。玄関が開いた音にも、足音にも気づいていたはずなのに、真琴たちが集団で現れた時、彼女はほとんど反応すらしなかった。美咲の前にしゃがみ込み、央介は急いで彼女の顔を覗き込んだ。

「……勝手にお邪魔してすみません、冴島さん。だけど、顔色が真っ青ですよ。職場のみなさんも心配しています。病院にはちゃんと行っているんですか?」

しかし、美咲は子供のように首を振って、膝の間に顔を埋めてしまった。しばらく黙り込んだあとで、彼女は震える声を絞《しぼ》り出した。

「……もう、わたしのことは放っておいてくださいませんか。ご迷惑をおかけしたのはわかってますけど、仕事ももう辞めますから。働かなくたっていいくらい資産もあります。お祖母《ばあ》ちゃんが……。祖母が、わたしに残してくれましたから」

「放っておけるわけありませんよ。仕事のことより、せめて病院には行かないと」

「……構わないでって言ってるでしょう。別に、この家にわたしが住んでたっていいじゃないですか。そりゃ、ここはゴミ屋敷の定義に当て嵌《は》まるでしょうよ。だけど、片づけるか片づけないかなんて個人の自由でしょ。わたしはこのままこの家に住んでいたいんです。犯罪してるわけじゃないんだから、他人に口出しされる謂《いわ》れなんかないわよ……っ」

美咲は、これまで彼女を困らせてきたであろうゴミ屋敷の住民たちと同じような言い分を搾《しぼ》り出すと、また黙り込んでしまった。肩をすくめて、央介は立ち上がった。

「困ったなあ。……冴島さんは行政のことをよくわかっていらっしゃいますからね。それで、公道まではゴミが出ないように気をつけていたんでしょう。確かに、個人の所有している敷地内でのことならこれ以上は我々が口出しをすることではありません」

「ちょっと、央介先生……っ」

央介を止めようと駆け寄りかけた真琴を、シロさんが留めた。

『お待ちなさいな。央介先生にも考えがあるようよ。もう少し聞いてあげたら？』

（でも……）

央介やシロさんの意図がわからずに、真琴はおろおろした。央介は真琴に目で合図して、それから立ち上がった。

「……だけど、楢橋さんは、どうしてこんなにたくさん物を溜め込んでいたんでしょうね？　少し調べさせてもらったんですが、彼女はたくさんの資産をお持ちだったんでしょう」

するると、大地が首を傾《かし》げて言った。

「うーん、ゴミ捨てが面倒くさかったとか……？」

「でも、この家には生活ゴミの類《たぐい》は残ってないんだよね。こういうお宅は飲み残しのペットボトルだとか空《から》のコンビニ弁当だとかも山ほどあったりするもんなんだけど、ここではそういうのが落ちているのは外だけだった。あれはきっと、通りすがりの人が捨てていったものでしょう」

央介の指摘にはっとして、真琴はあらためて居間を眺めた。紙類や衣類は山ほどあるのだが、飲食物の空容器などは一つも見当たらなかった。央介も頷く。

「僕が思うに、楢橋さんはただ面倒でこうなったわけじゃなさそうだ。……もう少し部屋を見てみてもいいですか？　冴島さん」

央介が声をかけると、美咲は目を瞬いた。戸惑っているようだが、央介がなにを考えているか彼女も知りたいらしい。彼女は黙ったまま頷いた。

「オレらも手伝っていい？」また腰を落とした央介の横に、大地が並んだ。「あれ？　待って、央介先生。これ見てよ、……ビスケットだよ。なんだ、食いモンあるじゃん」

食べ物に関するゴミが見当たらないその部屋で、大地と雄二が古めかしい四角いビスケット缶を引っ張り出して唸《うな》り声を上げた。

「うわ、これ中身入ってるよ。このお菓子の箱、いつのだろ？」

「賞味期限は三十年以上も前か。高そうだから、もったいなくて捨てられなかったのかな？」

　子供たちが嫌そうに手渡してきたそれを受け取って、央介がしげしげと眺めている。それは、有名な老舗《しにせ》メーカーの大きめのビスケット缶だった。ずいぶん古い物のようで、埃《ほこり》を被《かぶ》っている。軽く振って音を確認して、央介は言った。

「いや、待って。どうも、中身はお菓子じゃなさそうだよ。ちょっと、開けてみようか」

　央介が蓋《ふた》に力を込めると、それは存外簡単に開いた——まるで、最近まで何度も開かれていたかのように。中には、カラフルに色が塗られた藁半紙《わらばんし》が大量に入っていた。

「中身は、絵ですね……」

　引きつけられるように、美咲がぱっと顔を上げた。央介からその紙を受け取った大地が、おどけたように笑った。

「あはは。〈おばあちゃんのかお〉、だって。これ、美咲さんが昔描いた絵？」

　美咲はふいに立ち上がると、大地の手から、それら藁半紙の束を奪い取った。

「な、なんだよ……」

どこか決まり悪そうに拗《す》ねた顔になった大地を無視して、美咲は震える手で藁半紙を次から次へと手繰《たぐ》った。それは、色とりどりのクレヨンや色鉛筆で描かれた似顔絵の数々だった。幼い子供の手によるもののようで、目鼻や体のバランスがおかしい。描かれた人物は二人。大きな丸顔がお祖母ちゃん。そして、その隣にいる小さなショートヘアの女の子。

「……ひょっとして、あなたの絵なんですか？」

央介が訊ねると、震えたまま、美咲はこくりと頷いた。彼女の細い指が、そっとクレヨンの筆致をなぞっていく。

「これは……、そうだわ……。お祖母ちゃんと暮らしてた頃に、描いたの。母の日に……、保育園で。みんなママの絵を描いてるのに、わたしは駄目だった。お母さんに絵を描いて渡すと、いつも怒られたから……。だから、代わりにお祖母ちゃんの絵を描いたの。その時一緒に住んでたのはお祖母ちゃんだったし。でも、お祖母ちゃんにあげてもやっぱり嫌がられるんじゃないかって思ったんだけど。……お祖母ちゃん、取っておいてくれたんだ」

藁半紙の似顔絵を抱きしめ、美咲が震えている。真琴は、ビスケット缶を拾い上げた。このビスケット缶は、三十年以上も前にどこかの店で買われ、この家にやってきたのだ。

「……あなたが生まれる前から、その缶はこの家にあったのねえ」

シロさんが、横でしみじみ言う。そうか——三十年。この世に真琴が生を享《う》け、そりの合わない家族と暮らし、学校を出て、就職し——そうして自分の人生をなんとか生きている間、この家でも誰かが懸命に暮らしていたのだ。

町は、そんな風にいろんな人間の人生を内包してできている。この町を歩きまわり、誰よりもそのことを知っている央介が、美咲に言った。

「これだけ物がある中でその絵をずっと大事にしてくれていたなんて、楢橋さんは愛情深い方だったんですね」

「……ただ捨てられなかっただけかもしれません。なんでもかんでも、もったいないって言って取っておく人だったから……」

重苦しく、沈黙が続く。すると、ふいにシロさんの扇子《せんす》が、猫パンチよろしく真琴の頬《ほお》をぴしりと激しく叩いた。

「へぶっ⁉」

意外と武闘派のシロさんの愛の鞭《むち》を頬に受け止め、真琴も目尻に涙を浮かべた。

（……あたしにも、なにか言えと……？）

シロさんが、したり顔で頷く。どうやら、ここで真琴がなにを言うかで美咲が救われるかどうかが決まるらしい。真琴は、一生懸命頭を捻《ひね》った。

お化け屋敷の居間を眺めると、やっぱり物が溢《あふ》れ返っている。しかし、使い込まれた様子の座布団や小さな丸テーブルもあった。毛布などの寝具もある。故人はこの部屋で寝起きしてすごしていたらしい。

真琴の実家はペットをたくさん飼っていたが、母が潔癖《けっぺき》すぎるほどに掃除《そうじ》好きだったのもあって、いつでも塵《ちり》一つ落ちていなかった。あの家には、無駄なものはなにも置けない。きっと、もう、真琴のものなんか一つも残っていないだろう。

(家族って、……本当にいろんな形があるのね)

そう思うだけに、こんなにも物が溢れている部屋には、感じ入るものがあった。ここにあるのは、もしかすると故人の〈思い入れ〉なのではないだろうか――。

そう思い当たって、真琴はやっと口を開いた。

「……違いますよ、美咲さん。ただ捨てられなかっただけなら、こんなに古い物、もっと深いところに埋もれていたはずです。だけど、すぐに手に取れるところに置いてあったんです。楢橋芳江さんは……。美咲さんのお祖母さんは、きっと、いつもこの絵を見返して、あなたのことを想っていたんじゃないでしょうか」

「そんな……、……そうだったんでしょうか……?」

呟《つぶや》いたあとで、美咲は涙を零《こぼ》した。

「でも、だとしたらわたしはどうすればいいんでしょうか。お祖母ちゃんと話したいことが、訊きたいことがいっぱいあったのに、もう手遅れだわ。死んじゃったんだもの。わたし、怖かったんです。あの人と会って、話して、……自分が傷つくのが。とんだ臆病者だわ。だから間に合わなくなって……」

嗚咽《おえつ》を上げて自分を責めている美咲を見て、真琴は胸が苦しくなった。――彼女は、まるで真琴自身のようだった。これ以上家族を失望させるのも、自分が家族をもっと苦手になってしまうのも怖い。だから、つい避けて、逃げてしまうのだ。

すると、美咲の肩にシロさんが白い手を乗せた。

「……本当にお馬鹿さんねえ、あなたは。やっと人前で泣けたのはいいけれど、間に合わないなんて決めつけては駄目よ。ドラさんじゃないけれど、人間というのは本当に結論を急ぎたがるんだから。今会えるかどうか、会えたかどうかがすべてじゃないのよ」シロさんは、ちらりと央介に目をやった。「……央介先生、あなたもそう思うんでしょう？」

「シロさんは、なんでもお見通しなんですねえ」驚いたように微笑《ほほえ》んで、央介は美咲を見つめた。「僕もね、シロさんと同意見です。間に合わないなんて思いませんよ」

顔を上げた美咲に、央介は言った。

「だってね――、この家にはあなたのお祖母さんの生きた証《あかし》が、想い出がたくさん残されているじゃないですか。直接あなたになにか伝える手紙のような形じゃなかったとしても、あなたのお祖母さんがあなたをどう想って生きていたかは、あなたに遺《のこ》したこの家を見ていけば、きっとわかるんじゃないでしょうか。そして、あなたがそれを知ることができるのならば、それは決して無意味なことではないと思いますよ」

「……」

そうか――そうなんだ。真琴ははっとして央介を見て、それから頷《うなず》いた。

「そうですね……。一緒に暮らすだけが、家族の形じゃないんですよね」

央介と、そして真琴が導き出した答えに、シロさんが満足そうに微笑む。央介が続けた。

「ね、冴島さん。他にも、お祖母さんの想い出や大事にしていたものがこの家にはきっと遺っています。勇気を出して探してみませんか？　あなたのお祖母さんの想い出を。僕らも手伝いますから。このお宅の整理は地域の公益に添うと思いますしね」

するど、茶化すように、雄二もしゃしゃり出てきた。

「なら、オレらも参加させてよ、その想い出探し。な、大地もいいだろ？」

「まあ、手が必要なら」美咲の様子を窺《うかが》い、大地が頷く。「オレたちもだいぶ迷惑かけたし。……この間の不法侵入、これで許してもらえると嬉しいんだけど」

「いいのよ、この間のことは。びっくりしたけど、わたしも、もう気にしてないから」

美咲が首を振ると、雄二がまた茶々を入れた。

「だけど、このままオレらが手を引いたら、この家の整理なんてやっぱりやめちゃうんじゃない？　大人は子供を舐《な》めすぎなんだよ。子供がいた方が上手《うま》くまわることもあるくせにさ。うちの父ちゃんと母ちゃんもそうだよ。オレがおちゃらけて笑わせてないと、すーぐに険悪になるの。まったく、いつもボケ担当してる子供の身にもなってみろってーの」

雄二の勢いに押され、美咲はまた苦笑した。

「……わかったわ。わたし、もう一人で大丈夫だなんて嘘はつかないから。でも、もう夜遅いわ。子供は今日は帰りなさい。その代わりに、明日また来てもいいから」

美咲が、さっきまでよりもずっとしっかりした仕草で頷く。真琴と央介は目を見合わせ、ほっと肩の力を抜いた。ようやく、美咲が心を開いてくれたのだ。

「よっしゃ、始めるぞぉ」

翌日、二人の少年が先陣を切ってお化け屋敷で暴れまわった……いや、大掃除を開始した。その勢いに負けじと、まず央介が動いた。

「見てくださいよ、美咲さん。このチラシ、赤字が入ってます。きっと芳江さんの字でしょう。昔はだいぶ物価が安かったんですねえ」

央介が発掘したチラシを覗《のぞ》き込んでみると、特に安いお買い得品には、芳江の手で赤くチェックが入っていた。値段をチェックして、真琴は唸《うな》った。

「本当だ。いいなあ、タイムスリップしてこのスーパーに買い物に行きたいです」

するとめずらしく一緒に肉体労働をしてくれているシロさんも続いた。

「こっちは服が多いみたいねえ。……ああ、子供用の服も出てきたわ。へえ、大人用の服は適当に積まれてるのにこっちは綺麗《きれい》にアイロンされているのね。ふふふ、見てご覧なさい。小さい女の子用の服だわ。これはあなたのために買ったものみたいね」

次々に出てくる芳江の遺品に、怖気《おじけ》づいて固まっている美咲は、目に涙を溜めながら、頷いたり、首を振ったりしている。

「こっちは、経済新聞ですね。この新聞は、ただもったいなくて溜めてたわけじゃなさそうですよ。ほら、みんな見て。株価欄《らん》にいくつも印がついてる」

「これ……。お祖母《ばあ》ちゃんがわたしに残してくれた資産の中にあった有価証券の銘柄《めいがら》だわ」

「芳江さんは、あなたのために資産運用を頑張ってくれてたんですね」

「日頃の買い物も厳選してたみたいですよ。本当に節約を頑張っていらしたんですね」

真琴がチラシを見せると、美咲は頷いた。美咲の目からは、もう涙が止まらなかった。

「わたし、一緒に暮らしていた頃は小さかったからわからなかったけど……、本当に自分のためにはお金を使わない人だったの。わたし、馬鹿だったから。どうしてこんなにケチなの、なんてことばかり思ってて……」

　すると、またなにか発見したらしい大地が声を上げた。

「こっちも見て！　トイレットペーパーが山積みになってるよ」

「あ、それ……。お祖母ちゃん、オイルショックを経験してるから心配なのか、トイレットペーパーを買い込む癖があって。最後まで残っちゃったのね」そう言って、美咲はやっとちょっと笑った。「お祖母ちゃんらしいわ、まったく……」

「へええ。オイルショックって、オレらの教科書に出てくる事件だぜ」

「美咲さんのお祖母ちゃんって、本当に心配性だったんだなあ。なにをそんなに心配して暮らしてたんだろう……って、美咲さんのことか。いい祖母ちゃんだね、美咲さん」

　何気なく大地が言うと、美咲は、泣きながらも立ち上がった。

「待って。わたしの分も残しておいて。一緒に整理するから。……わたし、自分の目で見たいんです。お祖母ちゃんが、どうやってこの家で人生を生きていたのかを」

　美咲が、少しずつゆっくりと、しかし、確実に荒れ果てた芳江の家の整理を始めた。やがて夜が更け、朝が来ても、彼女は手を止めなかった。

いつの間にか夏の盛りは去って、町の朝は爽《さわ》やかな空気に包まれていた。芳江の家を出て、真琴はシロさんと二人でゆっくりと町を歩いていた。

「お嬢さんらしからぬ手際《てぎわ》だったわねえ。上手くやったものだわ」

「央介先生や大地君たちが助けてくれたからだよ。それに、シロさんもね。あたし一人じゃ、どうなっていたか……」

「それがわかっただけでもよかったじゃないの。人に助けを請うことは、悪いことでも恥ずかしいことでもないんだから。美咲さんのようにね」そう言って、シロさんは続けた。

「これで、あなたの心の奥にある懸案にも少しは手を触れられるといいんだけどね」

「え？」

「どんな関係にも、心地いい距離感というのがあるものよ。どうせ関わりを避けられない相手なら、その距離を測って接すればいいの。ね？　正論でしょ？　〈理〉ってやつよ」

真っ白なシロさんの手が、優しく真琴の頭を撫《な》でてくれた。しかし、その時だった。気がつけば、朝陽よりも眩《まぶ》しい光がシロさんの体を覆《おお》っていた。

「シロさん……！」

「どうやら、もうお別れのようね。しばらくお嬢さんと近所付き合いができて楽しかったわ。美味《おい》しいカルピスをご馳走様《ちそうさま》」シロさんの美しい声が、朝の町に響く。「あなたらしさを忘れずに、ほんのちょっとだけ頑張ってみればいいのよ。わたくしも応援してるわ」

淡く輝くような余韻《よいん》を残して――。シロさんは、夏と一緒に町を去っていった。彼女が残した光のかけらを見つめ、真琴はふっと息を吐いた。

（あたしらしく、か……）

シロさんのいなくなった部屋は、また入居者募集中に戻っていた。真琴は部屋に一礼し、それから、勇気を振り絞《しぼ》ってスマホを握った。

去ってしまったシロさんが、……真琴になにを言いたかったのかはよくわかっている。

真琴は深呼吸を繰り返し、胸に手を当てた。

距離感、距離感――。呪文のように心の中で唱え、コール音を聞きながら待っていると、久しぶりに懐かしい声が響いた。

「……あ、お母さん？　あたし、真琴。うん、元気だよ。ううん、違うの。ただ、みんな元気かなって思って。今度、久々にそっちに顔出すよ。お父さんはどう？　……うん。あたしもこっちで、あたしなりに自分の仕事を頑張ってるよ――」

美咲が無事に職場復帰を果たしてから、もう一か月が経とうとしていた。

芳江の家に業者を入れてほしいという近隣住民からの要望もあったのだが、美咲と一緒に央介や島原までもが頭を下げてまわり、美咲の〈自分の手で祖母の遺品整理をやりたい〉という意志を尊重することになった。今も、ゆっくりと芳江の家の整理は進んでいる。

そんなある日のことだった。

いつか区民委員会で会った日のように凜《りん》と立ち、柔らかく微笑んで、美咲は真琴たちの前へと現れた。腕に、綺麗な花束を抱えて。

「央介先生、真琴さん。今回は本当にご迷惑をおかけしました。ありがとうございます。心配をおかけしましたが、昨日やっと納骨が済んだんです。お二人にはずいぶんお世話になりました。なにかお礼をできるといいんですけど……」

「いえいえ、僕はそういうのを受け取らないと決めているので」

央介が格好つけて答えている。今日は美咲に誘われ、芳江の墓参りへ行くのだ。

抜けるような青空の下、美咲は静かに芳江の墓前で手を合わせた。

美咲の横顔を見つめ、それから真琴は、空を見上げた。今日の空は、どこまでも澄んで美しい。あの向こうに、美咲を見守っている誰かがいるのだろうか？

（届いているといいな……）

こんな時にこそ猫天様の言葉が聞きたいのだが、残念ながら誰も現れてはくれなかった。

けれど、どこかで猫が品のいい声で一つ鳴いて——気持ちのいい風が吹く。
町に、次の季節が巡ってきたのだ。

第三話　秋夜祭りと央介の過去

——今から思えば、その頃の央介《おうすけ》は本当にどうしようもなかった。

高校までほとんど学校に行かず、勉強せずに入れるというだけで選んだ大学では毎年進級の危機。なんとか大学を卒業したかと思えば、ふらっと海外を放浪した。帰国してからも投げやりな生き方は変わらず、ゲームに嵌《は》まって引きこもっていたこともあった。

当然、家庭でも地元でも評判は最悪だった。父親は政治家としてそれなりに長く活動していたから、苦虫《にがむし》を嚙《か》み潰すように、年老いてからできた不肖《ふしょう》の末息子を眺めていた。一方、自己顕示欲の強かった母は、選挙の度《たび》に夫のために涙ながらに支援を訴え、有力な支持者には土下座《どげざ》をせんばかりに頭を下げて挨拶《あいさつ》まわりをしていたものだ。

多感な時期の央介からしてみれば、父も母も気持ち悪く思えた。

後年両親は離婚し、父も政界を引退した。父は今、長年秘書を務めた女と静かに暮らしているらしい。父の政治活動には母の実家がずいぶんと支援したようだが、終わってみれば、打ち上げ花火のような夫婦生活だった。

父とも母とも違う生き方をしたい。それが、央介が持った最初の人生の展望だった。

実家を出たあとは気まぐれに就職も退職もし、何度か引っ越しもした。これ以上問題を起こすなと言わんばかりの仕送りは続いたが、両親からはもう連絡が来ることはなかった。


似たような状況の仲間で集まり、昼夜の区別なく麻雀《マージャン》やゲームに明け暮れてすごしていた、ある日のことだった。突然、溜まり場だった仲間の部屋に、その来訪者が現れた。

「おーい、佐々木明君《ささききあきら》、いるかーい。……あれ、お友達も来てるのか。いるんだろう、誰でもいいから出てきてくれよ。明君の父ちゃんと母ちゃんが心配してんだよ。最近ポストも全然見てないだろう。郵便物、溜まってるぜ。俺が取ってきてやろうかい」

インターフォンを鳴らしても誰も出てこないことに業《ごう》を煮やしたのか、勝手に玄関を開け、誰かが喋《しゃべ》っている。聞き覚えのない濁声《だみごえ》だった。家主の佐々木は腰を上げる気はなさそうだったから、央介が代わりに応対に出た。そこに立っていたのが、――島原《しまばら》だった。

「えーと、君が明君かい？」

「の、友達ですけど」

「ああ、そう」島原は、よく日焼けした顔で肩をすくめた。「俺はこの町で地域活動やボランティアをやってる島原って者なんだけどさ。明君のご両親が、この連日のどんちゃん騒ぎに参っちゃってんだよ。だから、どうしてもって頼まれてついお節介で様子を見に来たの。なにができるかわかんないけど、まあ、今回は世間話をしに来たってことで、大目に見てやってくれよな――」

なにを言っているのかよくわからなかったが、どうやら、島原は央介の友達を助けに来たつもりらしかった。

「へええ。あんたがあの政治家先生の息子さんとはねえ」

「馬鹿親父《おやじ》から生まれた放蕩《ほうとう》息子ですよ。有権者のためにも家族のためにもなーんの役にも立たなかった親父のようには生きたくないと思ったら、こんなになっちまったわけです。ま、放蕩息子のたとえ話みたいに、父親のもとに戻ろうなんて思ってもないですけどね」

「放蕩息子? 兄ちゃん、見かけによらず聖書なんて読んでんだ」央介の口から飛び出した言葉に、島原は目を丸くした。「まあ、兄ちゃんが親父さんを嫌いだっていうのはわかったけどよ。兄ちゃん、それでいいのかい。健康そうなのにろくに働かないし勉強もしないって、親父さんじゃなくてあんたの首が絞《し》まっちまってるように見えるなあ」

「別に、深く考えてないいし。いざとなったら、親が尻拭《しりぬぐ》いするでしょ」

「ふーん」島原は、しげしげと央介の顔を眺めた。「だけどよ、そんなに親父さんが悪い奴だと思ってるんなら、尻拭いが必要なのは親父さんの方ってことになるんじゃねえかい？」

「あー、なるほど」島原の言い振りに、央介はにやっと笑った。「そういう考え方もあるかもしれないですね。けど、なにをすればいいかはわからないですよ。僕馬鹿なんで」

「いやいや、謙遜《けんそん》すんなや。ルカによる福音書《ふくいんしょ》なんか読んじゃって、聖書もちっとは勉強したんだろ？　偉いじゃないか。他のことも頑張って勉強すれば、もっと身になるさ」

「なにが言いたいんです」

「へへ。あんたみたいな未来ある若者に就《つ》いてもらいたい、お勧めのいい職業があるのよ」

「というと？」

「――政治家！」

なにを考えているのかわからない老人。それが島原の第一印象だった。

＊＊＊

気がつけば、町は一年で一番すごしやすい季節を迎えていた。——秋が来たのだ。

この頃《ごろ》の真琴《まこと》は、迫る定例会の一般質問に備えて央介と一緒に調査活動に追われていた。年に四回あるこの定例会での一般質問は、議員にとって最も重要な仕事の一つだ。一般質問により、首長の提案した行政方針をよりよい方向へと修正するのだ。

質問内容は、地域の環境整備に決めた。

例の動物の糞尿《ふんにょう》問題やゴミ屋敷問題があってから、事務所には類似《るいじ》の陳情《ちんじょう》が多く舞い込むようになったからだ。地域の当事者たちから意見を聞き、先進地区での事例をピックアップし、過去の議会の議事録や関連書籍で専門家の意見などを調べていく。

これまでは町を歩きまわっていたのに、いまや央介が溜め込んだ資料の山が真琴たちの戦場に変わっていた。

「ふう、疲れたなあ……」

真琴がうーんと伸びをしていると、応接デスクの方から煎餅《せんべい》を齧《かじ》る音が聞こえてきた。

「えへへへ、ご苦労なことです。ここらで休憩を入れたらどうですかいな」

それは、まだ大学生くらいの風貌《ふうぼう》をした、小柄な若者だった。愛嬌《あいきょう》のある顔立ちをしているが、どこか甘ったれて爺臭《じじくさ》い喋り方はミケさんそのもの。例の矢絣柄《やがすりがら》の半纏《はんてん》を着て、三毛の名の通り、黒、白、茶色と三色が入り混じったトリッキーな髪色をしている。三毛《ミケ》辻《ツジ》、なんて名乗っている彼は、なんと動画配信者として生計を立てていることになっている。例の事務所の隣の空《あ》き部屋にちゃっかり住み着き始めて、もうどのくらい経つだろうか。

「ほらほら、そこのお客さん方。若人がひいひい泥臭く頑張ってるんですから、暇ならお茶の一杯でも淹《い》れてくださいよ」

図々《ずうずう》しいミケさんの態度に、お喋りに来てくれていた島原夫妻が顔を見合わせた。

「ミケさんに言われれちゃ敵《かな》わねえなあ。ちょっと待ってな。真琴ちゃん、央介先生」

「いえ、お茶くらいあたしが淹れますって。島原さんは座っててください」

「いいのよ、真琴ちゃん。うちのお父さん、あれで結構お茶淹れるのが上手《うま》いんだから。あなたに美味《おい》しいって褒《ほ》められたいのよ」

島原夫人の香子《きょうこ》が微笑《ほほえ》んで言う。香子の評通りに真琴が淹れるよりはるかに美味しい煎《せん》茶《ちゃ》を飲んでいると、島原がどこからか団扇《うちわ》を取り出して見せてきた。

「そろそろ〈秋夜祭り〉のシーズンだなあ。二人とも、これを知ってるかい」島原が、団扇を真琴とミケさんに一枚ずつ手渡してきた。「うちの中島《なかじま》商店街ではさ、十年くらい前から毎年秋夜祭りってのをやってるのよ。近所の高校も同じ日に文化祭をやるから、結構人入りがあるんだぜ。高校生たちが打ち上げ花火もやってくれるから、商店街からでもちょっとは見られるんだよ。もう準備は少しずつ始まってるんだけどさ、案外楽しいぜ」

団扇には、〈中島商店街秋夜祭り〉と印刷されていた。夏には央介にくっついて真琴も多くの地元の祭りをまわったものだ。だが、お膝もとの商店街では秋祭りがあったのか。

「ほら、二人ともこっちに来て見てごらん。去年の商店街秋夜祭りの様子だよ」

央介が町内会のホームページを開いてくれたらしく、日本人の耳に馴染《なじ》む昔懐かしい祭《まつり》囃子《ばやし》の音楽が流れてきた。モニターを見ると、去年の画像がたくさんアップされていた。ずらりと提灯《ちょうちん》や出店が並び、客足も多い。ご当地ヒーローの着ぐるみもショーに出演していたようだ。

「ヒーローショーがあるくらいだし、これって子供向けのお祭りなんですか？　この町は子供が多いですもんね」

「それが、そうでもないんだ。この地域は、都内では子育て世帯転出率ワーストだから」

「えっ、そうなんですか？　町を歩くと、お子さん連れをたくさん見かけますけど……」

「真琴ちゃんが見かけたのは、たぶん小さいお子さんを連れているご家族じゃないかな。

この町では、子供が小学校に上がるタイミングで他所《よそ》に転居してしまう世帯が多いんだよ。そういうところを改善するためにも行政や議会が頑張っているし、島原さんたちもこういうイベントで地域を盛り上げてくれてるんだけど……」

ちっとも知らなかった。どうやら、まだまだこの町で真琴が学ばなければならないことはたくさんあるらしい。

央介が島原夫妻を送りに出たので、商店街のホームページのリンクを次々覗《のぞ》いてみて──。真琴は、ぎょっと顎《あご》を落とした。

「な、なによ、これ……⁉」

なんと、ミケさんの動画チャンネルが、本当に開設されていたのだ。それも、アップされている動画タイトルは、〈某《ぼう》ブラック事務所秘書の㊙観察日記〉。画面の前で、ミケさんが一人語りしている。振り返ると、ネタ集めなのかどうか、ミケさんがちゃっかり自分のスマホになにやらメモを取っていた。

「えへへへ。お姉さんの観察記録です」

「いつの間にこんなものを……」

動画を視聴してみると、ミケさんの喋《しゃべ》りが独特だからか案外面白い。……が、内容が非常に困る。さすがに匿名《とくめい》だが、完全に真琴の日常記録だった。勝手に微細に生活を動画配信されていたようで、先日某ゲームの冷徹非道眼鏡《めがね》に生活費を削って廃課金したことまでチェックされていた。他にも、〈お調子者先生のお間抜け語録〉やら〈近隣住み系お節介《せっかい》爺《じじい》の生態記録〉などのテーマもあった。

「これで、どのテーマも結構ファンがついてるんですよ。最近は某通販サイトでギフトを贈ってくれる読者までいてねえ。ホクホクです」

なんという世渡り上手《じょうず》な神様だろう。すると、ミケさんが唇を尖らせた。

「だけどね。ご当地インフルエンサーとしてライバルもいるんですよ。ほら、そのリンクを見てごらんなさい」

言われるがままにリンクを開くと、SNS個人ページに移動した。プロフィールに書いてある文言に、真琴はまたも目を瞬いた。ミケさんのライバルインフルエンサーのSNSタイトルは、なんと――〈政治家より身近に熱血地元応援ブログ！〉。

「ええ？　なにこれ？　……うちの町内会の人なの？　でも、政治家より身近って？」

SNSにもたくさん種類があるが、文章で情報を盛り込めるブログ型は手軽で政治活動の報告に適しているからか、活用している政治家は多い。

そのSNSもブログ型で、中島商店街も含むこのあたりの町内会、その中でも特に、商店街秋夜祭りについての記述が多いようだった。ミケさんがライバル視するだけあって暑苦しい内容は結構面白いし、フォロワーもついているみたいだ。

「……この人、まだ選挙に立候補したことはないみたい。じゃ、次の選挙でこの地域から立候補するつもりなのかな？」

　央介の最大の武器は、若さである。議会最年少だし、前回の選挙では立候補者の中でも最年少だったそうだ。このSNSの主もかなり若そうだから、央介と競合——いやはや、キャラが被《かぶ》るかもしれない。SNSの主の名前を確認して、真琴は首を傾《かし》げた。

「矢島昭二《やじましょうじ》……？　聞いたことない人だなあ」

　央介はともかく、真琴はまだあまり町内会には顔を出したことがなかった。


　その日の帰り道、真琴は夕暮れの商店街を歩いてみることにした。隣では、ミケさんがインフルエンサーらしく真琴の言動を勝手にスマホにメモしながらくっついてきている。

「ふーむ。開いている店、閉まっている店、半分ずつといったところですかねえ。お姉さん、ご感想はどうですか？　行ったことのある店なんかはあるんですかねえ」

　また動画でネタにされると思うと顔が引きつったが、とりあえず真琴は答えた。

「あんまり覚えてないんだよね。この商店街に買い物に来るのなんて、小学生以来だもの。

それに、こういうお祭りとかイベントとかって、どうも苦手で……」

学生時代にあった文化祭や学園祭なんかのお祭り騒ぎでは、その場の空気にあまり乗れなくて右往左往《うおうさおう》していたものだ。大人になってまで、まわりの顔色を窺《うかが》ったり足並みを揃えなくてはならならいようなしがらみがあると思うと——。……正直なところ、こういう町内の営《いとな》みに参加したくない若者が多いというのも頷《うなず》けるのである。

「とにかく、みんなしがらみたくないのよね。気持ちはわかるわ」

「人間関係と書いて、しがらみと読むわけですねえ。ま、そういうことなら、今年も部屋でのんびりすごしましょうか。お供《そな》えは要求しますけど、ぼくがお供《とも》いたしますよ」

〈逃避〉を司《つかさど》るミケさんに内心を見透かされ、真琴は慌てて首を振った。

「さ、参加するわよ、今年は。これで、あたしだってちょっとは前に進んでるんだから」

言って、真琴は看板に書かれた店名を順繰りに眺めた。昔ながらの八百屋《やおや》に惣菜屋《そうざいや》、駄菓子屋、それに、アットホームな電気屋と続いていく。この時間だと、小さな定食屋と、それから地域での出張サービスを充実させている電気屋に、個人経営の居酒屋が何軒か開いているのみだった。やっぱり、営業している店の数は少ない。

ふと見ると、団扇と同じデザインの秋夜祭りのポスターが貼ってあった。この小さな商店街で、にぎやかなお祭りがあるなんて——。正直なところ、今は想像もつかなかった。

町内会の会合に顔を出すことになったのは、それから数日後のことだった。商店街の空き店舗《てんぽ》を再利用している寄り合い所の中を覗くと、動物の排泄物《はいせつぶつ》問題で陳情に来てくれた中村佳代《なかむらかよ》が、ちょうど飲み物やお茶請けを並べているところだった。

「まあ、いらっしゃい。央介先生に真琴ちゃんもミケさんも」

央介と一緒に真琴が入っていくと、町内会のメンバーが集まって談笑していた。日曜日の昼日中《ひるひなか》だから、もう飲んでいる人もいる。まだ一期目だという新町内会長をはじめ、集まっているメンバーに次々挨拶《あいさつ》をしていくと、ふと真琴は首を傾げた。町内会の中心に、一人だけひと際《きわ》まわりより若い男がいたのだ。央介より、少し歳上《としうえ》のようだ。

彼を見て、央介が挨拶をした。

「矢島さん！　いつもありがとうございます。秋夜祭りも近づいてきましたが、準備の様子はどうですか？　僕にもお手伝いできることがあれば、なんでも言ってくださいね」

「ああ、央介先生か。別に手伝ってくれなくても結構ですよ。俺らは俺らでやってるから」

立ち上がった彼のずいぶんと他人行儀《ぎょうぎ》な態度に、真琴は目を瞬いた。すると、苦笑を浮かべている佳代と目が合って、央介と昭二が話している脇をすり抜けて駆け寄った。

「お手伝いします、佳代さん」

「まあ、助かるわ。ありがとう、真琴ちゃん」

「えへへへ。じゃあ、ぼくはここで饅頭《まんじゆう》でもいただいてましょうかねえ」

ミケさんはちゃっかり寄り合い所の一番いい席に座り込むと、さっそくお茶請けを食べ始めた。隣に座った町内会のメンバーが、『今日もいい食いっぷりだねえ』なんて言ってミケさんにお菓子を次々出していく。すっかり餌《え》づけされているミケさんを尻目に、流し台に残っていた湯のみや皿を洗いながら、真琴は央介と話している男を見て佳代に訊ねた。

「佳代さんは、あちらの方をご存じなんですか?」

「昭二君ね」佳代は、親戚《しんせき》の甥《おい》っ子のように気安く彼を呼んだ。「彼ね、矢島昭二君っていうの。お祖父《じい》ちゃんの代からこの町に住んでて、この町内会では若手の有望株なのよ。今は忙しくて手がまわらないってことで町内会の役職は断られちゃってるんだけど、会社勤めで大変だろうに、うちでは本当に頑張ってくれてるの。彼ね——、将来は政治家になりたいんですって」

「あ、やっぱり。そんな雰囲気《ふんいき》のあるSNSを見ました」

真琴は振り返り、あらためて昭二を眺めた。背はそんなに高くないけれど、きりっとした顔の彫りが深くて、日焼けしていて、ツーブロックのヘアスタイルも決まっている。体つきも筋肉質で、運動神経がよさそうだ。根っからに明るいお祭り男という感じだった。

「昭二君のお父様は、町内会長を長いことやってくださってたのよ。今はご病気で辞めてしまったけれど」

佳代の話によると、昭二の父親も祖父も、この町内会で長く会長を務めた地元の名士だったらしい。そして、この地域の次世代のリーダーと目されているのが昭二なのだという。

「笑っちゃうでしょ。昭二君ったら、案外子供っぽくってね。年下の央介先生に、ライバル心をめらめら燃やしちゃってるのよ。まあ、町内会に活気が出ることはいいことだから、わたしたちとしては大歓迎なんだけれどね。ほら、うちの町内会もご多分に漏《も》れず著《いちじる》しい高齢化が深刻な問題になってるから。平均年齢、七十代よ」

「そうなんですか？」

「昭和の頃は活気があって、若い人が何人も参加してたんだけどね。その人たちが時の流れのままに着々と歳を取って、今に至るというわけ。でも、町内会自体が歳を取ってくると、地域のお祭り一つとっても、ついつい例年と一緒でいいじゃないって気になっちゃうのよ。せっかく何年か前に、重い腰を上げて商店街を盛り上げようって始めたお祭りなのにね。だから、働き盛りの元気なお祭り男が一人いると、本当に助かるわ」

その時だった。ふいに、赤ん坊の激しい泣き声が寄り合い所の玄関口から聞こえてきた。

目をやると、そこには抱っこ紐に赤ん坊を抱えた母親が困ったように立っていた。それは、髪を後ろで一つにまとめた優しそうな女性だった。足もとには、まだ小学校前らしいやんちゃそうな男の子が絡まりついている。その男の子は、今時めずらしいくらいに短く刈り込まれた坊主頭《ぼうずあたま》を掻《か》いて、赤ん坊に負けないくらいの声で愚図《ぐず》っている。

「ママぁ！　ここ戻りたくないよぉ、お友達いないし、暇なんだもん」

「もう、我《わ》が儘《まま》言わないでよ、律《りつ》。今さんざん公園で遊んできたところじゃない」

「さんざんじゃないよ、ほんのちょっとだったよ。パパは、パパはどうなの？」

「寄り合い所の中を見たらわかるでしょ。パパは今、お祭りの準備で忙しいのよ。張り切ってるんだから、邪魔しちゃ駄目。ママも中でお手伝いしないと……」

なんとか子供たちを宥《なだ》めて母子が寄り合い所へ入ってくると、佳代が飲み物を勧めた。

「お帰りなさい、衿子《えりこ》さん。ほら、座って。律君もおいで」

「すみません、佳代さん。あら、央介先生もいらっしゃったんですね。それから……」

「あたしは幸居《さいわい》事務所の秘書です。よろしくお願いします」

「矢島衿子です。主人の昭二がいつもお世話になっています」

お決まりな社交辞令を終えて少し喋《しゃべ》っていると、いつの間にか、彼女の夫の昭二が立ち上がってちょっとした演説をぶっていた。

「――だからね、やっぱり僕らみたいな現役世代は、町内会に参加する時間が取れないんですよ。本当に忙しくて疲れてるし、そこは理解してもらいたい。まあ、家でゲームしてたりもするんだけどね、実際」

町内会に参加している面々がちょっと笑い、そのあとで誰かが口を尖らせた。

「……だけどさ、災害だとか、有事の時には町内会に助けてもらうんだろ？　それが腹立っちゃうよねえ。まったく、今時の若いモンは」

数人が頷き合う。町内会の功労者たちのもっともな意見を聞いて、昭二は頷いた。

「まあまあ。最近の若い人たちは、皆さんと違ってコミュ症なんですよ。あ、コミュ症ってのはね、人と話すのが苦手ってことね。人間関係が駄目な人が多いから、地元にがっちりコミットするのはハードルが高いんだ。だから、そこは大目に見てやってくださいよ。彼らだって、皆さんに感謝する日は来ますから」

町内会で活躍してくれている世代を持ち上げることで機嫌を取って、昭二は続けた。

「だからね。そういう若い世代の傾向を見つけて、ちょっと思いついたんですけど。その時々、気分で町内会の活動に参加できるようにするってのはどうでしょう？　ね、事前連絡必要なし！　その日気分が乗って、その日ちょっとだけ地元の役に立ちたくなったら、来てくださいってね。このくらいハードル下げたら、参加してみようかなっていう若い人もいると思うんです。特に今度の商店街秋夜祭りは子供もたくさん来るから、若い人は混じりやすいでしょう。だから、今年はこの思いつきを試しにやってみようと考えているんです。もちろん、ダダ滑りかもしれないですけど！　その時は、みんなで笑ってやってください」

昭二が提案すると、歓迎の拍手が鳴った。反応がいいのを見て、昭二は話を進めた。

「それじゃ、さっそくホームページで告知してみますね。駅前の大学にも、呼びかけのビラを貼らせてもらいましょうか。それから、秋夜祭りのイベントについてです。去年はね、ご当地ヒーローを招いてショーをしてもらったら好評だったでしょう。あれ、今年は二日連続でやりましょう。きっと地域の子供たちも凄《すご》く喜んで……」

昭二の演説を聞いて、真琴は素直に感心した。

（……へえ。昭二さん、凄いなあ）

話しているだけで視線を集めてしまう、華のある男だ。街頭演説をしたら、確かに人目を引けるかもしれない。しかし、央介はちっとも気にしていないようで、隣に座った佳代と時折談笑しながら昭二の話を聞き、手を叩いている。

すると、もぐもぐしていたミケさんがいきなり手を挙げた。

「いやあ、昭二さんでしたっけ？　せっかくですけど、その提案はどうかなあ」ぎょっとした真琴に構わず、ミケさんはいけしゃあしゃあと続けた。「ぼくとしては、去年と同じ着ぐるみを招くのはセンスがないと思いますよ。きっと子供たちも飽き飽きでしょう。ここはやっぱり、古くからこの土地を見守る土地神をお招きするべきじゃないですかね」

「土地神？　そりゃなんだい、ミケさん」

困惑したように、町内会の面々が首を捻《ひね》る。ミケさんは、やれやれとばかりに続けた。

「これだから、この町で七十年かそこらしか生きていないニワカは困るんです。この町には昔からありがたーい三位一体《さんみいったい》の神々が暮らしてきたんですよ。彼らはずっと、この町で生きては死ぬ人間たちを見守ってきたんです。今や行政公認ゆるキャラにまで登りつめた、その名も、かの有名な偉大なる三面《さんめん》――」

「ミ、ミケさん、ありがたいお話はそのくらいに……！　続きはあたしが外でゆっくり聞いてあげるから！　ね！」ミケさんをぐいぐい引っ張り、真琴は町内会の面々に頭を何度も下げた。「邪魔しちゃってすみませんっ、皆さんは話し合いを続けててください」

慌てて真琴がミケさんと一緒に寄り合い所の外へ出ると、あの少年が声を上げた。

「ねえ、律ももう詰まんない。飽きちゃったよ！　ママ、律も外出たい！」

「駄目に決まってるでしょ。まだ話し合いの途中じゃない」

母親の衿子が、息子を嗜《たしな》めている。荒らぶる猫天《ねこてん》様を押さえながら、真琴は声をかけた。

「それじゃ、あたしたちが一緒に公園に連れていきしょうか？」

すると、律が弾かれたように期待顔を上げた。まん丸な瞳が、真琴の顔を見つめている。

「……律君ていうのね、あなた」

「そうだよ。弟はね、奏君《そう》」

「お母さんが抱っこしてた赤ちゃん？　男の子なんだ」

「まだ小さいから、泣き虫だけどね。でも、可愛《かわい》いよ」自分も小さいくせに、律が肩をすくめた。「奏君ベビーカー嫌いだから、いっつもママに抱っこされてるんだよ」

「へーえ。まさか坊やは、あの赤ん坊が羨《うらや》ましいんじゃないでしょうね？」

「ち、違うよ、別に。律はもう一人で歩けるもん」ミケさんにからかわれて、律が慌て首を振った。「それより、坂の下にある公園に行こうよ。律はブランコに乗りたいんだ」

しかし、意地を張った割に、律はちらちらと何度も寄り合い所を見返していた。自分から飛び出したくせに、邪魔者が追い払われたような気分になっているのかもしれない。

公園に着くなりブランコに飛びつくと、律は甘ったれたように唸《うな》った。

「……うーん、なかなか上手《じょうず》にこげないなあ。ねえミケさん、律の背中押してよう」

「おや、坊や。大人のぼくが、そういう時に採るべきいい方法を教えてあげましょうか？」

「なぁに？」

「できないなら潔《いさぎよ》く諦めるんです。人生逃げるが勝ちと言いますからね。苦手なことからは逃げたらいいんです。ほぉら、こっちで一緒にベンチの上で丸まってだらだらと昼寝でもしましょう。案外楽しいもんですよ」

液状化したようにベンチで蕩《とろ》けている猫そのままのミケさんに、真琴は慌てて言った。

「律君、ミケさんの言うことなんか真に受けちゃ駄目よ。ふざけてるんだから」

「おやおや、お姉さんだって本音はぼくの言うことにも一理あると思ってくるくせにねえ。坊やの前だからって格好つけちゃって」

ミケさんが意味深に笑い、どきりとすることを言う。真琴は慌てて律に向き直った。

「そ、そんなことないわよ。ね、頑張ろう、律君」

「わかった。真琴ちゃんが一緒に練習手伝ってくれるなら、もう少しだけやってみる」

秋の日暮れは早足だ。律と一緒に再びブランコの練習を始めたのもつかの間、いつしかあたりはすっかり夕暮れになっていた。夕陽に照らされ、真琴と律は肩を並べて寄り合い所に向かって坂を登った。

商店街に入ると、提灯《ちょうちん》が並び始めていた。提灯には、地元の子供たちが描いたらしき絵が入っているものもあった。そういえば、最近そんなイベントがあったようだ。

「あれねえ、今日律も描いたんだよ。絵の具が乾いたら、律のも飾られるんだって」

手作りの提灯には、もう灯りが燈っている。だんだんと、楽しげな祭りの匂《にお》いがこの小さな商店街に満ちてきていた。


「――すみません、真琴さん！　それから、ミケさんも。すっかり子供の面倒を見てもらっちゃって、ご迷惑をおかけしました」何度もぺこぺこと頭を下げてから、衿子は律を見た。「それじゃ、夕飯の時間もあるし先に帰ろうか」

「えーっ？　だって、パパは？　律と遊ぶ約束したんだよ」

「パパはこれから町内会の人たちと飲みに行くんですって。我慢して、律」

すると、今日の担当作業を終えたのか、ひと足先に央介が戻ってきた。

「真琴ちゃん、お疲れ様！　衿子さんも、いつもありがとうございます」

「お疲れ様です」はっとしたように振り返り、衿子はいそいそと頭を下げた。「帰る前に央介先生に会えてよかったわ。実は、央介先生に折り入って相談したいことがあって……」

言いながらも、衿子は商店街通りをちらちらと気にしていた。どうやら、町内会のメンバーにはあまり聞かれたくない話らしい。

「……おやおや、なにかお困りごとの匂いがしますねえ」ミケさんがニヤリと笑った。

「ひょっとすると、お姉さんの出番が近いのでしょうか？」

ミケさんの囁《ささや》きを聞き、真琴は慌ててぶうたれている律の手を取った。

「それじゃ、衿子さんたちを送りながら話を聞きましょうよ。央介先生」

「……あのう、このことは内密にお願いしたいんですけど。いいですか？」

内密というと、なんだか不穏である。しかし、央介は衿子にあっさり白い歯を見せた。

「ええ、いいですよ」

なんの勘繰《かんぐ》りもない央介の態度に安堵《あんど》したのか、衿子が遠慮《えんりょ》がちに話の口火を切った。

「そろそろ律も大きくなってきましたし……。実は、下の子と一緒に、保育園に入れたいと思ってるんです。あたしも、仕事を再開したいですし」

「保育園っていうと……。ああ、もしかして待機児童問題を心配してるんですか？」少し首を傾《かし》げたあとで、央介は答えた。「それなら、最近はかなり保育園も増えたし、事情が変わってきていましてね。ひと頃《ころ》よりは、ずいぶん入りやすくなってきてるんですよ」

「そうなんですか？」

央介の話に、衿子よりも真琴の方が目を瞬いた。待機児童問題といえば、近年ニュースを大きく騒がせた地方行政問題だ。保育園に入るための活動、保活は、かなりの競争率だと話題になっていた。無論、当時はこの中島区も例外ではなかったはずだ。受かった保育園に合わせて、引っ越す世帯まであったという。

「いや、大変だったのは数年前までなんだよ。今は逆に、保育園が増えすぎて、今後の定員割れの方が心配されてるくらいなんだ。閉園も出てくるし、補助金を出して運営しているから、議会でもこれからの方向性について議論してるところなんだ」

ほんの少し前に保育園が足りないとニュースになっていたと思ったら、今度は保育園余りになっているのか。社会の移り変わりは目まぐるしい。

しかし、衿子は首を振った。

「待機児童の問題が解消されつつあるのは知ってます。そうじゃなくて……、なんとかして入りたい希望の園があるんです。そこの園は優秀な保育士が多くて衛生管理もきちんとしてるというし、先進的な取り組みも多いそうなんです」

衿子が言う保育園の名を聞いて、央介はぽんと手を打った。

「駅前の保育園ですね。立地がいい保育園は、やっぱり今でも激戦です。あの園は特に評判がいいそうで、確かに競争率が高いと聞いてますよ」

「ええ……。奏はゼロ歳児クラスですから、競争率はまだいいんですけど。問題は律の方なんです。今から中途入園しようと思うと、枠《わく》が本当に少なくて」

「なるほど、そういうことですか」

「それでもきっと、転勤やなんかで引っ越しされる方もいると思うんです。そういう時になんとか滑り込めないかと考えているんですが……。央介先生なら、なんとか、その……。口利《くちき》きのようなことをしてもらったりはできないでしょうか」

　衿子は深刻な顔で央介に頼み込んでいるが、どうやら旗色が悪いらしい。困った顔で、央介が首を振っている。律と手を繋《つな》いでいる真琴は、だんだん央介たちと距離が開いて会話が聞こえなくなってしまった。足の歩みを遅くしていた律が、ふと呟《つぶや》いた。

「……律はね、ほんとは保育園に入りたくないいんだ。だって、ママと一緒にいられなくなっちゃうもん」

「そうなの？　だけど、弟の奏君もいるし、二人一緒の保育園ならそんなに寂しくないいんじゃない？」

「でも……。奏君とは別の保育園になるかもって、ママが言ってたよ」

　どうやら、いわゆる保活について、もう律も母親からずいぶん説明を受けているらしい。落ち込んでいる律を励《はげ》まそうと、真琴は言った。

「保育園に行ったら、律君なら新しい友達もできるんじゃないかな。楽しいよ、きっと」

「そうかなあ……」

浮かない顔をして、律は肩をすくめた。そこで、律たちの住むマンションに着いた。

「――いろいろと無理を言ってすみませんでした、央介先生。選ばなければ保育園には入れそうなんだから、以前よりはずっと環境はいいんだもの。感謝すべきですよね」

「いえ、お子さんにとってよりよい環境を選びたいというのは、自然な感情ですよ」

「そう言っていただけると、心が軽くなります」

なんとか微笑《ほほえ》んだ衿子は、やっぱり酷《ひど》くおどおどしているように見えた。案ずるような真琴たちの視線を察したのか、衿子は慌てて苦笑した。

「ごめんなさいね。子供がいるってだけでまわりに迷惑かけてる気がして、最近謝るのが癖《くせ》になっちゃってるの。でも、あんまり謝りすぎるのも、見てて気持ちいいものじゃないですよね」そう言いながらも、また衿子は深く頭を下げた。「お二人とも、今日は本当にありがとうございました」

衿子たちの姿がマンションのエントランスに消えるのを見送ってから、真琴は呟いた。

「なんだか大変そうですね……。衿子さん」

真琴の肩に、まるでプレッシャーでもかけるかのようにミケさんの腕が乗った。

「ですよねえ、まったく本当に」

＊＊＊

昭二が帰ってきた時、──衿子は律たちの寝かしつけを終えてうとうとしていた。慌てて飛び起き、衿子は二人が起きないようにとんとんと叩いた。やっとのことで二人の寝息が再び落ち着くと、衿子は居間へ出た。

「お風呂、すぐ入れるよ。ご飯はどうする？　温めたらすぐ出せるけど」

「食ってきたから平気。風呂入るわ。子供の面倒で疲れてるでしょ、ママは先寝ててよ」

昭二は、衿子と目も合わさずに浴室へ消えていった。衿子は、その背中を寂しく見送った。『先寝ててよ』という労《ねぎら》いが、……拒絶に聞こえたのだ。

風呂上がりまでじめっと待っていると思われても悲しい。衿子はさっさと寝支度《ねじたく》をしてベッドに入った。一時間以上もかかって寝かしつけた二人の我が子は、なんとかまだ眠ってくれている。

「──ただいまぁ」

子供たち──特に律にとっては、父親はヒーローだった。どこへ行っても父親は輪の中心で、町ではいろんな大人に声をかけられる。『お父さん、元気？』とか、『お父さん、格好いいね』って。政治家を夢見ている昭二のために妻である衿子の助力が必要だということもわかっている。彼が、そういう面で衿子に期待していることも。だから、暗い顔ばかりしていたらよくない。そうは思うのだけれど――、衿子は大きなため息を零《こぼ》した。

（もっと一緒に喋《しゃべ》りたいのになあ……）

昭二は、風呂から出ても寝室に上がってこなかった。たぶん、彼の夢のために、SNSの更新でもしているのだろう。昭二のSNSが暑苦しいくらい熱くて結構人気なのも知っているし、彼が口先だけでなく実際に活動しているのも知っている。

地元ネタ満載の昭二のSNSは、追いかけてくれるフォロワーが少しずつ増えていた。常連さんで、いつもコメントしてくれる人もいる。衿子から見ても、暇な時にちょっと読むには面白い文章に感じた。……プライベートなんか、知りもせずに。

（あーあ、やっぱりね）

寝室でスマホの光に照らされ、衿子はぼんやりと昭二のSNSを眺めた。予想通り、更新したて。

昭二が、家事や子育てを手伝う暇もないくらい頑張っているのはわかっている。凄《すご》いことだし、偉いと思う。衿子だって、わざわざ悪い妻になりたいわけじゃない。夫を理解したいし、支えたいと思っている。ただ――、孤立無援、絶海の孤島にいるかのような孤独をどうしても持て余してしまうだけだ。

（……待ってよ、昭二。政治家って、なに？　地域の前に、あなたに助けてもらいたい人がここに、一番近くにいるんだよ……）

万が一、昭二が本当に政治家になったら衿子はますます孤独になるだろう。子供たちだって、今以上に寂しがるに違いない。こんな状態で子供たちを保育園に預けて、本当にいいのだろうか？　でも、このままでは……。

湧き出し続ける不安をそのまま胸に抱いて、衿子は無言で眠りについた。

＊＊＊

次の週末から、本格的に商店街秋夜祭りの準備が始まった。町内会ではまず、地域清掃を行うことになった。子供会のメンバーも揃って、ゴミ袋を持って町を練《ね》り歩くのだ。

（……あ、律君、今日も来てるね）

真琴が手を振ってみると、気づいたのか、律も母親の衿子の隣で手を振り返してくれた。

ふと、子供会のメンバーに真琴は目をやった。小学生は、保護者と一緒に参加している子が多いようだ。……けれど、大地《だいち》たちのグループは参加していなかった。この地区の子供会は小額ながら会費がかかるから、そのせいかもしれない。

（親ガチャ――なんて言葉があるけれど）

手をかけすぎるほどにかけてもらえる子供と、放置されている子供の溝《みぞ》がはっきりと目に見えるようだった。

ふと目をやると、大名行列のようなゴミ拾いの列の最後尾に見覚えのある老人が歩いているのが見えて、真琴はそちらへ駆け寄った。

「桐ケ谷《きりがや》さん！　いらしてたんですね。術後の経過はどうですか？」

「少しずつ調子がよくなってきたんで、出てきてみました。佳代さんも声をかけてくれてね。あんまり長くはいられないと思いますが」

「順調そうで安心しました。大地君たちとは、最近も会ってるんですか？」

「さっきまではこの列に参加して、ゴミ拾いを手伝ってくれてたんですよ。わたしが声をかけましてね。でも、今日は別のところで遊ぶからって、すぐ帰っちゃいましたけど」

やっぱり、会費のことを気にしているのかもしれない。確か、今日のゴミ拾いに参加した子供たちは、最後に会費で購入したお菓子やおもちゃのお土産《みやげ》がもらえる予定だった。

桐ケ谷も察しているのか、案ずるように言った。

「……大地君たちは、ちょっと気をまわしすぎるところがありますね。お母さん方が子供会の会費のことでいろいろ言われたら、可哀想《かわいそう》だと思うみたいなんですよ」

「桐ヶ谷さんのお家にも、大地君たちは相変わらず遊びに来るんですか？」

「そうですね。でも、ちょっとずつ回数は減ってきたかな。大地君たちももう中学生になるから、わたしのような爺《じい》さんよりも大切な仲間が増えてきたのかもしれませんねえ」

「あたしは、大地君たちはまだまだ桐ヶ谷さんの家に遊びに行きたそうに見えましたけど」

「だといいんですけどね」


いつの間にか列の殿《しんがり》になっていた真琴の肩を、ふいに誰かが叩いた。

「真琴ちゃん、お疲れ様。ゴミ拾いに参加してるのね、偉いわねえ」

買い物帰りの島原香子だった。島原は地域活動を熱心にやっているが、香子は人付き合いはあまり好きではないらしい。こういう町内の活動にはほとんど顔を出さなかった。

ふと、香子がそばの飲食店の壁を指差した。

「あら、見て。あそこに政治家のポスターがあるわね。ふふ、うちのアパートみたい」

選挙期間に入らないと、選挙ポスターを貼ることはできない。公職選挙法違反となるからだ。今のような選挙の告示日前に貼られているのは、演説会を告知する二連ポスターや、政党ポスターに限られる。二連ポスターには、有名な政治家ばかりがずらりと映っていた。

「なんだか物々しいですね……。香子さんは、いつも誰に投票するか決めてるんですか？」

「区議選なら央介先生、という時もあったかしらねえ」冗談めかして、香子は笑った。

「こんなこと言うと、お父さんがうるさいんだけど。ポスターを見ても、よくわからないのよね。といって、演説なんか聞きに行っても調子いいこと言うだけだしねえ」

「あたしも、正直その気持ちはわかります」素直に頷《うなず》いてから、真琴は首を傾《かし》げた。「でも、ポスターでも演説でも政治家を判断しきれないっていうなら、いったいなにで投票先を決めればいいんでしょうかね。島原さんなんかは、どうやって投票先を決めてるのかなあ」

ポスターの政治家たちを検索すると、キャッチフレーズと一緒に——掲《かか》げる〈政策〉が出てきた。荒唐無稽《こうとうむけい》な理想論もあるから、実行力、実現性も併せて判断しなくてはならないのだろうが、そうか、これが、判断材料か。

しかし、つい、真琴は隣に立っているミケさんに訊ねた。

「政策……。……って、なんだっけ？　央介先生も、なんか掲げてるんだっけ？」

「あなたには、呆《あき》れますよ……。雇い主の政策もまだ知らなかったんですか？」

目を眇《すが》めたミケさんに突っ込まれ、真琴はさっとスマホを弄《いじ》った。

「う……。キャッチフレーズなら知ってるんだけど。愛と勇気よ。央介先生らしいでしょ」

スマホで急いで調べてみると、政策とは、その人が実行したい政治上の方針や手段のことを言うらしい。

つまりは、この地域をどう変えたいか、そのためにはどんな施策が必要だと考えているかを有権者に示すツールというわけだ。確かに央介のＳＮＳやホームページにも、目立つところに政策についての案内があった。そこには、〈子供が健《すこ》やかに育つ町〉――とあった。

「……へえ。央介先生は、働く現役世代と子育て世帯に向けての政策に力を入れてるんだ」

央介は、まだ二十代で働き盛りの世代だ。そういう世代に共感して、代弁者になろうと考えるのは自然に思えた。しかし、央介自身の家族はどうなのだろう――ふと思い当たって、真琴は香子に訊ねた。

「央介先生のご家族は、今もこの町で暮らしてるんですか？　確か、お父様が元政治家なんでしたよね」

「ええ……、そうよ」香子は、少し神妙な顔になった。「ひょっとして、真琴ちゃんはまだ詳しく知らなかったのかしら。央介先生のお父様は、このあたりでは有名な政治家先生だったのよ。今は引退して、ご隠居暮らしみたいだけど」

「幸居……、なに先生ですか？」

手に持ったスマホで央介の父について調べようとして、真琴は香子に訊いた。

「ご両親は離婚されてるの。だから、幸居はお母様の姓」

「えっ、お母様の、ですか？」

「ええ……。お父様とは特に折り合いが悪いそうなんだけど、央介先生って不思議な人でね。うちのお父さんと一緒に地元を駆けまわっていたら、名前が先に売れちゃって。それで、央介先生のお父様にお世話になった方たちがなんだか気をまわしたみたいで、投票してくれて当選できちゃったみたいなの。たいした選挙活動もできてないのに、ねえ。本当に運のいい人だわ」

「じゃ、央介先生も、いわゆる世襲政治家なんですね」

「そうなるわねえ」

政治や地域活動にあまり興味がないという香子が、のほほんと頷いた。

その時だった。赤ん坊のむずがる声がして、ふいにミケさんが真琴の袖《そで》を引っ張った。

「あっちですよ、お姉さん。ほら、お困りの方がいます」そう言って、ミケさんが偉そうに命令した。「さあ、このぼくにあなたが成長したというところを見せてみなさい。自ら進み出て、地域の人間どもに寄り添うのです」

目を向けると、衿子がまわりに頭を下げながら列を離れるところだった。あのあたりには確か、きりん公園がある。困ったようにきりん公園に駆け込んだ衿子を見て、央介もさり気なく列を離れるのが見えた。慌てて香子と別れ、真琴もきりん公園に入った。

「――大丈夫ですか？　衿子さん」

「気を遣わせてしまってすみません、央介先生。あら、真琴さんも来てくれたのね」今日も開口一番謝って、衿子が赤ん坊をあやした。「この子、寝ぐずりが酷《ひど》いんです。うるさくてご迷惑でしょう？」

「そんなことありませんよ。僕は子供の声が好きですし」

「あたしも、元気でいいなって思います」

央介に続いて真琴もこくこく頷いたが、衿子の表情は晴れなかった。

「そう……。みんな、お二人みたいだったらいいんだけど」衿子はため息を吐いた。「ほら、今時は子供の声も騒音になりかねないじゃないですか。だから、律や奏が大きな声を上げるだけでびくびくしてしまって……。だけど、当たり前なんだけど、こういう公園だって子供だけのものじゃないんですよね。うるさくしたら、嫌がる人もいるわよね」

「そういう意見もありますけど、……やっぱり公園は子供が遊ぶ場所ですよ。子供から公園を取り上げたら、どこに行っていいかわからなくなってしまう子も増えるでしょう」

　央介が、衿子を元気づけるように強く言う。もしかすると、央介は行き場所のない大地たちのことを思っているのかもしれない。

「そう言ってもらえると救われるわ」ため息をついてから、衿子は央介にあらたまって向かった。「あの……、央介先生。この間は失礼なお願いをしてしまってすみませんでした」

「いえいえ、気にしないでください」

「……実は、央介先生に訊きたいことがまだあって。また失礼にならないといいんですけど」衿子は続けた。「央介先生のお父様は、政治家だったんですよね。あのう、央介先生のご家庭はどのような感じだったんでしょうか？」

「家庭、ですか？」予想外の質問だったようで、央介も目を瞬いた。「選挙のことかと思ったんですが、違うんですね。ええと……。それは、家での父の様子ということでしょうか」

「いえ、ご家庭全体の様子のことを聞きたいんです。きっと、お父様は忙しくてあまり家にはいられなかったでしょう？　そういうことに、その……。子供の育成に対して、影響がないのか気になっていて」

衿子の口振りに、やっと真琴も彼女の意図が見えてきた。彼女の夫である昭二は、政治家を目指している。それが子育てに影響しないか気になっているのだ。

「ああ、そういうことですか。……だけど、どう説明しようかな。衿子さんは地元の方ですから、誤魔化《ごまか》してもきっと事実はわかってしまうでしょうし」そう前置きしてから、央介は率直《そっちょく》に言った。「確かに、うちは父も母も忙しくて不在がちの家庭でしたね。僕も小さい頃は寂しかったですよ。恥ずかしながら、若い頃は結構荒れていた時期もありました」

「……やっぱり」央介の答えを決めてかかっていたかのように、衿子の表情は険しくなった。「あたしもそうだと思ってたんです。政治家なんてなったら、きっと凄《すご》く忙しくなるでしょう。今以上に、あの人は自分の子供に構う暇なんかなくなるんじゃないかしら。我が子よりも他所《よそ》の子ばかりを気にかけるような父親の下で育ったら、律と奏は――」

そこまで言って、衿子ははっとしたように言葉を止めた。

「あっ、ごめんなさい。央介先生のお父様を悪く言うつもりはないんですけど」

「大丈夫ですよ。あなたがお子さんを心配する気持ちはよくわかりますから。まあ、僕も父には反発もしたし、確かにいろいろありましたよ。……でもね、結局僕は、父と同じ政治の道を選びました。そのことは、衿子さんには胸に留めておいてほしいですね」

「……」

「僕が思うに、子供時代のあれこれで人生のすべてが決まるなんてことはないんじゃないでしょうかね。もちろん、家庭は大事です。でも、親の職業がどうであろうと、結局のところ本人次第でしょう。人生どうなるかなんて蓋《ふた》を開けてみなければわからないものです」

「そうでしょうか……」

まだ不安そうに、衿子は抱きしめている赤ん坊の顔を眺めた。すると、律がベンチに向かって駆けてきた。

「ねえ、ママ。律、きりんの滑り台滑ってもいい？」

衿子が頷くと、律は嬉しそうに滑り台へ向かっていった。一緒に滑るようママを呼んだり、写真を撮ってとねだったり目まぐるしい。真琴が手伝っていると、

「……ママ、ママ、で、大変だわ。こんなに甘えん坊なのに、律は保育園に入って馴染《なじ》めるのかしら」切りがない心配を、衿子は真琴に吐露した。「でも、保育園に入れることに

すら賛否両論あるのよね。長い時間子供を預けるとよくないなんていう記事を読むと、また迷っちゃって。旦那《だんな》を支えるためって言ったって、働きに出たいのはあたしの我儘《わがまま》な気がしてきて。なんのための保育園なんだろうって、わかんなくなります。やっぱり、律の望む通り、まだまだ家で一緒にいてあげた方がいいのかなあ……」

律や奏を眺めていると、また深い深いため息が、隣で零《こぼ》れ落ちた。

寄り合い所に戻ると、昭二はちょっと顔を上げただけで家族のもとへ駆け寄ることはなかった。衿子は肩を落とし、真琴と央介にだけ聞こえるような声で独り言を呟《つぶや》いた。

「……今日はあたしも残業ね」

顔を上げた時には、衿子は悩みのなさそうな明るい笑顔になっていた。真琴なんかよりもずっとスムーズに、輪に馴染んでいく。若い衿子の参加を、町内会は温かく迎えた。

「……そういえば、衿子さんの話では、昭二さんは律君たちに構う暇がないということでしたですね。政治家の奥さんになるのって、やっぱり大変なんでしょうか？」

「向き不向きはあるかもしれないね。僕の同僚でも、パートナーは一切政治活動に関わってないって人もたまにいるよ。けど、やっぱりパートナーの応援がないと、政治活動はなかなか厳しいものがあるんじゃないかな」

それを理解しているからこそ、彼女はお膝もとの町内会で頑張っているのだ。

さっきの様子を思い出すと、真琴は、衿子が本当に求めているのは行政の助けなんかではなく、夫の、昭二の手なのではないか——と感じた。


一般質問の準備も、佳境《かきょう》に入ってきていた。

質問通告の期限も迫ってきて、真琴と央介は事務所で延々と顔を突き合わせていた。定例会での一般質問は、事前通告が必要なのだ。行政側が回答に正確性を保持するためと、それから職員の無駄な残業を削減するためにも、早めの提出を求める。央介は、野良猫の対策についてと、それからゴミ屋敷の定義について質問する予定なのだが——。

「……保育園についても、質問に入れてみようか?」手が止まっている真琴に、央介が言った。「保育園全体のレベルが上がれば、地域の子育ての質も向上していくよね。衿子さんも喜ぶだろうし」

「でも、大丈夫なんですか?」

「まあ、質問時間はぎりぎりになるけど、なんとかなるでしょう」

会派に所属する議員は、代表者が長い時間を使って代表質問をする。反対に、個人質問は誰でも行うことができるが、時間は短い。

「それじゃ、今からでも、これまでのうちの議会での議論内容と、他の地区の先行事例を調べてみよう。もし保育園全体の質の向上を実現できたとしても、その頃には律君も奏君も小学生になってるかもしれないけど……」

はっとして、真琴は顔を上げた。思い返せば、真琴がこの事務所に勤め始めた頃、佳代が陳情《ちんじょう》に来たのは、行政の対応が遅い——と憤《いきどお》ったからだった。いろんな意見や要望がある中で、当然ながら優先順位もある。少なくない人口を有する地区なのだから、幸居事務所のように当意即妙《とういそくみょう》で活動方針を変更はできない。

少し前までは保育園の数の確保が最優先だったのが、今は問題が移り変わって、この地域では保育園余りが懸念《けねん》されている。ずっと社会問題としてくすぶっている、保育者の低賃金についても改善が必要だろう。さらなる補助金が必要となる可能性があるが、予算は果たして——。考え出すと、ゴールなんてないように思えた。しかし、央介は言った。

「それでも、やる価値はあるでしょう」

「ありがとうございます、央介先生」真琴は、力強く頷《うなず》いた。「あたしも、衿子さんの意見は、個人の我が儘じゃないように感じました」

事前通告の期限が迫る中、真琴と央介は懸命に質問内容の精査を続けた。

秋夜祭りを翌日に控え、ショーやバンドが演奏するためのステージ設営が今年も始まっていた。央介はといえば、町の人たちに地域の困りごとを聞いたり、昭二の指示に従って働いたりしている。昭二の方も、ちょっと気にする素振りは見せるのだが、互いに行動力の振り切れた者同士である。央介と昭二は、だんだんと打ち解けつつあった。

衿子の様子を思い出すと複雑だが、昭二は、やっぱり傍《はた》から見れば地域のために一生懸命頑張っているように思えた。

央介たちを尻目に、真琴もお茶出しをしたり、事務作業を手伝ったり、盆踊りや太鼓《たいこ》の叩き方を一緒に練習させてもらっていた。すると、昼すぎになって、真琴を見つけた律が飛び込んできた。

「真琴ちゃん、見っけ！」もう真琴の手を取って、律が甘えるように言った。「よかった、探してたの。ずっと暇だから、真琴ちゃんとミケさんとお喋《しゃべ》りしたくて」

「いいよ。今日はどうしようか」

真琴が頷くと、律を慌てて追いかけてきた衿子の表情が曇った。

「す、すみません、律が何度も我が儘を言って。律、駄目よ。我慢しなさい」

「いいんですよ、衿子さん。あたしも律君といると楽しいですから」

衿子と何度か押し問答をしてから、真琴は律と歩き出した。

「本当にごめんなさい。律、真琴さんやミケさんの言うことをちゃんと聞くのよ」

衿子を背に、真琴たちは律と一緒に手の足りないところを探して歩き始めた。

「おっ、真琴ちゃんにミケさん。それに、坊主《ぼうず》は律君か。三人とも、手ぇ空《あ》いてるかい？」島原に声をかけられ、真琴と律は頷きながら駆け寄った。「だいぶ溜まってきたから、ゴミの仕分けを頼みたいんだよ。律君も、真琴ちゃんたちの手伝いできるよな？」

「うん」

島原に頼られたのが嬉しいようで、大人ぶって律が頷いている。島原は慣れているようで、真琴の倍は早く作業を進めていった。戦力にならないミケさんを放って律と一緒に慣れない手つきでゴミを仕分けながら、真琴はふと、香子の話を思い出した。

「そういえば、島原さんって央介先生といつからのお付き合いなんですか？」

「うーん、いつからだったっけなあ。だけど、知り合った頃から央介先生はこの秋夜祭りの準備にはいつも来てくれてたんだよ」なにかを思い出したのか、島原はくくっと笑った。「あの頃の央介先生ってさ、今から思えば笑えるんだよな。なーんか半端モンでね。俺のことご老公《ろうこう》とか呼んじゃって、とんだ格《かく》さんだったたよ。いやいや、あの人は情に訴えられると弱いところがあるからやっぱり助《すけ》さんだったかな……。俺たち、本当にいろいろ走りまわったんだぜ。爺《じじい》に付き合わせちゃって申し訳なかったけど、あの頃は面白かったなあ」

島原が、遠い目をして央介の背中を眺めている。すると、ミケさんが言った。

「ふーん、ずいぶん楽しそうに語りますねえ。――お姉さんも興味あるみたいだし、それじゃちょっとだけ覗《のぞ》いてみましょうか？」

「えっ？　覗くって、なにを？」

「ふふん、思い出話の中身をですよ。このお節介爺《せっかいじじい》さんは、他の人よりちょっと覗きやすいみたいですから」どういうことかと真琴が首を捻《ひね》ると、ミケさんは肩をすくめた。

「……死期が迫っているということです。死に近づきかけている人の心象は、夢と現《うつつ》が混じりやすくなって覗きやすくなるんです」

どきっとして、真琴はミケさんの瞳をまじまじと見つめた。その時、島原の心象が、真琴の脳裏《のうり》に鮮明に浮かび上がってきた。

……気がつくと、真琴は、まるで浮遊霊にでもなったかのように空を漂っていた。

（あれ……？　ここは……）

真琴は、視線の下をよく見渡した。どうやら、ここは中島区の上空らしい。桜の木が無数に緑の葉を揺らし、その合い間を神埼川《かんざきがわ》が流れている。

ふと見ると、今より少し若い風貌《ふうぼう》をした央介が島原にくっついて歩いているのが目に入った。空からじっと耳を澄ませてみると、央介のよく通る声が聞こえてきた。

「――しかしねえ、島原さん。僕みたいなどうしようもない若造が政治家になるったって、いったい誰が票を入れるっていうんです」

今と違い、なんだかだらだらとして覇気《はき》のない央介が、島原をせっついている。

（……あれ、央介先生と島原さんよね。でも、〈政治家になる〉って……？）

央介の言葉に、真琴は首を傾《かし》げた。これはいったいどういうことなのだろう。つまりは、今真琴が見ている光景は、央介が議員になる前の島原の思い出ということだろうか？

まわりを見渡しても、ミケさんの姿はなかった。すると、今と変わらず背筋をしゃんと伸ばしてきびきび歩いている島原が、振り返って答えた。

「そりゃ、蓋《ふた》を開けてみなけりゃわからねえわな。だけどさぁ、世の中にはどうしようもなかろうが、なんとかかんとか生きてるっていう連中もいるじゃない。そういうのだとか、這《は》いつくばって努力してるような若いモンだとかの代弁者も、必要なんじゃないかい」

「ははあ、なるほど。僕の同類みたいな奴らの支持を狙えってことですか。だけどね、そういう人って選挙に行かないと思いますよ。実際、僕は投票なんか行ったことないですし」

「だから、それをお若いあんたが呼びかけるんでしょ。選挙に行きましょうってさ」

「選挙に行ったたって、なんにも変わりませんよ」

「おっ、痛いとこ衝《つ》くねえ。そりゃね、俺も毎度毎度真面目腐《まじめくさ》って選挙に行ってんだが、なんだか感じるところなのよ。選挙に行こうっていうけど、それで俺が思うような政治ってなかなかなされないのよねえ。やっぱり、たかが一票じゃどうしようもないのかなってなる。となると、逆の行動に出た方がいいんじゃないかって考え出したわけ。わかる?」

「うーん。選挙に行かないってことですか?」

「まあね」

「当たりかよ」

「へへへ――その代わりに、自分が見繕《みつくろ》った政治家を全力で推す! 俺も爺になったし、あと十年も生きねえだろうから投票は若いモンに任せるけどよ。何歳でも今日が一番若いって言うじゃない。だから、俺は今からそっちにチャレンジしてみようと思ってるわけ」

島原の思い出は、目まぐるしく移ろっていった。島原の性格を面白がったのかどうか、それからというもの、央介は彼にくっついてまわるようになったらしい。季節が早まわしのようにくるくると巡り、島原と央介は日々町を歩きまわった。

夏には庭木の手入れに困っている老婦人のための伐採《ばっさい》を手伝っていたし、その前の冬は地域でやっている無料塾の講師ボランティアをしていた。年を越した頃には餅《もち》つき大会、クリスマス会に地域の運動会もあった。

「しかし、毎日毎日地域活動なんてずいぶん暇でいいご身分なんですねえ、ご老公は」

央介が大仰《おおぎょう》に拝むものだから、島原も水戸黄門《みとこうもん》のようになってニヤリと笑った。

「そりゃお互い様じゃねえかい、お坊ちゃま。それとも格さんがいいかい？　平日の真っ昼間から爺の道楽に付き合える若者なんか、不況の今時そうはいねえぜ」

「ま、そりゃそうですね」

夜の住宅街をパトロールしながら、二人は軽口を叩き合った。こんなやり取りを、どうやら互いに気に入っているらしい。

この日の夜警のメンバーの中には、何人かの地方議員が混じっていた。

「しっかし、こんなの本当に議員の仕事なんですかねえ」

父親のことを思い起こしたのか、央介が政治家たちを嫌そうに見ている。真琴が目を丸くしていると、島原が反抗期の子供を諭《さと》すように央介の肩を叩いた。

「だけどよぉ。これで地域の治安がよくなるってんなら、誰も損なんかしてねえじゃん。

地域のために地方議員がなにをしてるかアピールしなきゃ、選んでもらえないじゃないのよ。もっと見え見えじゃない効果的な主張の仕方があるんなら、教えてほしいもんだぜ」

「そりゃ、政治家なんだから政策をアピールするのがベストでしょ。うちの区の人口知ってます？　細々した地元の問題よりも、予算案だとか福祉《ふくし》とか、もっと区民全体の利益になることを考えなけりゃしょうがないでしょうよ」

今の央介の政治活動とは正反対の発言だ——が、感心したように島原が声を上げた。

「おっ、さすがに血は争えねえな。一理あること言ってくれるじゃないの。おまえさん、実は親父《おやじ》さんの仕事について結構勉強したんじゃないのかい」

図星を衝かれたのか、央介がむっと黙り込んだ。央介から一本取った島原は、笑い声を立てて頷《うなず》いてみせた。

「お見それしやしたよ、格さん。そりゃまあ正論だね。政治家だったら、政策で勝負するのが正道よ。だけど、有権者の中には、小難しい政策よりもこういう地域貢献の方が響くって人も少なくないんだから、議員活動も工夫《くふう》が必要なのよな。国政にすら興味ない層が多いってのに、地方行政ともなればなおさらじゃないのよ。この間やってた区長選の投票率、知ってるかい？　国政選挙よりも、ぐんと下がるんだぜ」ひと仕事終えると、島原が曲げた腰を伸ばして叩いた。「夜だってのに全然涼しくならねえなあ。これじゃ、今夜もまた晩酌《ばんしゃく》しちゃうよ。央介君、次も付き合ってくれるよな？」

「飲みですか？　いいですけど、奢《おご》ってくださいよ」

「だから、央介君は誘い甲斐《がい》があるんだよなあ。断らねえんだもん。央介君にはずいぶん頑張ってもらってるし、一杯奢るくらい全然構わないぜ。だけど、これからも俺に付き合ってくれよな。これから祭りのシーズンだし、近所の祭りを梯子《はしご》といこうぜ」

島原に駆り出された央介は、盆踊りでも一緒にやるのかと高を括《くく》っていたらしいが、それは大間違いだったようだ。突然現れた若い男というだけで、どこへ行っても央介には雨のように力仕事が降りかかってきた。パイプを組み合わせてステージの設営をし、待合所のテントを張り、提灯《ちょうちん》を飾り……。

「央介君ー！　こっちも来て、ほら早く！」

「終わったらこっちもよろしく！　男手足りないんだよ」

「な、央介君、この間の婆《ばあ》ちゃんがまた来てんだよ。央介君と話したいって。付き合ってあげてよ、ほんの十分でいいからさ。央介君と話してると、疎遠《そえん》になった孫を思い出すんだって……」

……ふと気づけば、町の人たちはみんな央介を気安く名前で呼ぶようになっていた。そして、そんな島原との日々がなし崩しのように続くうちに、いつの間にか央介は選挙に立候補していたのだった。

「……央介先生って人はねえ。ちょっと荒れてたあの頃から、本当は気持ちが優しくてさ。自分を頼ってきた人には心を砕《くだ》いちまうんだよなあ。まあ、つまりはお人好しなんだよね。うちの母さんの言う通り、本当に運もよかったと思うけどさ。立ち直ってくれてよかったよ」

嬉しそうな島原の声が響き——、ぱちんと夢が醒《さ》めるように、真琴はもとの場所に立っていた。手にはまだ、さっき片づけかけていた空《から》のペットボトルが握られている。

どうやら戻ってきたらしい。真琴は目を瞬いて、何度も島原の姿を見つめ直した。ぼんやりしている真琴に気づかないようで、てきぱきと手を動かしながら島原は続けた。

「どこに連れてっても評判よかったんだよ。あの人はほら、人間の根っこが素直だからね」

真琴は、昭二と一緒になって動きまわっている央介を見返した。律はすっかり飽きたのか、いつの間にか空き缶を重ねて積み木遊びを始めている。ミケさんが何度も横からちょっかいを出すので、その度《たび》に律が唇を尖らせたり、笑い転げたりした。

「最初は央介先生、俺と一緒に地域ボランティアとして頑張りたいって言ってくれたんだけどよ。央介先生はとにかく若いでしょ。あの年齢は武器だし、話題にもなるよ。だから、もっと大きな活動ができる政治家を勧めたの。あれで当時から、案外政治の世界に関心を持ってたんだよ」

「そうだったんですね……」

そういえば、いつか央介は、野良猫たちに自分の寄《よ》る辺《べ》のなさを重ねている大地に共感しているようだった。ひょっとすると、島原と出会う前の央介は、大地のように――少し前の真琴のように、どうすればいいかわからず振り切れてしまっていたのかもしれない。

家族にも、友達にも頼れない。ましてや同じ町に住んでいるだけの他人になんて頼れるわけもないと、きっと真琴も央介も決めつけていた。……けれど、二人を救ってくれたのは、紛《まぎ》れもなくこの町だった。

「えへへへ。やっと気づいてくれました？　いい町でしょう？　この町は。この島原御大《おんたい》みたいなお節介《せっかい》爺さんがいて、央介先生のようなお人好しもいて、……あなたのように不器用な人もいる。子供も大人も老人も、誰もが懸命に頑張って生きています。だから、ぼくらもここでずっと暮らしてきたんですよ」

ミケさんの笑い声に、真琴より先に島原が手を打った。

「おっ、いいこと言うなあ、ミケさんは。さすが、えーと、インフルエンサーだっけ？

違うねえ。そりゃ、地縁《ちえん》ってのは結局他人だからさ。面倒なこともあるよ。だけど、だからこそそういうのに助けられると、人間のあったかさみたいなのを感じられたりもするんだ。不思議だよねえ、他人なのにさ。だから俺もさ、この町のために頑張っちゃうのよねえ」

「……そう、そうですね」

町に根ざして暮らす。それは案外、……面倒なしがらみばかりではないのかもしれない。

(だから、央介先生はあの時、深く聞きもせずにあたしを助けてくれたのかな……)

今になって、真琴はそんなことを思ったのだった。

＊＊＊

ついに、秋夜祭り当日が訪れた。その時央介は、寄り合い所でほっと息を吐いていた。

振り返ると、央介の秘書を務める真琴がいつものようにそばにいた。

「お疲れ様です、央介先生」

「ありがとう。きみもお疲れ様だったね、真琴ちゃん」

央介がそう声をかけると、彼女も微笑《ほほえ》んで頷いた。二人は、肩を並べて秋夜祭りで盛り上がる商店街を眺めた。

「……実は、こういうイベントって学生時代は苦手だったんです」彼女は、照れたよう言った。「あたし、これまでちっとも知りませんでした。こうして一緒にいろいろ頑張ってみると、地域と関わるのってやりがいがあるものなんですね」

「それじゃ、来年はもっと早くから準備に顔を出してみようか？」

「ぜひそうしましょう」

日中に商店街を練《ね》り歩いた子供神輿《みこし》には、昭二の提案で間近に迫ったハロウィン仕様の飾りつけがなされていた。子供たちの元気なかけ声が商店街に響き渡り、央介は法被《はっぴ》姿の律に手を振った。通りには無数の出店がずらりと並んで、あちこちで呼び込みの声が響いていた。たこ焼き、焼きそばに焼き鳥、りんご飴《あめ》に綿飴、チョコバナナもある。金魚掬《すく》いにヨーヨー掬い、射的、輪投げの出店もあった。甚平《じんべい》や浴衣《ゆかた》よりも目立つのは、ハロウィンの仮装をした子供たちだ。色鮮やかな衣装が、商店街を埋めていく。これから、ショーや盆踊りも予定されていた。

提灯が橙《だいだい》色に輝き出す頃になると、どんどん人が増えてきた。昭二の提案も当たって、飛び込みのボランティアも現れ出していた。連れ立って来てくれた若者たちもいて、町内会は彼らを温かく迎え入れた。

「凄《すご》い人入りですねえ。あたし、前には人通りの少ない商店街だなんて思ってたんですけど。こんな風にきらきら輝く夜があるなんて、知りませんでした」

「成功してよかったよね。昭二さんのおかげだよ」

「……そんなに簡単に人にお手柄を譲《ゆず》らないでくださいよ。央介先生だって、ずいぶん頑張ったじゃないですか」

「でも、僕はやっぱり議員だからね。町の人たちがこういうイベントを盛り上げてくれるのが一番なんだよ。もっとも、昭二さんはじきに議員になりそうだけど」

「ちょっと怖いライバルですね」

「そうかもね」

秋夜祭りの待合所で央介と真琴が働いていると、佳代が声をかけてきた。

「真琴ちゃんと央介先生も、そろそろお祭りをまわってきなさいよ。こっちはあたしたちがやるからさ」

……そういえば、昼食をとったのはずいぶん前だった。すっかり空腹になっていた二人は、佳代のお言葉に甘えることにした。ビールに焼き鳥を買って、央介たちは一時坂の下の公園で休憩することになった。遠くで、盆踊りの音楽が聞こえている。今は、こども音《おん》頭《ど》が流れていた。この小さな公園からでも、提灯の光がよく見えた。

　しばらく町を眺めたり、スマホで写真を撮ったりしていた真琴が、ふと央介の隣に座った。そして、妙にあらたまった態度で訊いてきた。

「――央介先生。あたし、まだ訊いてなかったんですけど。央介先生は、どうして政治家になったんですか？」

「んー」少し虚を衝《つ》かれたのを誤魔化《ごまか》すように、央介は首を捻《ひね》った。「他に就職口がなかったから？」

「そう……、そうだったんですね」

　彼女の真面目《まじめ》な表情に、央介は目を丸くした。呆《あき》れられるか、怒られるか、それとも笑われるかと思ったのに、彼女の反応は違った。

「意外な反応だな。軽蔑《けいべつ》されるかと思ったんだけど」

「……しませんよ、あたしは。あなたの気持ちが、あたしにはわかる気がしますから」彼女は、まっすぐに央介を見つめた。「そりゃ、働き口にありつくっていうような理由で政治家になってほしくないと思っちゃう気持ちもありますけど。変ですね。同じ国に仕える公務員ならそうは感じないのに、政治家となると……」

「まわりから〈先生〉と呼ばれるような職業は、もしかするとある種の聖職だと感じられているのかもしれないね。まあ、僕は聖人なんていうタイプじゃないけど」

「でも、人間らしくていいじゃないですか。完璧《かんぺき》じゃないからこそ、弱い人や困っている人に寄り添うことができるんだと思います」

「……」彼女らしい実直な言葉を聞いて、央介はふと呟《つぶや》いた。「……きみは不思議な人だね、真琴ちゃん」

どういう意味かわからないようで、彼女が首を傾《かし》げている。それは、央介が彼女と初めて会った頃から感じていたことだった。彼女は、時々央介もどきりとするようなことを言う人だ。もしかすると、彼女もたくさんの壁にぶつかって、それでもなんとか歯を食いしばって生きてきたからなのかもしれない。かつての——そして今の央介が、そうであるように。

央介は、夜空を見上げて言った。

「あのね。実は、政治の世界には僕みたいなのが少なくないんだ。うちの親父《おやじ》は政治家だったんだけれど、親父の事務所には誰かの伝手《つて》で潜り込んできたボンボンの馬鹿息子なんか何人もいたよ。給料安いし、激務だからすぐ辞めちゃうんだけど」

「……お父さんとは、もう全然連絡を取ってないんですか？」

「当選した時にね、激励《げきれい》の手紙をもらいましたよ。会いには行かなかったけどね。ほら、前にも言ったでしょう。僕ら親子は、折り合い悪いから。だから、議員になったあとに手紙が届いた時にはびっくりした。――へえ、あのおっさんも僕みたいな親不孝者にこんな手紙書けるんだって」

「そんなに嫌いだったんですか？　お父さんのこと」

「あの頃はね。政治家なんてみんなあくどい奴ばっかりで、不倫《ふりん》は常習で議会じゃ眠りこけて税金泥棒してるんだと思ってたんだよ。……だけど、どの業界もそうなんだろうけど、そんなに単純じゃないね。最近になってやっとわかったけど、優秀な政治家への道っては、厳しく険しいものらしい。いろいろ見聞きしてきた総括《そうかつ》としては、親父は家庭人としては最悪だったけど、仕事人としてはまあ良《りょう》でしょう」

　こうして同じ政治家という職業に就《つ》いてみると、父はただの屑《くず》ではなかった。八面六臂《はちめんろっぴ》の活躍と功績を残したというわけにはもちろんいかないが、父は父なりに地域をよくしようと奮闘したのだ。その足跡は、この町を含む彼の大きな選挙区にしっかりと残っている。だからこそ、あの頃の母も父を支え続けたのかもしれない。昭二の妻の衿子のように……。

　すると、彼女も衿子のことを思い出したのか、真琴が遠慮《えんりょ》がちに言った。

「それじゃ、もしかして……。央介先生のお父さんなら、律君が希望の保育園に入れるよう便宜《べんぎ》を図ってあげることもできるんじゃないですか？」

「かもねえ。この地域に顔が利《き》くのは間違いないから、可能性はあると思うよ」しかし、央介は首を振った。「だけど、僕はそういうのの取り次ぎはしません」

確かに衿子はとても困っているし、央介は地域の困っている人の味方でありたいと常に願っている。彼女の話を聞いたのもあって、央介は日程の厳しい議会での一般質問に向けて保育事業の件も盛り込むつもりだった。

――だが、それでも、駄目なものは駄目だ。真琴が訝《いぶか》るので、央介は丁寧《ていねい》に答えた。

「議員が個人に便宜を図ったら、公益性に悖《もと》るでしょう。もう親父も耄碌《もうろく》してずいぶん情に脆《もろ》くなってるみたいだから、できの悪いどら息子の最後の願いだと思ったら聞いちゃうかもね。だからこそ、なおのこと息子として父を本当の悪者にしたくないよ」

「あ……」央介の話をきちんと呑《の》み込めたのか、真琴が深く頭を下げた。「……あたしが考えなしでした。軽率《けいそつ》なことを言って、すみません」

「知らないことはこれから学んでいけばいいんですよ。新しいことを学ぶのに遅いということはありません。特に、きみはまだ若い。もっと勉強すれば、政策秘書や、あるいは政治家だって志《こころざ》す日が来るかもしれないし。可能性は無限大だよ」軽く笑って、央介は続けた。「公平性を度外視して誰かを希望の保育園にねじ込んだら、要件を満たしていたはずの別の誰かが入れなくなってしまうでしょう。支援者や自分を求めてくれる人の力になりたいが、そこの線引きは大事だよ。以前の動物の糞尿《ふんにょう》問題やゴミ屋敷の時みたいに、地域の公益のための活動ならいいと思うけどね」

「そうですね……」頷《うなず》いたあとで、真琴は顔を上げた。「央介先生は、この地域をどういう風にしたいんですか？」

「それって、政策についての質問かな」

「そうです。恥ずかしながら、秘書のくせに央介先生の政策についてまったく知りませんでした」

「じゃあ、今教えましょう。——僕はこの町を、もっと子育てがしやすい町にしたいと思ってます」

「健《すこ》やかな子供を育《はぐく》む町、ですね」

「そう。うちの親父も標榜《ひょうぼう》していた政策なんだ。だから、議員に当選した時に手紙をくれたんだと思うけど」央介は続けた。「もう一つ、これは僕が大切と思うことなんだけど、子供を健やかに育てることができる——となると、それはすなわち、親御さんが安心して働ける社会を目指すことでもある。衿子さんのような親御さんが働きたいならそれを応援できる社会にしていきたいし、家庭では子供との時間も適切に取れるようになっていってほしい。家に温かな環境がなければ、人は安定した自分の基盤を築けないからね」

言いながら、央介は自分の過去を思い出した。あの頃を思うと複雑だが、それでも自分にできることをやるしかない。でなければ、あれだけ葛藤《かっとう》し、踠《もが》き続けた意味がない。

「仕事の種類によっては、保護者が家庭に帰る時間が減ることもあると思う。だからこそ、地域の温かな見守りがとても重要なんだよ。そして、地域にこそ僕らにできることがある」

「央介先生が掲《かか》げてるのは、お父さんと同じ政策だったんですね……」そう呟くと、少し冗談めかした態度で彼女が央介を突《つ》いてきた。「……ひょっとして、お父さんに近づくために政治家になったんですか。この愛と勇気のヒーローは」

「この愛と勇気のヒーローはね、最初は父親を越えてやろうと思ったんですよ。馬鹿のくせに、無謀《むぼう》にも」

「結果はいかがです」

「うん。ささやかだと思った野望は大きかったよ。父の壁は高いね。それでも僕なりに少しずつ前へ進んでいるつもり。空《から》まわりばかりだし、まだまだ精進《しょうじん》が足りないと痛感することも多いけどね」そう言って、央介はビールに口をつけた。「ええと、秘書を半年以上も務められている方には、伝わっていると信じたいのですが」

「……伝わってますすよ」

真琴が力強く頷いてくれたので、央介はほっと安堵《あんど》するものを感じた。政治家となってからは、本当に地域の役に立てているのか、本当にこの道で合っているのかと、いつも自問の日々だった。その一つに答えが出た気がして、央介は心から微笑《ほほえ》んだ。

「なら嬉しいです」

＊＊＊

――その時、律は一人で、橙《だいだい》色に光る提灯《ちょうちん》の列を目で追いながらぶらぶら歩いていた。あの中に、律が絵を描いた提灯があるはずなのだ。けれど、子供が絵を描いた提灯はいろんな場所に配置されているようで、律のものはなかなか見つからなかった。

なんとなく、ママと逸《はぐ》れてしまったような予感はあった。だけど、律はわざと振り返らなかった。弟の奏が産まれてからというもの、ママが口にするのは『あとでね』ばかりになってしまった。弟は小さくて可愛《かわい》いけど、……やっぱり寂しかった。

（パパは、どこにいるのかなあ）

律は、時々顔を上げてパパの姿を探した。パパは、律には優しい。あんまり怒らないし、おもちゃやお菓子をたくさん買ってくれる。いろんな大人がパパを褒《ほ》めてくれるから、律はいつも鼻が高かった。これで律との約束を破らなかったら、言うことないんだけれど。

でも、怖い時もあるけれど、律の一番はどうしてもママだった。今も、ママがそばにいないのは不安なのだけれど、振り返らないようにしているのは、ママが慌てて探してくれるのを待っているからかもしれなかった。怒った時のママは本当に怖い。けれど、律を心配してママが探してくれるのかどうかはとても大事なことで、ママがどうするかをぜひとも知りたかった。弟がいても、律を追ってママは走ってくれるだろうか？

遠くから、ヒーローショーの開始を予告する放送が聞こえている。律はもう昨日から三回も見たから、あのヒーローがなにを言うのかもどんな悪者が出てくるかも知っている。ショーが終わったら、風船で好きなものを作ってくれるのだ。さっき律が頼んだ風船を捻《ねじ》って作られた変身ブレスレットは、今も右手首で揺れている。律の好きな黄色だった。

すると、人混みの中を歩いている律の手を、ふいに誰かが引いた。

「！」

律はぎょっとした。悪い人かもしれない。ママが話してくれた、怖い誘拐魔《ゆうかいま》の話を思い出した。でも、顔を上げてみて、律はほっと頬《ほお》を緩《ゆる》めた。

それは、――ミケさんだった。

「……おやおや。ひょっとしてその顔は、ぼくが悪者だと思ったんですか？　自分の方が悪巧みをしているくせに、いけない子ですねえ」

ミケさんがニヤニヤ笑うので、律は目を丸くした。

「ええ？　ミケさん、律の考えてること、知ってたの？」

「ママの目は誤魔化《ごまか》せても、このミケさんの目は誤魔化せません。……ママが坊やを探してくれるか試そうとしてるんでしょう？　坊やったら、見かけによらずワルですねえ」

「……やっぱり駄目かな？　今からでもママのところに戻らないと、怒られちゃうかなあ」

そっと顔色を窺《うかが》うと、ミケさんに怒った様子はなかった。やっぱり、ミケさんは他の大人とは違う。まるで律の秘密の計画の仲間になったように、ミケさんは首を振った。

「いやいや、一度思い立ったことを簡単に翻《ひるがえ》しちゃなんねえですよ。このミケさんが今夜だけは坊やの子分になってどこまでもついていってあげましょう。どこへ行きやすかねえ」

「本当？　じゃあ、律は花火が見たい。ママが今日打ち上げ花火があるって言ってたんだ」

「へえ、なるほど。お供しやすぜ、親分」

ミケさんに手を引かれるままに、律は人混みを分けて坂を下った。町を横断する神崎川の流れる音が聞こえてきた。誰か子供がはしゃぐ声も風に乗ってくる。ふと、なにかの匂《にお》いが流れてきた。これは、花火の匂いだ。

楽しそうな声は、響き続けている。でも、その声がどこから聞こえるのかなかなかわからなくて、律は堪《こら》え切れなくなった。

「ミケさんこっち！　きっとこっちだよ！」

ついミケさんの手を離して、律は走り出した。川縁《かわべり》へ辿《たど》り着くと、律はぐっと身を乗り出して、開けた夜空を見上げた……。

＊＊＊

ヒーローショーの最終回の時間が迫り、子供たちはさざ波のようになってステージへと向かっていった。央介と真琴がなんとなく流れに乗って歩いていると、人波をかき分けるように、息せき切った衿子が現れた。

「──真琴さん！　それに、央介先生も……。お、お二人とも、律を見ませんでしたか⁉　子供神輿《みこし》が終わったあと、友達とお菓子を食べてたところまでは見てたんだけど。そのあと、片づけと下の子のオムツ替えでバタバタしちゃって、気がついたらいなくて……」

「律君、いなくなっちゃったんですか……⁉　だけど、ご主人は？」

「何度も電話してるんだけど、捕まらないのよ。ああ、どうしよう。律ったら、やっぱりあたしがずっとつきっきりで見ててやらなきゃ駄目だったんだわ」

「この時間だと、ヒーローショーはどうですか？」

「見当たらなかったの。それとも、今になってショーの方に戻ってるかしら……!?」

動転した様子で、衿子は今駆け抜けてきたステージを見返している。赤ん坊を抱っこしたまま、今にも走り出しそうだ。

「坂の下の公園ってことはないですか？　この間、あそこで一緒に遊んだんです」

「だけど、僕らはあの公園からここまで戻ってきたんだよ」

「これだけの人混みですから、見逃したのかもしれません。戻ってみましょう、央介先生！」

「わかった」

「央介先生、真琴さん！　律は子供用の法被《はっぴ》を着てるの。それから、手には黄色い風船アートの腕輪をつけてるわ」

もう走り出している真琴たちの背に、衿子の声が飛んだ。しかし、坂を駆け下りた先の公園には、誰もいなかった。すぐに踵《きびす》を返して坂を駆け上がり、真琴たちは商店街通りへと戻った。スマホを見る。衿子からの連絡はなし――が、ミケさんの動画チャンネルがいつの間にか更新されている。数分前だ。アップされている動画のサムネイルを見て、真琴は目を瞬いた。同時に、央介も呟《つぶや》いた。

「そういえば、そろそろ時間だ」通りがかりの人たちが腕時計やスマホを気にし出したのを見て、央介が言った。「高校生たちの打ち上げ花火だよ。もしかして、律君は花火を見に行ったんじゃないかな？　この辺であの打ち上げ花火をよく見ようと思うと——」

「央介先生、きっと神埼川の方です！」

ミケさんがアップしていたのは、——神埼川沿いの写真だった。その端に、黄色い風船アートが映っていた。

（でも、川って……！）

央介はもう、神埼川を目指して坂を駆け下り始めていた。央介が走り抜けた先に川沿いの欄干《らんかん》に黄色いものが揺れているのが見えて、真琴は息を呑《の》んだ。

「‼」

＊＊＊

「——なあ。母ちゃんはどうしたんだよ？　ほら、ちっこい赤ん坊を連れてる母ちゃんさ。

まあ、おまえも充分小さいけど。きっと心配してんじゃないの？」

「ミケさんもいるし、平気。だって、ミケさんは今日は律の子分だもん」

心配している少年の隣で、律は手持ちの花火を蠟燭《ろうそく》の炎に近づけた。右手には、錆《さ》びた欄干に引っかけてついた傷がひりひりしている。今声をかけてくれている男の子が、川に身を乗り出している律に気がついて助けてくれたのだ。

「大地君の知ってる子なの？　この子」

それは、ゾンビみたいな顔をした可愛いお姉さんだった。唇から赤い血が流れていて、怪我《けが》しているのかと驚いたら、口紅で描いたんだって。その隣には、黒いマントをつけたドラキュラのお兄さんもいる。大地と呼ばれた男の子は、ゾンビのお姉さんに頷《うなず》いた。

「この間、子供会でちょっと話したんです。えっと、名前はなんだっけ」

「律だよ」

川沿いの小さな広場では、年少の子供たちが花火を持って駆けまわっている。花火に火が点くのを待って、律はわくわくした。花火は、蛍光色の炎を噴き出した。最初は緑。それが青に変わり、赤に変わった。夢中で花火を見つめながら、律は大地にせがんだ。

「ねえ、律のママどこにいるかわかんないんだ。見つかるまで、ミケさんとここにいちゃ駄目？　ママは相手してくれないし、律はここで遊んでたい」

「駄目ってことないけど……」困ったように、大地が頭を掻《か》く。「おまえのお母さん、祭りの方を探してるんじゃないのかな。とりあえず、ここにいるって教えておいた方がいいよ。なあ、オレが送ってやるから、一回商店街に行こうぜ。待合所に行けば、きっとお母さんを見つけてもらえるから」

「嫌だ！」しかし、律はまた首を振って、花火を持った鬼ごっこに参加しようと走り出した。「ねえ！　律も花火持ったよ！　入れて！」

　すると、そこへ、見知った顔が駆け込んできた。

「——律君……！」

＊＊＊

「おやおや、遅かったですねえ」

　川沿いにあるその広場の入り口で、ミケさんが呑気《のんき》に立っていた。大地たちのグループに紛《まぎ》れて元気に走っている律を見て、真琴はほーっと息を吐いた。

「ミケさんと大地君たちが律君についててくれたんだね……！」

　央介がまず声を上げると、咎《とが》められると思ったのか、大地が慌てたように首を振った。

「待ってよ、央介先生。あの子と会ったの、本当についさっきなんだよ」大地は、身振り手振りで口早に喋《しゃべ》った。「雄二《ゆうじ》の兄ちゃんがバイト先で夏の余りの花火もらってきてくれて、みんなでやってたんだよ。そしたら、いきなりそこの川沿いであの子の騒ぎ声が聞こえてさ。ミケさんもいるし、どうしようかって今相談してたところで……」

その欄干には、真琴が今手に持っている割れた風船アートの残骸《ざんがい》が引っかかっていた。

広場の奥に目をやると、律は大地たちのグループの中でも小さな小学生たちと遊んでもらっているようだ。鬼ごっこを仕切っているのは雄二だった。雄二の兄と、その彼女と思《おぼ》しき女の子もいる。二人とも若者らしい仮装姿だ。

スマホを取り出しながら、央介が大地に答えた。

「心配しないで、大地君。ミケさんや君たちと一緒だったから、僕も安心したんだよ」

「そ、それならいいけど……」

満更でもなさそうに、大地がはにかむ。その横で、真琴は律に大きく呼びかけた。

「おーい、律君！　今央介先生がお母さんを呼んでるからね」

「あれ？　真琴ちゃん、来てたの？　それに央介先生もいるじゃない！」

ぱっと顔を輝かせて、手持ち花火を持ったまま、律が真琴に駆け寄ってきた。

「ああ、よかった。律ね、ママと逸《はぐ》れちゃったの。だから、ミケさんについてもらったんだ。でも、ずっと寂しかったんだよ」

「えーっ。このチビ、本気かよ。つい今まで、凄《すげ》え笑ってたじゃん」

駆け込んできた雄二にからかわれると、律は調子よく笑って花火をバケツに捨てた。

「えへへ。線香花火、律もやってもいい？」

どうやら、他の花火はもう品切れらしい。最後に残った線香花火をやろうと、子供たちが集まってきた。全員に線香花火が行き渡ると、大地が子供たちに声をかけた。

「それじゃ、せーので火を点けようぜ。ほら、ズルすんな。……せーの！」

かけ声を合図に、一斉に静まり返った。子供たちは、一心に線香花火を見つめている。

一人、また一人と線香花火の火が落ちて、落胆《らくたん》の声を上げて輪から離れていく。


すると、その時だった。

「律！　央介先生……！」

衿子の声が広場に響いた。母親の姿を見つけると、律がぱっと顔を上げた。

「ママ！」

「怪我はない⁉　……ああ、手のところが切れてるわ。血が出てるじゃない。怪我はここだけ？　ちゃんと洗った？」

「お兄ちゃんたちが洗ってくれたよ。ねえ、花火もっとやりたい！　ママ、今からスーパーに買いに行こうよ！　お兄ちゃんたちに律もわけてあげたいんだ。ね！」

律が嬉しそうに騒いでいる。息子の元気な姿を見て、衿子は力が抜けたようにへなへなと座り込んだ。

「もう今の時期には売ってないわよ……」安堵《あんど》のため息と一緒に、衿子は涙ぐんだ。「心配させないでよ……。ああ、よかった。あなたが無事で。律になにかあったら、ママ死んじゃうわ」

「本当に？　奏君、いるのに？」

目を皿のように大きくして、律は衿子の顔を覗《のぞ》き込んだ。一瞬、律が顔を上げてミケさんを見る。ミケさんはニヤリと笑い、律と——そして、真琴にだけ聞こえる声で言った。

『お見事。作戦成功ですねえ、親分。親分には敵《かな》いませんや』

「うん！　ミケさん、ありがとう！」

律が叫ぶと、まるでその声を掻き消すように、打ち上げ花火の炸裂音《さくれつおん》が夜空で鳴った。夜空が、ぱっと花が咲いたように明るくなる。わあっと、あたりから歓声が上がった。

「近くの高校で、文化祭のあとの後夜祭が始まったんだよ。たぶん、そこの神埼川沿いからなら花火がよく見えるんじゃないかな」

央介に言われて目をやると、コンクリート舗装された川沿いには近隣の住人たちがもう集まってきていた。我先にと走り出していた雄二が、欄干を摑んで仲間たちを呼んだ。

「おーい、こっち来いよ！　花火、どんどん上がってるぜ」

雄二の声を合図に、大地たちは一斉に川沿いの欄干へと走った。律も泣いている衿子を置いて、ぱっと駆け出した。

「ねえ、大地君！　花火、見えた？」

「ほら、こっちからだとよく見えるよ。……だけど、お母さん置いてきちゃっていいのか？」

「うん、平気」律はもう、ちゃっかり大地の手を握っている。「ねえ、花火の片付けもするんでしょ？　律も一緒にやってもいい？」

「だけど、お母さん、心配するんじゃないの」

「いいの。子供会でも教えてもらったもん。遊んだら片付けましょうって」

大地たちのグループに入ると、やっぱり律はずいぶん小さい。それでもなんとか仲間に入ろうと、背伸びして頑張っているようだった。感動の再会をしたはずの母をあっさり放り出した律を見て、衿子は拍子抜けしたように大きな息を吐いた。

「なによ、もう。てっきり、大泣きしてあたしを探してるんだとばかり思ったのに……」

律を見つけた時よりもさらに脱力した様子の衿子は、まだ立ち上がれずに、地面に腰をどっしりと着けている。隣にしゃがみ込んで、央介が衿子に報告した。

「僕らが見つけた時も、平気な顔して遊んでたんですよ。律君はたくましいですね。いい子に育ってるじゃないですか」

「そうだといいんですけど……」今になって涙が止まらないらしい衿子が、ハンカチに顔を押しつけ、やっとのことで央介に頷く。「……実は、律がいなくなった時、あたしがあんまり保育園の話をするから拗《す》ねたんだと思ったんです。だから、きっとどこかそばで泣きながら隠れてるって」

　打ち上げ花火が上がる炸裂音が、次々に響いていく。その度《たび》に夜空が鮮やかに彩られ、川沿いからは歓声が上がった。律や大地たちも、嬉しそうに手を叩いている。

　真琴や衿子の目から見ると、律はまだまだ小さい。だから、目を離していいわけはない。けれど、年嵩《としかさ》の少年たちに混じって一生懸命背伸びしている律は、少しずつ自分だけの世界を切り開いていこうとしているように見えた。

「律君は、お母さんが大好きですもんねえ」央介が、打ち上げ花火を見上げながら言った。「僕も、てっきり律君はお母さんと離れたくない気持ちが凄《すご》く強いんだろうなとばかり思ってましたよ。でも、こうして見ると、本当は違う気持ちもあるようですね」

「……そうかもしれないですね」衿子は、泣きながら微笑《ほほえ》んでいる。「……そうよね。ずっと先のことだと思ってたけど、あの子もだんだん親よりも友達が大切な時期も来るのよね」

するとなにかに気がついたのか、ふと央介が立ち上がって衿子に会釈《えしやく》をし、律たちの方へと駆け寄っていった。

央介の背中を眺めながら、ふとミケさんが言った。

『——お姉さん、ぼくのアップした動画によく気づきましたね』

(……本当にほっとしたわ。ミケさんの姿が見えないから、もしかしてって思ったの)

『お姉さんが央介先生となにやら話し込んでるみたいでしたから、ヒーローショーでも邪魔してやろうかとぶらぶら歩いていたら、あの坊やを見かけたんです。母親を試したいなんて思ってるようでしたから、ちょいと背中を押してやったんですよ』

(背中を……って、ミケさんったら)

呆《あき》れてつい真琴が怒ろうとすると、先に衿子の呟《つぶや》き声が聞こえてきた。

「やっぱり、律には家にいるより、保育園に行っていろんな人と触れ合う経験をしてもらいたいな」真琴が驚いて振り返ると、独り言のように——まるで自分に言い聞かせるように、衿子が続けた。「いろんな考え方が世の中にはあるし、なにが最善かなんてあたしにはわからないけど……。あの子には、家族以外の人と接する準備が少しずつできてきてるような気がするの。保育園のことでずっと悩んでたけど、やっと少し気持ちが決まったわ。あたしはやっぱり、自分や旦那のためじゃなくて、子供たちのためになにができるかを考えて動きたい」

その声は、もう誰かの意見や反応に気が咎めるような、びくびくしたものではなくなっていた。衿子は、――彼女の納得できる自分の道を見つけたのだろうか？　肩に乗っていた重い荷物を初めてほんの少し下ろしたように、衿子はほっとした笑顔を見せた。

「だからもう、抜け道なんか探すんじゃなくて、あらためて保活頑張るわ。律がこんなに頑張って大人になろうとしてるのに、あたしだけ足踏みしててもしょうがないものね」

衿子の笑顔を見て、慌てて真琴は答えた。

「あたしも、陰ながら応援してます」

「そのためには、行政も議員もめいっぱい利用するわよ」冗談めかして、衿子が続けた。

「いい保育をしている園の競争率が高くて入れないなんて、不公平だもの。これからこの町で生まれる子供のためにも大急ぎで改善してもらえるように要望出さなくっちゃ」

「あっ。そういうことなら、困ってる地元の人に利用されたがりの議員を知ってますよ。

ほら、あそこに」

真琴が指差した先には、神埼川沿いの欄干《らんかん》の錆《さび》をチェックしてせっせと写真を撮っている央介がいた。保育園の現状に加えて、欄干の改修についての資料がまた明日から幸居事務所に増えそうだ。衿子も笑って頷《うなず》いた。

「そうよね……。央介先生にも、ちゃんと働いてもらわなくっちゃね」

少し軽くなった衿子の口調に、真琴まで嬉しくなった。ふとミケさんを見やると、彼は得意げに微笑んでいる。

「ミケさんは、こうなるのがわかっていたの？」

真琴が先に律を見つけていたら、きっとすぐに衿子のところへ連れていっただろう。すると、ミケさんが真琴の肩をぽんと叩いた。

「なんでも正面から当たればいいということばかりではないのですよ。時には搦《から》め手も使って攻めなくてはね。ま、あなたが必死に動かなければ、ぼくも動くつもりはなかったんですがね……ぼくらと出逢《であ》ったあの日から今日までの功労賞ということです」

そこへ、ようやくスマホに入った衿子からの連絡に気づいた昭二が駆けつけてきた。

「おい、衿子！　律はどうした……⁉」

「遅いわよ、馬鹿。真琴さんと央介先生が、とっくに見つけてくれたわよ」

　衿子は、らしからぬ強さで昭二に言った。鳩が豆鉄砲を食らったような顔になった昭二は、急いで衿子が指差した先にいる律を見た。ほーっと大きく息を吐いて、昭二は律のもとへ駆けつけようとした。それを、衿子の手が止める。

「駄目よ、今は放っといてやって。ヒーローが来たら、また甘えん坊に戻っちゃうでしょ」

「はあ？　なんだそりゃ」

「律は今、少しずつ成長しようとしてるの。一生懸命自分の世界を広げようとしてるのよ。あたしたちが思うより、律はずっとずっと成長してたんだわ。だけど、あたしたちが出ったら、奏もいるし、また〈一人じゃなんにもできない律〉に戻っちゃうわ。だから、あの子があなたに気づくまで、待ってやって」

「よくわかんないなあ」納得したのかしないのか、昭二は頭を掻《か》いた。「……だけど、ヒーローって、ひょっとして俺のこと？」

「他にいるの？　地元を愛してて、町の人の役に立ちたくてしょうがない、我が家のヒーローがさ。まあ、支える方は死ぬほど大変ですけど」

　褒《ほ》められているのか突《つつ》かれているのかわからない様子の昭二は、目を白黒とさせた。

「ああ、でも、ヒーローってんなら、先に名乗られちゃったしなあ」

昭二のぼやきを聞いて、真琴は思わず噴き出した。

ひょっとしてそれは、〈愛と勇気〉を標榜《ひょうぼう》する議員のことだろうか？　道理で、やたらとライバル視しているわけである。ついこみ上げてくる笑いを真琴が堪《こら》えていると、昭二が当然のことを言うような様子で、妻の肩を叩いた。

「だけどさ、いつも衿子には感謝してるよ」衿子がはっとしたのにも気づかず、そして、衿子の忠告をもう忘れて、昭二は律のもとへ走った。「おい、律、父ちゃんが来たぞ。肩車したら花火がもっとよく見えるよ。ほら、乗れ――！」


打ち上げ花火をよく見ようと、真琴も遅ればせながら川沿いへ出てみることにした。神崎川沿いは夜空が開け、高校の校庭から上がる鮮やかな花火がよく見えた。幾輪も夜空に咲く打ち上げ花火を眺めていると、ふいに真琴のそばでも燐光《りんこう》が輝いた。はっとして振り返ると、ミケさんが光に包まれているところだった。

「ミケさん……。行っちゃうの？」

「今回もまた、人助けご苦労様でした。名残《なごり》惜しいですが、どうやらそろそろお別れのようです」ミケさんの姿が、夜の闇の中でだんだんと薄らいでいく。「これでようやく御役御免ですねえ。ですが、ここまでよく頑張りましたよ、お姉さん。最初は頼りない方だと思っておりましたけど、まあご立派になられて。自ら同じ町で暮らす人々に寄り添い、力になるあなたはとても輝いておられましたよ。これも我々三面大猫天《さんめんだいねこてん》、中でもこのぼくのおかげですかねえ」

「じ、冗談にしないでよ」口下手《くちべた》な真琴は、それでも慌てて言った。「あたし、ミケさんたちのおかげで本当に楽しかったわ。この町に戻ることにしてよかったって思えたのは、みんなのおかげ。だから……」

「それはようございました……えへへへ、あなたがあなたの悪癖《あくへき》から逃げられるよう、ぼくはいつでも応援しておりますからね。それではさようなら、お姉さん」

意味深な笑い声を残して、ミケさんは風のように去っていった。


長かったようであっという間に、三面大猫天は真琴のそばから去ってしまった。真琴は一人アパートへ帰り、また誰もいなくなってしまった空《あ》き部屋と、それから三面大猫天のゆるキャラ像に手を合わせた。

（ありがとう、ミケさん。ドラさんもシロさんも。みんなと会って、あたし、この町で生きるってことがわかってきたみたい。みんながいるこの町で、これからも頑張るから……）

目を上げると、どこからか甘ったれたような可愛《かわい》い猫の鳴き声が聞こえた気がした。不可思議な体験だったが、……おかげで、今までの真琴の生き方では考えられないようなことがたくさん起きた。その中で得たものはとても大きかったと思う。けれど、感慨《かんがい》に耽《ふけ》ってばかりもいられない。踵《きびす》を返して事務所に戻ると、すでにもう央介も帰ってきていた。

「ああ、真琴ちゃんも来てくれたんだね」

「今だけは、ゆっくり休んでる場合じゃないですから」

二人は頷き合った。これから、一般質問の総仕上げにかかるのだ。まだまだ、真琴たちにはやるべきことがあるのだ。

「さあ、あとひと踏ん張り、頑張りましょう――！」

それからしばらく経って、央介は区議会の本会議場に立った。歴史ある木造の本会議場はまるで国会さながらの荘厳さに包まれ、央介の同僚議員たちや行政職員、そして区長が肩を並べていた。やがて、似合わないスーツ姿をかしこまって着込んで、央介の一般質問が始まった。本会議場を見下ろす上階の傍聴席《ぼうちょうせき》で、真琴は央介を見つめていた。隣には、衿子たち親子が並んで座っている。律が手を叩いたから、真琴は小さな声で注意した。

「駄目よ、律君。手は叩いちゃいけないの」

「えーっ。そうなの？」

口を尖らせて、律は椅子《いす》に座り直した。本会議に限らず、委員会などでも拍手や声出しはしてはいけない。議員に対する恣意《しい》行為――すなわち、言論への脅《おど》し行為と看做《みな》されるからだ。民主主義と、そして言論の自由は、こうして厳粛《げんしゅく》に守られてきたのだ。

定例会が終われば、冬が来る――央介とともに迎える、選挙シーズンの始まりだ。

央介が、よく通る声で質問を続けている。

「さて、続きまして、保育園の現状について質問します。現在、行政と園の努力によって、待機児童問題は大きな改善を見せております。健《すこ》やかな子育てに必要なのは、保護者が安心して子供を預けて働ける環境作りです。しかし、今に至っては、保育環境の更なる進歩が求められています。そのためには――」

第四話

四年に一度のまつりごと！
——選挙と住民《あたし》、どっちが大事？

町に選挙の風が吹き始めたのは、商店街秋夜祭りが終わったすぐあとからだった。三面《さんめん》大猫天《だいねこてん》のゆるキャラ像に手を合わせに町へ出て、真琴《まこと》はちょっと身構えた。——駅前で、街頭演説が行われていたのだ。

（……あれって、どこの政党の人だろう？）

お揃いの派手なジャンパーは、ここ最近町でよく見かけるカラーだ。

統一地方選挙は、四年に一回、春に行われる。地域によって時期が変わる場合もあるが、中島区《なかじま》の場合は四月の後半に投票日が設定されていた。

区議会選挙は、大選挙区制で行われる。議席四十に対して六十人余りが立候補するこの大選挙区制だと、有権者たちが候補者全員を精査するのは難しくなる。つまり、この時期から張り切って町で声を上げているのは——、地盤、看板、カバンに自信のない新人候補が多い。二選目を目指す央介にとっては、真っ向から戦うライバルだ。

それに、この地域には矢島昭二《やじましょうじ》もいる。真琴は、三面大猫天のゆるキャラ像の前で力強く両手を合わせた。

（――三面大猫天様、ドラさん、シロさん、ミケさん！　どうかどうか、央介《おうすけ》先生が次の選挙でも当選しますように……！）

央介の仕事振りを隣で見てきた真琴としては、なんとしても結果が出てほしかった。そして、選挙は――政治家秘書としても、失職がかかる大問題なのだった。

慌《あわただ》しく年が明け、告示日を二か月後に控えた初春になると、選挙管理委員会の候補者説明会が開かれた。央介と一緒に説明会に参加した真琴は、次々と渡される書類の山にまず慄《おのの》いた。

（うわ……、まだ配られるの？）

書類、書類、また書類である。つらつらと細かい字が並んでいるのを眺めるだけで、どっと眩暈《めまい》がする。これを持ち帰って格闘するのは、もちろん秘書の真琴の仕事だ。秘書がいない事務所や後援会のない政治家は、自らこの膨大《ぼうだい》な事務作業を担当しなければならない。もちろん、その間、政治活動はできない。

秘書を雇えばそれだけ懐《ふところ》事情が悪くなるから、難しい問題なのだが――横目で窺《うかが》うと、一人で説明会に参加している候補者も複数いた。

年明けから節分《せつぶん》にかけて、都心では雪が何度も降った。二月に入ったあとも、雪の降る町を真琴と央介は滑り止めつきのブーツで歩きまわった。タウンミーティングを開いたり、支援者に政治活動報告書を配った。

そう、幸居《さいわい》事務所はいつもと変わらない――つもりなのだが。

「……やっぱり、政治家って選挙が大事なんですね。なんだか、急にSNSの更新を始める議員が増えてきたように感じます」

パソコンの前で手を止め、真琴は思わず肩をすくめた。

ミケさんの時にも感じたが、手軽でお金のかからないアピールツールとして、SNSを使っている政治家は多いのだ。

すると、央介が頷《うなず》いて答えた。

「この時期恒例の風物詩なんだよ。政治活動報告書のポスティングも始まってるし」

ポスティング一つ取っても、業者に頼むと経費が嵩《かさ》む。この時期なら、候補者本人が町をまわっていることも多い。

「でも、こういうのが、選挙だとか政治を嫌になっちゃう要因でもあるんですよね……」

ふと他人事《ひとごと》の頃に戻って、真琴は呟《つぶや》いた。

ざっくりわけると、〈投票してください〉と依頼するのが選挙運動で、それ以外の活動を政治活動という。

これが選挙期間ともなると、途端に誰も彼もがペコペコ平身低頭しているように見えて、なんだか辟易《へきえき》してしまうのだ。仰々《ぎょうぎょう》しいアピールを見て食傷気味に感じてしまう有権者は、……真琴だけではない気がする。

「まあ、僕もその気持ちはわからなくもないんだけど。でも、前にも言ったけど、僕ら区議会議員の選挙期間は告示日から一週間で終わっちゃうからね。張り切らざるを得ないんだよ」

「そうそう！　呑気《のんき》なことばっかり言ってる場合じゃねえぜ」

手伝いに来てくれていた島原《しまばら》が、やれやれとばかりに首を振った。

今日も、島原は明るくしゃきしゃきと動いていた。今は、書類仕事で目をしょぼしょぼさせている真琴たちのためにコーヒーを淹《い》れてくれている。

いつだかミケさんが不吉な予言を口にしたことがあったから、あれ以来島原の様子が心配で、それとなく健康診断を勧めてみたりもしたのだが、笑い飛ばされてしまった。

けれど、島原の方が正しかったのかもしれない。

（おれは殺しても死なねえよ——なんて島原さんも言ってたし。神様だって、たまには間

違うことがあるよね)

ただでさえ、神通力《じんつうりき》の方は当てにならなかった猫天《ねこてん》様のことだ。会う度《たび》に元気になっていく島原に、真琴の方が面食らってしまうくらいだった。その島原が続けた。

「真琴ちゃんは、これまでの選挙の得票ランキングって見たことあるかい」

「得票ランキングですか? 前回のなら、見たことありますけど……」

「なら、なんとなくわかるだろ? 上位当選の議員は、次の選挙でもやっぱり強いんだ。地方選挙が行われても、上位当選の議員は変わらず議席を確保する。となると、地方選挙は、下位当選議員と新人や前職議員による席替え選挙になっちまうってのが実情なんだよ」

「ええっ? た、確か央介先生の前回の得票ランキングって……」

ぎょっとして、真琴は前回の統一地方選挙の時の得票ランキングを調べ直してみた。やっぱり、央介は最下位のぎりぎり当選だ。ついでに他の落選候補を見てみると、その多くが無所属や新人候補だった。

大きな政党ならば、過去の選挙結果からその地域で得られる票の総数はだいたい割り出せる。過去のデータから、有力政党は現実的に当選可能な人数を立候補させることができるのだ。しかし、無所属議員はそうはいかない。

「寄らば大樹の陰ってわけさ。議案に自分の意見を取り入れてもらうためにも多数派に入ってる方がいいだろうが、選挙でも一定の得票数が見込める。もちろんそれだけで当選するわけじゃないが、政党に所属するのは、政治家として正攻法な戦略だぜ」

島原の言うこともっともなのだが、央介はああ見えて頑固者なのだ。党議党則に縛《しば》られたり、選挙応援の度に政治活動が滞《とどこお》るのが嫌で、無所属を貫いているのである。

政治家の道は、とかく険しい。任期の間どれだけ頑張っても、それが有権者に届いていなければ、選挙の洗礼を受けてあっさり無職だ。次の選挙を目指すにしたって、霞《かすみ》を食べて生きるわけにもいかないし、なにより次の選挙資金を用意しなければならない。

「政治家って、厳しいんですねえ……」

ほーっと大きく息を吐いて、真琴は目の前に並んだ選挙事務書類を眺めた。まだまだ、選挙に向けてやらなくてはならないことは山ほどあった。

「そういえば、選挙カーって、うちの事務所はどうしましょうか？」

真琴が話を振ると、当の央介は腕組みをして考え込んでしまった。

「あー……。選挙カーって、悩みどころなんだよなあ」

「なに言ってんだい、央介先生。格好つけてねえでやるべきだって、絶対。選挙カーは、たくさんの人に新しく名前を知ってもらう絶好のチャンスだぜ」

島原の意見に、真琴も勢い込んで頷いた。

「そうですよ。選挙カーとガソリン代、それからドライバーの人件費なんかも公費から出るんですもん。やらない手はないですよ」

「それにさ。ウグイスさんは、真琴ちゃんにやってもらえばいいよ」

ウグイスさん、つまりはウグイス嬢とは、選挙カーに乗って喋《しゃべ》る女性のことだ。ウグイス嬢への報酬《ほうしゅう》は公費からは出ないから、真琴がやればそれだけ選挙費用を絞《しぼ》れる。いつでも懐が寂しい幸居事務所としては、願ってもない話だ。

（……でも、そういう目立つ仕事ってあたしは自信ないんですけど！）

自分にまで思わぬ大仕事が降りかかってきそうで、ついそわそわとしている真琴を他所《よそ》に、島原に押されている央介が首を捻《ひね》っている。

「それでも、僕は気が進まないんですよ。選挙カーって、やっぱりうるさいじゃないですか。前回の選挙でも、子育て世帯からうちの事務所に苦情がたくさん届いたし」

「だけど、そういうのも大事なんだよ。〈単純接触効果〉っていうんだってよ。目に触れたり耳にする機会が多いほど、無意識に関心を引かれるそうだ。だから、秋頃から真新しい政治活動ポスターを貼ったり、ＳＮＳの更新を始めたり、街頭演説をする候補者が増えるってわけだ」

確かに選挙カーは選挙運動の悪名高い代名詞だが、真琴は急いで口を挟んだ。

「他の候補者はほとんど選挙カーを使うんでしょう？　政党所属の先生方はみんな、テレビでよく見かける有名な代議士の先生と並んで映った二連ポスターを用意してるじゃないですか。央介先生も、もっとアピールした方がいいと思いますよ」

「そうそう、真琴ちゃんの言う通り！　後援会だって、そろそろ作るべきだと思うし。議員を応援する会だとか、活力ある地元を作る会だとか、そういう団体を作って応援してもらってる政治家は多いんだよ。真琴ちゃんも、もう見てくれただろ？　これ、前回の選挙で作った支援者名簿だよ」

意気盛んな島原に名簿を渡されてみると、確かに名前がたくさん並んでいる。これだけ名前が連ねられているなら、立派な団体になりそうだ。

「どうして前は後援会を作らなかったんですか？」

「真琴ちゃんなら想像つくと思うんだけどさ。前回は、島原さんが言うならって投票してくれる人が多かったんだよ。だから、僕が当選したっていうより、島原さんが当選したようなもんだったんだ。ねえ、島原さん」

「なんだよ、照れるって、そんなに褒《ほ》めないでよ」央介に持ち上げられた島原が、ちょっと恥ずかしそうに頭を掻《か》いた。「まあ、俺もこう見えて、この辺で手助けしてやった奴は数えきれないからね。央介先生のことを話してまわるくらい、俺にとっちゃお茶の子さいさいなんだけどさ」

島原の熱気を上手《うま》く逸《そ》らした央介が、幸居事務所の選挙方針をさっとまとめた。

「ね？　我らが島原さんに真琴ちゃんと、こうして頼れる面々もいることだし、選挙カーにこだわらなくてもいいんじゃないかな。今回は、僕らの力だけでどれだけ支持を広げられるか試したいんだ。街頭演説も賛否はあるけど、そっちは四年間ずっと続けてきたわけだし」

「そりゃそうだけどよう。……まったく、おまえさんは相変わらず綺麗《きれい》ごとを言うなあ」

央介は、これまで積み重ねてきた四年間の活動を信じたいらしい。真琴と島原は、やれやれと顔を見合わせた。

「しょうがねえなあ。選挙カーを使わないってんなら、代わりになにをやるかねえ。時間も労力も有限だから、効率よくいかねえと駄目だぜ」

「そうですね……。他のところより、うちの事務所は資金面に難がありますもんね」

幸居事務所の経理担当をしている真琴は、島原に頷いた。この事務所の台所事情は秘書《まこと》を雇っている人件費のおかげでいつも厳しいのだが、資金面を圧迫している理由はそればかりではなかった。

活動すればするほど、勉強すればするほど、お金が出ていってしまうのが政治家なのだ。専門家を呼んでの勉強会に参加したり、資料を集めたり、地元の会合に参加する度に、政治家事務所からは交通費や参加費が飛んでいく。努力したらその分だけ、政治家の懐《ふところ》事情は苦しくなるようになっているのだ。おかげで、幸居事務所の資金事情はいつでも芳《かんば》しくない。

三人であらためて幸居事務所の選挙戦略について侃々諤々《かんかんがくがく》話し合っていると、ふいに事務所のドアが叩かれた。ひゅうっと春一番が吹き込んで、梅の花びらが舞い込んできた。

「──えーと、ここって幸居事務所で合ってますか？」

現れたのは、梅の花びらを肩にのせた若い女性だった。

「今日はどのようなご用件でいらしたのでしょうか？」

ふっくらとしたお腹にマタニティーマークが目に入って、慌てて立ち上がって真琴は彼女に椅子《いす》を勧めた。会釈《えしやく》をして、彼女ははきはきと答えた。

「こちらのホームページを見たり、評判を聞いたりしたので、相談があってきたんです。本当に、藁《わら》にも縋《すが》る思いで……」真琴が央介と一緒に名刺を差し出すと、彼女がふと目を止めた。「……あれ？　もしかして、陽野《ようの》さんって、陽野真琴ちゃん？」

「えっ？」

真琴が目を瞬くと、彼女はこちらの顔をまじまじと覗《のぞ》き込んだ。

「ああ、やっぱりそうだわ。覚えてないかな？　あたし、篠崎芽衣子《しのざきめいこ》よ。中島小学校で同じクラスだったじゃない。何年生の時だったかしら」

懐かしい小学校の名前を聞いて、すっかり忘れていた記憶が頭の中で顔を出す。

「芽衣子ちゃん？　本当に？」

「そう、そうよ！　久しぶりだねえ」

驚いて、真琴は彼女の風貌《ふうぼう》をあらためてよく観察した。確かに、彼女の面差《おもざ》しには見覚えがあった。彼女――篠崎芽衣子は、小学校を転校する直前に真琴と隣の席だったのだ。

「うわあ、こんなところで会えるなんてびっくりしたわ。こっちに戻ってたのね。えっと……、この事務所で働いてるの？　議員先生の事務所で？」

「そうなの。去年の春から働いてるんだ。芽衣子ちゃん、おめでとう。今、何か月なの？」

「ありがと！　安定期に入ったところよ。去年結婚してね、待望の妊娠なのよ。だからね、今の苗字《みょうじ》は笹田《ささだ》」

「おめでたいこと続きだね。それで、今日はどうしたの？」

「陳情《ちんじょう》に来たのよ。ちょっと不安だったんだけど、真琴ちゃんが働いてる事務所なら大丈夫よね」ほっとしたような顔をして、芽衣子は続けた。「だって、この事務所のホームページに、〈どんな小さなことでも相談してください〉って書いてあったでしょ？　それに、近所の人からここはペット問題に強い先生の事務所だって聞いたから来てみたの」

ペット問題に強い——というと、以前佳代《かよ》が糞尿《ふんにょう》問題で悩んでいた時に対応していたことが噂《うわさ》になっているのだろうか？　確かに、地域のペットや野良猫に関する取り組みは今も行っているし、ホームページやSNSでも発信を続けている。

「実は、うちのペットの犬がいなくなっちゃったの。だから、先生になんとかしてもらえないかと思って今日は来たのよ」

「……えっと、……はい？」

予想外の申し出だった。真琴は——虚を衝《つ》かれて目を丸くした。

「お願い。うちにはもうここしか頼れるところがないの」

「……あの子——うちの小太郎《こたろう》がいなくなったのは、もう何日も前のことなのよ」神妙な顔で、芽衣子は滔々《とうとう》と話し始めた。「夕方はいつもお祖母《ばあ》ちゃんが散歩に出てくれてたんだけど、急に雷が鳴った日があったでしょ？　あの時、音に驚いてどこかに逃げちゃったらしいの」

確かに、最近そんな日があった。スマホで過去の天気を調べてみると、雷のあった日からはもう何日も経っている。

「あれからずっと探してるんだけど、見つからないのよ。警察に言っても通り一辺倒《いっぺんとう》な対応をされるだけだったし、保健所にも保護されてないって。もうどうしたらいいかわからないの。長く飼ってる老犬だから、あんまり遠くへは行けないと思うんだけど……。うちのお祖母ちゃん、責任感じて寝込んでるのよ」

「そういえば、芽衣子ちゃんのお祖母ちゃんはこの近くに住んでたよね」

確か小学生の頃に一度だけ芽衣子の家に遊びに行った時、たまたまいた彼女の祖母がおやつを出してくれた気がする。すると、彼女も覚えていたようで、にっこりと笑った。

「真琴ちゃん、会ったことあるよね？　あの時以来なのに、こんな風に頼ることになっちゃってごめんね」

真琴という知り合いがいるからかどうか、もうすっかり芽衣子は幸居事務所に頼れる気になっている。

……が、こういう個人の要望に政治家が応えるというのは、あまりよろしくない。税金で議員報酬《ほうしゅう》が賄《まかな》われている以上、政治家は公益性に適う陳情に応えるべきなのだ。このことは以前央介も言っていたし、それに、正直なところ今は……。

（選挙が！　選挙が近いのよ、芽衣子ちゃん……！）

言うなれば、これから先は政治家事務所最大の繁忙期《はんぼうき》だ。迷い犬探しどころか、もうすぐ猫の手も借りたくなるほど忙しくなるはずだった。

「うーん。困ってるのはわかったけどよう、嬢ちゃん、芽衣子ちゃんだっけ？　あんたね、そんなこと急に言われてても、うちの央介先生は今大変なのよ。なんたって、四年に一遍《いっぺん》の統一地方選挙が目の前なんだからさぁ」

この四年間、央介が積み上げてきた頑張りを知っているからだろうか。島原の声は、少し強い調子の言い方だった。島原が不満げにずいずいと前に出てきたものだから、歯に衣着せない性質《たち》が今も変わらないらしい芽衣子も、唇を尖らせた。

「えーっ？　なによ、それ。ここでもまた、こんな反応なのね」すでにいろいろと歩きまわって不満を溜め込んでいたらしい芽衣子は、うんざりしたように言った。「地域住民の陳情よりも、選挙が大切だって言うんですか？　ここの先生は他の政治家とは違って、あたしたちみたいなこの町で暮らしてる普通の人のことを思ってるって聞いて来たのに！」

「おいおい、馬鹿なこと言わないでくれよ。これだから、お気楽な住民は困るんだよなあ」

少し声を張ったあとで、島原の表情はさらに険しくなった。芽衣子の勝手な言いように怒り心頭なのか、何度か深呼吸をし、胸を押さえてゆっくりと吐き出すように続けた。

「……政治家にとっちゃ、選挙が一番大事なのは当然だぜ。芽衣子ちゃんよ」

「はぁ？」ますます頭に血を上らせ、芽衣子も島原に呆《あき》れ返した。「そんなんだから、みんな政治家が嫌になっちゃうのよ。政治家の一番の仕事は選挙じゃないでしょ！」

売り言葉に買い言葉で、芽衣子が政治家の痛いところを衝《つ》く。

「島原さん、ちょっと待ってください。本当にすみません、芽衣子さん。あなたの言ってることはもっともですが、政治家としては、あなた個人のための陳情に応えるわけにはいかないんです。僕らの活動は、公費で賄《まかな》われていますから」

穏やかな央介の説明に、芽衣子は不承不承《ふしようぶしよう》口を閉ざした。そして、救いを求めるように真琴を見る。けれど、真琴が口を開くより先に、央介が続けた。

「だけど、あなたが困っているのはよくわかりました。ペットの犬探しなら、個人としては手伝えます。政治活動を終えたあとに町をまわるということでもいいですかね？」

その言葉に、真琴の方が目を見開いた。真琴は、慌てて央介に耳打ちした。

「待ってくださいよ、央介先生。うちの事務所は、これからどんどん忙しくなるんですよね？」

「そうだよ、そんな安請け合いしちゃ駄目だよ」

島原も内緒話に加わって、うんうん頷《うなず》いている。

「あの……、すみません。お申し出は嬉しいんですが、本当にいいんですか？」

今になって頭が冷えてきたのか、芽衣子が驚いたように真琴たち三人を見比べている。

「僕も犬は好きだし、あなたの気持ちはわかりますよ。あ、猫も好きだけど」いつものように冗談めかして、央介は場を収めた。「でも、お役に立てるかは保証できませんけどね。だけど、僕は町をまわるのが仕事だし、気には留めておくことはできますよ。じゃあ、とりあえず、飼い犬の特徴と、見失ってしまった場所を教えてくれますか？」

「……本当にお人好しだねえ、央介先生はよ」芽衣子が帰ると、深々とため息を吐いて、でも笑って、島原が地図を持ち出してきた。「こんな時期に、あの子もよく来てくれたもんだぜ。だけど、まさかあの子、うちの選挙区民じゃねえなんてこたぁねえだろうな？」

「そんなこと言って、島原さんだって最初から付き合ってくれるつもりだったんでしょ」

「まあよう」深呼吸してから、島原は苦笑した。「地域ボランティアの仕事もあるし、央介先生の政治活動報告書も配らなきゃならねえからな。そのついでに手伝うくらいならやってやるけどよ、せっかく頼ってくれたしな」

「二人とも待ってください。芽衣子ちゃんのことは、あたしだけでも大丈夫です。央介先生も島原さんも忙しいんだし、無理しないでください」

真琴が慌てて手を挙げると、央介は笑った。

「いや、本当に片手間でしか手伝えないと思うから、そんなに心配しないで」

「それに、あの子は真琴ちゃんの友達なんだろ？」

島原に問われ、真琴は思わず口ごもった。

「……あー、えっと。す、すみません！　じ、実は、芽衣子ちゃんとは……。というか、小学校時代の友達とは、ずっと疎遠《そえん》で連絡も取ってないんです」

「えーっ？　そうなのか。真琴ちゃんの友達の頼みじゃしょうがねえと思ってたけど、そうなってくると考えちゃうなあ。せめてこんな忙しい時じゃなければよかったんだけどよ」

するると、央介が呑気《のんき》な笑顔でひらひら手を振った。

「いや、大丈夫。正直、僕もそうなんだろうなと思ってたよ。あの子と真琴ちゃん、幼馴染みにしてはちょっと距離ある感じだったし」相変わらず、央介は意外と人の機微に鋭い。

「僕も学生時代にはいろいろあったから、昔の友達との関係がそう単純じゃないってのはわかるつもりだよ。真琴ちゃんも、同じかい」

央介が先に打ち明けてくれたから、真琴も頷くことができた。

「実はそうなんです。友達との距離感って、あたしみたいなのにはいつも難しくって。……だけど、芽衣子ちゃんは悪い子じゃないですよ。ああいう風にはっきり言うタイプだけど、悪口だとかは言わないし、表裏のない子でしたから。今の時期に頼られても難しいってことは、ちゃんと説明したらわかってくれると思うんです」

「いいんだよ。僕は彼女に協力するつもりだから」

「それは嬉しいですけど……。なぜですか？」

以前、息子を保育園の入園枠《わく》に押し込みたいと頼み込んできた衿子の願いは、きっぱり断ったのに。すると、央介はこう答えた。

「迷い犬や猫に関しては、うちの行政ではまだ総合的な案内がないんだよ。だから、そういう時のフローチャートだとか、犬探し用ポスターのフォーマットだとかをうちのホームページに置いといたら、地域の人たちにとってもちょっとは便利かなと思うし。いつか真琴ちゃんと調べた通り、この地域でペットを飼ってる人はどんどん増えてるんだ。これからは、飼い主の高齢化も問題になっていくと思う。芽衣子ちゃんや彼女のお祖母ちゃんみたいな困りごとも増えていくんじゃないかな。だから、彼女のペットを探し出せるかはわからないけど、同じような状況になった人の一助になると思うんだ」

「ああ、そういうことか。だったら、確かに手伝ってみてもいいかもな」

島原も感心している。なるほど――、こうして持ち込まれた個人の要望が公益に繋《つな》がることもあるのか。真琴が驚いていると、コンセンサスを得た央介と島原は息を合わせてさっさと相談を始めた。

「芽衣子ちゃんの犬は中型犬ってことだったね。前に保護団体の方に少し話を聞いたことがあるんだけど、迷い犬の中では中型犬が一番行動範囲が大きくなるみたいなんだよ」

「だけど、大型の方が脚力はあるんじゃねえのかい？」

「大型犬は目立ちますからね。怖がる人も多いし、却《かえ》って通報してもらいやすいそうですよ。反対に小型犬は人懐っこいから、拾われてそのまま飼われてしまうケースもあるみたいです。その点、中型犬が一番見すごされやすいようなんです」

「リードをつけないで散歩させてる人もいるもんな。飼い主がそばにいるかどうかなんて、気をつけて見てねえとわかんねえよなあ」

島原が、腕組みをして地図をにらんでいる。央介も頷いた。

「少し時間も経っているし、遠くまで行ってしまってる可能性もあるね。ええと、芽衣子ちゃんたちが迷子犬のポスターを貼ってるのは、見失ったあたりに限られてるのか」

「老犬だって言ってましたから」

真琴が頷くと、央介は地図を指差した。

「なら、僕らはちょうど政治活動報告書を配ってまわるから、少し遠いところにも足を伸ばしてポスターを貼ってみようか」


それから、政治活動を終えたあとも、央介は毎日のように夜の町を歩きまわった。もちろん、真琴も手分けして芽衣子の犬を探した。他の候補者は政治活動ポスターを貼ってまわっているのに、幸居事務所は犬探しのポスター貼りだ。

「無理言っちゃってごめんね、真琴ちゃん。……だけど、政治家の先生がここまで頑張ってくれると思わなかったわ」一緒に犬探しのポスターを貼りに行くと、芽衣子が真琴に頭を下げた。「……初めて事務所に行った時はごめんね。駄目元《だめもと》だったはずなのに、ついカッとなって怒っちゃって。でも、次の選挙じゃうちの一家は絶対央介先生に投票するからね！」

「あ……、ありがとう」

困ってしまって、真琴はとりあえず頭を下げた。芽衣子はわかっているだろうか？

……それを言われると、政治家は非常に弱いのだ。

「だけど、こんな遠くにまで犬探しのポスターを貼るの？」

「時間が経ってるし、こっちまで来てる可能性もあるかもしれないって」

「まあ、うちのお祖母《ばあ》ちゃんを振り切って逃げちゃうくらいだもんね」明るく笑ったあとで、ふいに芽衣子の表情が翳《かげ》った。「……でもね。いなくなってからずいぶん経つし、もう諦めてる気持ちもあるんだ。お祖母ちゃんも落ち込んでるし、あたしたちも、なんとか納得いくまで動いてみようって思ってはいるんだけど」

暗い顔になった芽衣子にはっとして、真琴は急いで言った。

「まだわからないよ。あたしも問い合わせてみたけど、該当《がいとう》しそうな報告はないって」

小動物が死んでいた場合、見つかった場所によって対応する行政の部署が異なる。道路維持係だったり公園課だったり、……清掃事務所ということもあった。遺骸《いがい》を発見した人が処理してしまっている場合もある。最悪の事態を想像しているのか、芽衣子の顔は沈んでいた。

「その子、結婚前から飼ってたの？」

「うん、もう十年以上も一緒だったの。ちょっと前にお祖母ちゃんの家を壊して三世帯住宅を建てたから、そこで飼ってたのよ」

「三世帯っていうと、お祖母ちゃんと、芽衣子ちゃん夫婦と……」

「あと、お母さんで終わり。うちの両親、離婚したんだ」あっけらかんとした口調で、芽衣子が続けた。「お父さんと大喧嘩《おおげんか》して、お母さんが実家を出たの。あの時は結構な修羅《しゅら》場《ば》だったんだから。そのあとあたしが結婚したのもあって、新居を建てることになったのよ」

「そっか……」

真琴の気まずさを慮《おもんぱか》ってかどうか、芽衣子がふと話題を切り替えてきた。

「それにしても、あの真琴ちゃんが政治家先生の秘書とはねー。意外だったわ」

「えっと……、芽衣子ちゃんは今産休中なの？」

「ううん、専業主婦。経過も順調すぎるくらいなのよ。だから、暇を持て余しちゃって」

芽衣子は悪びれずに微笑《ほほえ》んだ。「そうだ！　せっかくだから、近々小学校の時の同窓会でもやらない？　久々にみんなと会いたいし」

「芽衣子ちゃん、あの時のクラスメイトと今も連絡取ってるの？」

「人によっては、かな。みんな大人になって、事情も変わるし」そう言って、芽衣子は笑った。「だけど、いい機会だと思わない？　ね、今度時間合わせて集まろうよ！　何人かだけでもいいし。あたしが幹事になって企画するよ。ポスター貼りも一段落着いたことだし、みんなにもうちの犬を見かけてないか聞きたいしさ」

芽衣子と別れたあとで、一人になった真琴は、大きなため息を吐いた。

「……同窓会、か」

思い返せば――、真琴はいつだって不器用で、小学生時代もどこかおどおどとまわりを見まわしながら学校に通っていたような気がする。

結婚なんて自分にとっては遠い話に感じるが、現実には、真琴も芽衣子のように赤ん坊がいたっておかしくない歳《とし》になった。あの時の友人たちの未来を見るのは、まるで当時から今日までの評価が出てしまうようで――恥ずかしさと気まずさが勝り、あまり乗り気にはなれなかった。幸居事務所に勤めて少しは変われた気になっていたが、……本当は自分は、なんにも変わっていなかったのかもしれない。

昔の、本当の真琴を知っている人に、今の自分を見せる勇気が出ない。ため息を吐いて、真琴は一人黙って踵《きびす》を返した。


「――おっ、真琴ちゃん、お疲れさん！」

明るい声を上げて、島原が真琴を迎えてくれた。ちょうど央介も帰ったところらしい。上着を脱いで、ハンガーにかけているところだった。

「ちょうど熱いお茶が入ったところだよ」

「ありがとうございます、島原さん。央介先生も、お疲れ様です」

央介や島原の顔を見ると、真琴はほーっと息を吐いた。肩に入っていた嫌な力が、すっと抜けていくようだった。

（……やっぱり居心地がいいな、この事務所）

だから、この幸居事務所にはいつも誰かがひょっこり遊びに来るのかもしれない。島原夫妻や佳代だけでなく、大地《だいち》たちや、時には芽衣子のようにまったく知らない地域の人が立ち寄ってくれることもあった。

今はもういい季節になってきたから、昼間は玄関のドアは常時開け放たれていた。真琴が働き始めた頃から、もう一年が経ったのだ。梅の時期が終わって、最近ではもう薄紅色をした桜の花びらが毎日玄関先に舞い込んできている。

「選挙前の政治活動に加えて、お友達の犬探しまで手伝う羽目になっちまったんだもんなあ。真琴ちゃんも歩きまわって疲れたんじゃねえかい。ちょっとゆっくりしようぜ」

「島原さんも、心当たりに声をかけてくださってるんですよね。ありがとうございます」

「いやいや、町を駆けまわるのはおれにとっちゃ趣味みたいなもんだからさ。ついでにやってるだけだよ。今日も世間話がてらに央介先生の活動報告書を配ったんだけど、ちょっと反応がいい人がいたんだよ。知らねえ地域にも行ってみるもんだな。もちろん、芽衣子ちゃんの犬についても話しておいたよ」

島原は、今日も元気に町をまわっていたらしい。

「そうだ、真琴ちゃんも区議の仕事がずいぶんわかってきたことだし、立候補してみるってのはどうだい？　確か手続きはまだ間に合うよな？　真琴ちゃんなら央介先生よりもさらに若いし、うちの議会にゃまだまだ女性議員が足りないからよ。案外、上手《うま》いこと受かるんじゃねえかな。真琴ちゃんも立候補するんなら、おれも今以上に町を走りまわるしさ」

「え、ええっ……？」さもいい考えというように島原が勧めてくるものだから、真琴は慌てて首を振った。「む、無理ですよ！　あたし、政治家なんて絶対向いてませんからっ。大勢の人の前で話すのとか、本当に無理ですから！」

「そうかなあ。初めて会った時のあの剣幕を思い出すと、真琴ちゃんならいけるんじゃねえかなと思っちまうんだけど」顎《あご》に手を当て、島原が首を捻《ひね》る。「あっ、お茶のお替わり飲むかい？」

真琴の返事も待たずに、島原が空《から》になった湯呑《ゆの》みをちゃきちゃきと回収していく。思わず、真琴は央介に耳打ちした。

「島原さんったら、困りますよ。あたしに政治家なんて、絶対無理なのに。央介先生からも、なんとか言ってくださいよ」

「そうかなあ。僕はそんなことないと思うけど」

「ええっ？　もう、二人してそんなっ……」

しかし――、その時だった。急に湯呑みが割れる音が、台所から響いた。驚いて目をやると、島原が流しを摑《つか》んで座り込むところだった。

「島原さん、大丈夫ですか……!?」

「だ、大丈夫、なんか、急に、汗が……」

真琴はぎょっとした。島原の表情が、いつか芽衣子が初めてこの事務所に来た時と同じように、きつくしかめられている。その顔色が、みるみるうちに尋常《じんじょう》でないほどに悪くなっていく。島原の手が胸にいくのが見えて、真琴は息を吞んだ。

いつか聞いたミケさんの予言めいた言葉が、脳裏《のうり》をよぎる――『死期が迫っているということです』……。

（あっ……、あの時の島原さんは……）

芽衣子に怒って、あんな表情を浮かべたのではなかった。――きっと、胸が苦しいのを我慢していたのだ。ずっと心配していたのに、肝心《かんじん》な時に気づけなかった。

「――真琴ちゃん、救急車！　呼んで、すぐ！」

央介の悲痛な声が響き、真琴は慌てて電話にかじりついた。

「いや、ほんと、大丈夫だって、心配しないで……」

答える島原の声がか細い。あんな島原の声は、聞いたことがなかった。

ぞっとするような汗が、背中を流れる。救急に病状を説明しているうちに騒ぎに気づいた隣人たちも駆けつけてくれて、すぐに夫人の香子《きょうこ》が現れた。香子が救急車に付き添い、真琴と央介は急いで搬送先まで自転車を飛ばした。


心筋梗塞《しんきんこうそく》だった。

島原が運ばれたのは、美咲《みさき》が搬送されたのと同じ総合病院だった。すぐに検査を受けて緊急処置を受け、島原は集中治療室へ入った。香子が、ほとんど呆《ほう》けたようにして待合室に現れた。

「——救急車でね、一回心停止《しんていし》したのよ。でも、隊員さんが、すぐに処置をしてくれたから助かったの。お父さんったら、一度心臓が止まったことに気がついてなくて、起きようとするのよ。『もう大丈夫です、ご迷惑おかけしました』なんて言っちゃって。だけど、また意識がなくなって……」

いつもにこにこしている香子が、央介に縋《すが》りつくようにして涙を零《こぼ》した。島原夫妻の間には、海外で暮らしている一人息子がいるそうだ。だが、折り合いがよくないらしい。

「ごめんね、こんな時に。もうじき選挙なんでしょう。大事な時期なのに……」

「気にしないでください。島原さんから受けた恩を考えたら、そんなことを言ってる場合じゃないです」

しかし、そう励《はげ》ます央介の声にも、力がなかった。

はっとして、真琴は央介の顔を見つめた。まるで子供のように目を赤くした央介と視線が合う。央介は呆然《ぼうぜん》としたまま、首を振った。そして、また香子に視線を戻す。

「香子さんはなんにも心配しないでいいですから。僕は、島原さんに会ってからずっとお世話になりっ放しでした。今恩返ししないで、いつするっていうんです。島原さんは、きっと大丈夫ですよ。いつだって僕より元気なくらいで、励ましてくれましたから。すぐにいつもみたいに元気に笑って、目を覚まします」

「でも、央介先生はこの四年間本当に一生懸命頑張ってきたのに……」

「本当にいいんです、そのことは。島原さんが元気になったら、また頑張ればいいんですから」央介は強く言った。「今はとにかく、病院の先生を信じて島原さんの無事を祈りましょう」

議員だって――政治家だって、人間だ。涙は出るし、どうしようもなく弱くなってしまう時もある。こんな時に、誰もがどうしようもなくなる時にこそ、……あのいつも明るくて力強い島原にそばにいてほしい。香子も、それ以上に央介もが、それを感じているのがわかった。央介の体からは、覇気《はき》が抜けてしまったようだった。央介にとっては、たぶん島原は父親のような存在だったのだ。

動くことすらままならない二人に代わって、真琴が必要なものを取りにアパートへ帰ると――。心なしか、島原の人柄が染みついたようなこの古いアパートも、いつもより力を失くしている気がした。

今にも真琴まで泣き出しそうになって、でも、泣いてしまうと、恐れている最悪の事態が現実になってしまいそうで、どうしても泣けなかった。

島原が集中治療室から一般病棟に移ってからも、央介はずっと付き添っていた。しかし、年齢もあるのか、島原はほとんど寝ているような状態だった。

告示日までは、もうあまり日がなかった。幸居事務所がぴたりと足を止めてしまったというのに、他の候補者たちは街頭演説をして町を歩き、ビラを配ってまわり、ぐんぐん支持を広げていく。真琴は、忙《せわ》しない町の様子を呆然と見守っていた。

（ここまで……、あんなに頑張ってきたのに）

香子も央介を心配しているようで、真琴にも何度か電話があった。島原の付き添いよりも自分のことを考えてほしいと何度央介に言っても、ちっとも聞かないそうなのだ。……真琴は、唇を噛んだ。

（央介先生……。央介先生は、わかってたじゃないですか。選挙の洗礼を潜り抜けなきゃ、政治家はなんにもできないって。なのに、ここで諦めちゃうんですか……？）

それが悔《くや》しい。それなのに、央介がどんなに島原を大切な存在に思っているか知っているからこそ、真琴はなにも言えなかった。

独りぼっちになった真琴は、かつてないほどに自分の無力さを痛感していた。ただおろおろするばかりの自分が、無性に情けなかった。

（逃げたい……）

自分にはこれ以上なんにもできない。その現実が怖くて辛《つら》くて情けなくて、真琴はもう逃げ出したくなっていた。今の時代、逃げる先なんてどこにでもある。スマホの中、ゲームの中、あるいは温かい布団の中——……。

気がつけば、真琴は立ち上がって事務所をふらふらと出ていた。

ただ、真琴はひたすらに町を歩いた。なにも考えられなかった。いつの間にか真琴は、あの三面大猫天のゆるキャラ像の前に立っていた。

ゆるキャラ像の前にしゃがみ込むと、真琴は堪《こら》えきれずに顔を両手で覆《おお》った。

「みんな——どうしよう。あたし、どうしたらいいの……？　島原さんは、どうなっちゃうの……？　あたし、央介先生や島原さんのために、なんにもできないよ……」

三面大猫天の面々が、顔を突き合わせて無言で佇《たたず》んでいる。

ドラさんは〈本意〉、シロさんは〈理〉、……そして、ミケさんは〈逃避〉。

きっと誰しもが、このどれかに酷《ひど》く苦しめられている。自分の本当の思いを表に出せずに苦しむ人もいれば、心の内部にある自分の弱さを認められずに理想とのギャップに悩み続ける人もいる。全部全部、誰の心の中にもいるのだ。

政治家も人間ならば、彼の秘書として働く真琴だって、……やっぱり人間だ。

（……逃げたい）

もう一度、真琴は思った。

今になってよくわかった。真琴が何度も自分の人生で出くわす難敵は——なにもかも投げ出して逃げたくなる、このミケさんなのだ。

そんなに急に変われたら、人間誰しも苦労はしない。だけど——、変わりたい。だから、
真琴は泣きながらゆるキャラ像に強く祈った。

「……今度だけ、お願い！　ドラさん、シロさん、ミケさん！　どうか、島原さんを……、央介先生を助けてください！」

……しかし、今更なにも起こるはずはなかった。

諦めて立ち去ろうと、真琴が腰を上げた、その時だった。

「――えへへへ。そうそう、この土地の人間を見守る我々ゆるキャラ神のありがたみをやっとのことでよぉーくわかってきたじゃないですか」

甘ったれたような笑い声が響き、真琴は弾かれるようにして振り返った。ペイントの薄れた三面大猫天のゆるキャラ像が、ふいに眩《まばゆ》い光を放ち始めた。

「やれやれだぜ、姉ちゃんがそこまで頼むなら仕方ねえなあ」

「ま、これが最後、泣きの一回ということでいいじゃない。お嬢さんだって、ここまで頑張ってきたんだから」

眩い後光と共に顕《あらわ》れた三人の不審人物――、もとい、くどいキャラ――、いや、人間化した三面大猫天様がこんなにありがたいと思える日が来るなんて。

真琴は、この日こそは一年前に泥酔《でいすい》してこの像をぶっ倒した自分を、心から褒《ほ》めたいと思った。

（あの日のあたし！　人生最悪の日だと思ってたのに……！）

気がついたら、愛嬌《あいきょう》のある笑顔を浮かべたミケさんがちょこんと真琴の手を取っていた。

「人間万事塞翁《さいおう》が馬《うま》というわけです。縁というのは不思議ですねえ、なにがどう結ばれてどう転ぶかわからんもんです、人の世は」


「——さてさて、ではなにから始めましょうかねえ」

例の空《あ》き部屋に四人でぎゅうぎゅうになりながら、幸居事務所はようやく新体制での作戦会議を開始した。

「とにかく、ライバルに物凄《ものすご》く遅れを取ってるの。なんとか今からでも追いかけないと。ポスター貼りの準備とビラ配りとポスティングと……」

そのあたりは裏方仕事だから、真琴にだってできる。しかし、街頭演説だけはそうはいかない。ずっとそばで央介を見てきたから、街頭演説のやり方はわかっている……のだが。

「街頭演説だけは無理！　絶対嫌だぁ……！」

「あらあら、ここに来てお尻の重ぉいお嬢さんがまた出てきたわねえ」

「じゃ、おれらが応援演説してやろうかい？　幸居央介の隣人！　つってタスキかけてな」

「いいですねえ。動画で生配信したら、ぼくの視聴者さんも喜びそうですよ」

「いや、〈本人の隣人〉なんてタスキ、見たことないって……」

猫天様のお申し出はありがたいが、そんな街頭演説、怪しすぎる。ここはやはり、央介の秘書たる真琴がマイクを持つ他、……ないのであった。

取るものもとりあえず、真琴はマイク一本を携《たずさ》えて、駅前に立ってみることにした。

知り合いに遭遇《そうぐう》するのが恥ずかしくて、まずはお膝元の中島商店街からはかなり離れた駅を選んだ。時刻は早朝、始発も出ていない。観客は鳩《はと》と雀《すずめ》ばかりだ。人気《ひとけ》はまだ、ほとんどない。さあ、通勤ラッシュに向けて準備は万端——だったはずなのだが、初めて駅前に一人で立ってみて、真琴は固まった。

（こ……、言葉が出ない！）

知り合いに会う確率以前の問題だった。ほとんど誰もいない駅前でマイクを持っただけで、小心者の真琴にとってはもうテレビの喉自慢《のどじまん》に出て歌うくらいの緊迫感があった。音響を使わずにまずは地声で練習しようと思うのだが、それだけでもう居たたまれない。

（う……、うわあ！　政治家って、偉い！）

この瞬間、真琴は全世界の政治家を心から尊敬した。

政治家を志《こころざ》そうものなら、まわりからは目立ちたがり屋だの出しゃばりだの、散々な言われようを受ける。実際、真琴も幸居事務所で秘書として働くまでは似たようなことを思っていた。しかし、もともと有名人や人気者だったり、なにかを期待されているような政治家ならまだしも、まったく知名度もなく期待もされていない中でこんなことをするのは本当に気合いが必要だ。

アイドルなんかが一日警察署長をするイベントがあるけれど、むしろやった方がいいのは一般庶民《しよみん》による一日、いや、一週間政治家ではないだろうか。やったことのない素人《しろうと》が口を出すなという論調は好きではないけれど、少しくらいはチャレンジしてみたら、政治家の苦労もわかる。裁判員裁判みたいに経験者が増えれば口コミで政治家がどんなものか広まっていくだろうし、理解が広がるのではなかろうか——。

（央介先生って、……こんなことをずっと続けてたんだ）

一週間のスケジュールに駅頭《えきとう》や辻立《つじだ》ちが普通に組み込まれているものだから、この大変さにちっとも気づかなかった。

すると、猫姿になってくっついてきてくれた猫天様が三匹並んで野次を飛ばしてきた。

『……おーい、いつまで石みたいに固まってるつもりなんだよ？　ほれほれ、早く喋《しゃべ》れって、姉ちゃん。おれたちゃ、さっきからずっと待ってんだぜ』

『黙っていると、なにごとかと怖がられるわよ。ほら、あそこで八百屋のおじさんが不審な目で見てるわ』

『いやいや、マイクを持ってずーっと謎に突っ立ってるスーツ姿の女性というのも話題になるかもしれませんよ。季節外れですが、中島区の怪！　なんてどうです。絶対噂《うわさ》になりますって』

真琴以外には聞こえない猫天様の声すらもが、……今の孤立無援な真琴にはありがたい福音《ふくいん》に聞こえた。

（あー……。……あたし、なんにもわかってなかった）

これまで、央介の街頭演説を背景に、真琴も自分なりに一生懸命政治活動報告書のビラを配ってきた。けれど、今から考えれば、それはどこか他人事《ひとごと》だったらしい。だからこそ、頑張れたのだ。幸居事務所の活動の全責任を、央介が背負ってくれていたから。

だけど、このままでは、四年間央介が政治家として働いてきたことが全部無駄になってしまう。それだけは、なんとしても避けたかった。涙目になりながらも、真琴は、昨日徹夜で暗記した原稿を読み上げ始めた。

「――えー、中島駅前の皆様、朝早くから失礼いたします。わたくし、中島区議会議員、幸居央介の秘書を務めております、陽野真琴が訴えさせていただきます。幸居央介はこの四年間、区議会議員として皆様に尽くし……」

　喉から出たのは、蚊の鳴くようなか細い声だった。血反吐《ちへど》を撒《ま》き散らす思いで地声での練習を行っていると、早朝から店の準備をしていた八百屋《やおや》のおじさんが、見かねて声をかけてきた。

「ちょっとお姉さん！　あんた、さっきからマイクの電源入ってないよ！」

「あっ……。い、いえ、違うんです。実はあたし、今日が初めての街頭演説でして、練習をしているところなんです」

「ああ、選挙が近いもんねえ」

「そう、そうなんです！　だから、あたし一人でも頑張らないといけなくて……」

　ここぞとばかりにいろいろ説明をしていると、うっかり涙が出た。

　真琴をあんまり哀れに思ったのか、おじさんはそれから朝の街頭演説が終わるまで、政治活動報告書のビラ配りを手伝ってくれた。

（ああ……、人の温もりがありがたすぎる……！）

　見知らぬ八百屋のおじさんの顔が、真琴の目にはヒーローに見えた。

　そう――そうなのだ。地域のヒーローは、きっとなにも特別な存在ではない。困っている誰かを見て、自然と手が出る人のことを言うのだと思う。真琴の事務所にいるどこか格好つかない間の抜けた優しいヒーローも、きっとそうだったはずなのだ。

なんとか朝の街頭演説を終えると、真琴はおじさんに何度も深く頭を下げた。

「今日は、朝早くから本当にありがとうございました！」

政治家ほど、人の純粋な真心を嬉しく、そしてありがたく思う職業はないのではなかろうかと感じた、街頭演説初体験の朝だった。

ちなみに、おじさんにはちゃっかり住所を聞いて、これからも政治活動報告書のビラを届けさせてもらうことにしたのであった。

それから、告示日を目指して、雨が降ろうと嵐だろうと構わず、真琴は街頭演説をしてまわった。

駅前の他に、大きな交差点やスーパーの前などにも定期的に立っていた央介が、選挙が近づいた途端に現れなくなったことを、いったいどれだけの有権者が気づいてくれただろうか？　もし気づいた人がいたとしたって、きっと無責任だと憤《いきどお》る人や、間抜けだと笑う人もいるに違いない。

幸居事務所が少なくない予算をかけて作った活動報告のビラも、受け取ってもらえないことの方が多い。やっと受け取ってもらえたと思ったら、十歩先でポイッと捨てられてしまったりもして、真琴は大きく肩を落とした。

さらには、夕方をすぎてくると、こちらに絡み出してくる酔っ払いまで現れた。

「おいおい、さっきからなんだよ、うるせえ姉ちゃんだなあ。姉ちゃん、議員か？　お？　どこの党だ、言ってみろ」

「い、いえ、無所属議員の……秘書です」

「なんだよ、議員さんは引っ込んじゃって、秘書の若い姉ちゃんが出てきてるわけ？　偉そうに議員先生だなんだ言ったって、そんなんじゃなんもできねえんじゃねえかい。そのくせ、大層な給料もらってんだろ？」

給料じゃなくて、議員報酬《ほうしゅう》です——なんて訂正《ていせい》できる空気ではない。その酔っ払いは、赤ら顔に濃い眉毛《まゆげ》をしかめた中年男で、目が据わっている。足元はふらふらだし、体はでっぷりとしてバランスが悪そうだ。

『——よし、そこだ！　姉ちゃん、ぶん殴《なぐ》れ！』

『平手なんて生温《なまぬる》いこと言わないで、拳でいきなさいな。思い知らせてやるといいわ』

『そうですそうです。正当防衛ですよ』

猫天様たちが無責任なことを言うのを無視して、真琴は丁寧《ていねい》に言葉で応えた。

「それは違います。幸居央介は無所属の身ですが、なんにもできないということはありません。区政を正すために日々監視し、また区民の皆様の声を……」

「うへえ、こんな拡声器で名前を連呼するのが区民への貢献かよ？　どうせ、票が欲しいだけだろうがよ。選挙のことばっかり考えてねえで、まずは足もとの庶民の暮らしを見てみろってんだ。俺みたいな家族にも逃げられちまった奴が、どんなに惨《みじ》めに暮らしてるのかあんたらは知ってるのかい。まったくよう。先生なんて呼ばれちゃって、自分が偉いと勘違いしてるんじゃねえか？」

　酔っ払いの言葉が、ずきんと胸に突き刺さった。

（先生と呼ばれて、偉いと勘違いして――って……）

　あからさまに馬鹿にするように、酔っ払いが央介をあざ笑っている。怒りに対して怒りで対応してはいけないとわかっているのに、真琴はつい強く言い返した。

「そんなことありません。確かに選挙で当選しなければ、政治家にはなにもできません。けど、皆さんの生活を思って、少しでも行政とのパイプ役になれるよう、地域がよくなるように頑張っている人もたくさんいるんです。だから、どうか決めつけないで、地元の議員の頑張りをほんの少しだけでも――」

（……というか、政治や行政に生活のすべてを面倒見られるわけがないでしょ！　万能じゃないのは当然だし、こっちだって魔法使いじゃないんですよっ。できるのにやってないばっかりじゃなくて、できないこともあるの！　政治家だって公務員だって同じ有権者だし、同じ人間なんだからっ……）

政治不信は、時に、なぜだろう。

有権者の期待が裏切られ、諦念《ていねん》を抱かせてしまっているはずなのに、反対に、政治に対する過度な要求を増大させるのだという。政治家や行政職員の不正が発覚すると、人は、暮らしにくい世の中をすべて政治や行政のせいにしてしまう。住民側が税金を負担し、その範囲内で行政責任が問われるはずが、住民側が無制限に不満をぶつけてくる結果を生み出してしまうのだ。

この酔っ払い男の心情も、頭では理解できる。

政治は他人事で、有権者は無力な被害者で、政治家は誰も彼もが馬鹿ばかり。そういう奴らが、世の中を無茶苦茶《むちゃくちゃ》にしていると思っているのだ。この酔っ払い男が抱く無責任さは真琴ですら今もどこかで持っているもので、だからこそ、真琴は酔っ払いに腹が立った。

……いや、本当は無力な自分自身に、無性に腹が立っていた。

今になって、真琴はどうしようもなく自分が情けなく感じられた。初めて街頭演説に立った朝のように泣くのは簡単だけれど、〈頑張ってるね〉と同情を引いて、地域のなんの役に立つというのだろう？

本当はこの男に、中島区の現状や経済規模、今後の改革案やこれまでの央介の実績を語って、〈地域の役に立つ政治家だ〉と認めさせたい。しかし、舌が絡まって口がまわらない。ホームページを見てくれと言ったら、彼は見てくれるだろうか？

結局、真琴は央介や島原の陰に隠れていないとなにもできない。あの時、この男のように酔っ払って町を歩いて迷惑をかけた時から、……なんにも変わっていなかった。

やっと始めた政治活動は、ほんの数日で挫《くじ》けそうになっていた。

すると、そこへ誰かの声が響いた。

「……お、お父さん⁉　げっ、なにやってんのよ……⁉」

慌てたように駆け寄ってくる若い女性は、丸みを帯びたお腹を抱えていた。それは、少し前に再会した旧友だった。――芽衣子だ。

「また酔っ払ってるのね⁉　女の人に絡むなんて、あり得ない！　早く離れて！　すみません、うちの父が迷惑をかけまして……」男と真琴の間に割り込んで、それから芽衣子はこちらに気がついた。「え、真琴ちゃん⁉　こんなところで、いったいなにやってるの……！」

目を白黒させていると、涙の滲《にじ》んだ真琴の顔色に気がついたのか、芽衣子がハンカチを差し出してくれた。

「うわあ、本当にごめんね。うちのお父さん、きっと真琴ちゃんに失礼なことを言ったんでしょう？」

「う、ううん、大丈夫……」

「……だけど、どうして一人でマイクなんて持ってるの？　央介先生は？」

心配してくれる知り合いの顔が、こんなに心強い日はなかった。気がついたら、真琴はすべてを幼馴染《おさなじ》みに打ち明けていた。

「――そうだったの？　もう、それなら早く言ってくれたらよかったのに……！　真琴ちゃんも大変だったね。――ほら、お父さん、よく見て！　あたしが小学生の時に友達だった子！　真琴ちゃんだよ。覚えてないの……ああ、駄目だこりゃ」

真琴と芽衣子がちょっと話し込んでいる隙《すき》に、芽衣子の父親は路上で眠り始めていた。

「……ごめんね、真琴ちゃん。謝っても謝りきれないわ。ほら、前にも言ったでしょ？　うちの両親、離婚してるって。お父さん、昔から飲んだくれで、とうとうお母さんに愛想尽かされたのよ。それ以来、ずっと一人で飲んではこうやって荒れてんの」

「そうだったんだ……。……でも、芽衣子ちゃんが来てくれて助かったよ」

「我が家の恥部《ちぶ》を見られちゃって恥ずかしいけどね。だけど、真琴ちゃんが央介先生の代わりに街頭演説してるなんて、本当にびっくりしちゃったなあ。ね、あたしもなにか手伝うよ。このビラ、配ればいいの？」

「でも、体調は……？」

「ちょっとくらいなら平気よ。だって、真琴ちゃんたちにはうちの犬のことであんなに親身になってもらったもん。大丈夫、無理はしないからさ。ね、一緒にやろうよ」そう言ってから、芽衣子は路上の父親に声をかけた。「ほら、お父さんも寝てないで手伝って！　もう、起きられないんなら、せめてもっと端っこ行ってよ」

「ああ……？　……なんだよ、芽衣子よぉ」

「あの真琴ちゃんが頑張ってるのよ。迷惑かけっ放しになってないで、起きて」

芽衣子が頬《ほお》を軽く叩くと、ようやく彼女の父親が目を開けた。水を飲ませて少し落ち着くと、彼は駅前のベンチに座り込んで眠り始めてしまった。

真琴がまたマイクを持って街頭演説を始めると、芽衣子が力強くビラ配りを始めてくれた。あれだけ重くて面倒なものに思えた人と人との繋《つな》がり——それを避けるために選挙区のこんな遠いところから街頭演説を始めていたというのに、今になってそのしがらみが、ピカピカに輝いて見えた。

街頭演説を終えると、芽衣子の父親を送るタクシーに真琴も乗り込んだ。

「——せっかく久々に昔住んでた実家の方まで帰ってきたってのに、もう最悪だわ。真琴ちゃん、本当にごめん」

「そんなに気にしないで」首を振ったあとで、真琴はしげしげと周囲の住宅街を眺めた。

「……だけど、懐かしいな。そういえば、この辺も中島小学校の学区内だったね」

「そう。西の端っこ。そこの通りの向こう側は、もう隣の小学校の学区になっちゃうのよ」

そうだ――芽衣子はあの頃、この辺りに住んでいたのだった。建物の入れ替わりはずいぶんあったようだが、じっと見つめているとどこか馴染みのある既視感《きしかん》を覚えた。

「……だけど、久しぶりにこっちに来てみて、なんだか小学校の時のことを思い出しちゃったわ。あの頃ね……、あたし、実は真琴ちゃんに凄《すご》く憧れてたんだ」

「えっ……？　どうして？」

「あたしね。なんていうか……、高すぎるプライドとか、あたしは他の子とは違う、みたいな意識が小さい頃から凄くあったの。中二病ってやつ？　……みんなと違って特別だって思い込みたかったのもあったし、コンプレックスでもあったかな。だから、友達ともちょっと、格好つけて距離置いたりして。今思うと馬鹿なんだけど、自分から変人演じてたってていうかさ。でも、真琴ちゃんはそんなあたしにも優しかったじゃない？　人によって態度変えたりしないいし、いつも一生懸命でさ。そういうところ、……今でも変わってなくて安心した」

芽衣子にさらりと褒《ほ》められて、真琴は目を丸くした。

自分では自分が嫌になることばかりだったけれど——。あの頃から、真琴の中にちっぽけでもいいところを見つけてくれる人はいたのだろうか。

芽衣子は、央介の政治活動報告書を眺めてこう言った。

「……ねえ、やっぱり同窓会も開かない？　このビラ、凄くよくできてるじゃない。政治に興味ない子ばっかりだから、却《かえ》ってみんな面白がって話を聞いてくれるかもよ。……それにね、あなたに協力してくれる子、きっとあたしの他にもいると思うんだ」

——地元で立候補する政治家は、強い。

その意味を、芽衣子のおかげで真琴はよくよく理解した。真琴に人脈と呼べるほどのものはないが、人脈を持っている旧友がいるのは幸運だった。芽衣子が緊急招集をかけてくれた同窓会告知のＳＮＳには、続々と参加希望者が集まっていた。

「あーあ……。また人に助けられちゃった。あたしって、本当にこんなのばっかりね……」

事務所に帰ってからスマホを眺めていると、ミケさんが答えた。

「そんなことないですよ。あなたは、人に頼ることができるようになったじゃないですか。人の世というものを拝見して少々思うのですがね。結局人は、人と共にしか生きられないようです。もちろんあなたも、そして、誰も彼もがね」

いつも通りやる気のないミケさんの声が、今は無性に温かく感じられた。確かに、たった一人で生きているように見えても、歩いている道路も、使っている電気も、あるいは住んでいる家さえも、〈誰か〉の手によるものだ。それも、先人の積み重ねからできた改良品。人間は、人間たちの恩恵を受けて暮らしている。山の中で一人暮らすとしたって、工具やなんかを持ち込むとしたら、それはもう一人ではないのだ。

「そういうの、科学の世界では〈巨人の肩の上に立つ〉っていうらしいですよ。あなた方人間は、無数の人々の手の上で生活をしているということですねえ」

「それ、科学の世界だけの話じゃないね。人に頼る、か……」

だったら、なおのこと——この一年間苦楽をともにしてきた真琴に頼らないあの男にむかっ腹が立った。気がついたら、真琴は央介に電話をかけていた。……が、出やがらない。

「当然でしょ……。あの方、病院にいるんですよ？」

常識的な突っ込みがミケさんから入ったが、構わず真琴は留守電に叫んでやった。

「こらー！　幸居央介！　あなたね、いったいいつまで事務所を秘書に丸投げする気ですか⁉　告示日はもう目前だっていうのに今になって町をまわるのをやめるなんて、落ちちゃってもいいんですか、このドンケツ当選議員が！　央介先生には、もっともっと地域のために頑張ってもらわなきゃならないんです。だから、島原さんが心配なのはわかるけど……。あたしだって、島原さんのことは心配ですよ。でも、央介先生は今やるべきことをやらないと駄目なんです。それを島原さんも望んでるって、どうしてわからないんですか！」

機関銃のように矢継《やつ》ぎ早《ばや》に文句を吹き込んで、真琴はまた涙を零《こぼ》した。

「……あのね。央介先生が、先生って呼ばれたくない気持ち、あたしにもやっとわかりましたよ……。さっき、有権者の方に手痛いことを言われたんです。政治家は、自分を偉いと思ってるんじゃないかって。先生って呼ばれちゃうと、どうしてもどこかで自分が普通の人じゃない、偉いんだって思っちゃう気持ちが湧いてきちゃうんですよね。政治家だって人間だし、偉いわけじゃないのに、政治家は有権者の代表なのに……」

専門性は、行政の職員の方が高い。その行政側が、政治家を先生と呼んで持ち上げる。政治家にできるのは、ともすれば前例主義、ことなかれ主義で進んでいってしまう行政に、住民目線の意見を取り入れさせることだ。住民側の意見がなければ、行政の独壇場《どくだんじょう》になってしまう。だから、有権者は、行政と政治家を絶対に混同してはならない。行政側には——選挙がないからだ。彼らは、入れ替わらない。だから、選挙の洗礼を受けた住民の代表による監査が必要なのだ。

「だけど、央介先生とずっと一緒に活動してきたあたしにはわかるんです。央介先生は……、先生と呼ばれたって大丈夫ですよ。きっと変わりません。投票してくれた方みんなの中の一人で、その代表なんだっていう気持ち……。だから、だからこそ、戻ってきてください。そして、町の人にちゃんと支持を訴えましょう」

それだけ言うと、真琴は電話を切った。言いたいことはまだまだ山ほどあったし、憤《いきどお》りも感じていた。けれど、打ちひしがれている央介に感情をどかっとぶつけた自分に、真琴は肩を落とした。

「まあまあ、そう気を落とさないで」

「姉ちゃんだって頑張ってるじゃねえか。言うだけのことは、やってると思うぜ」

「むしろ、言うべき時に言わない方が体にも人生にも毒でしょう。だけど、まあ、そういうことができる相手が雇い主っていうのは幸運だと思うけど」

猫天様のめずらしくありがたいご神託に、真琴は泣いた。

「そう、そうなのよ……。央介先生のいいところはわかってるつもりだし、頑張ってきたと思う。こういう時にこうなっちゃう人だからこそ、あたしみたいな奴でも今日まで応援してこられたのかもしれない。……だけど、それでも、今ここで諦めちゃったら、央介先生に票を入れてくれた人になんて言うの？　それは、幸居央介の仕事じゃないわ」

　央介を無責任だと謗《そし》る人が現れたとして、真琴はそれに言い返す弁が出てこない。真琴は央介の人間性をわかっているけれど、投票してくれた人は、央介の仕事に期待してくれているのだ。

「その期待を、央介先生には裏切らないでほしいんだ……」

＊＊＊

「――央介先生……。今、何日だい。告示日は、もう目の前なんじゃねえのかい……」やっとのことで喋《しゃべ》れるようになった島原が、病室の窓を眺めて体を起こそうとした。「なんで……、ずっとそこにいるのよ」

　央介は慌てて椅子《いす》から立ち上がって、島原を宥《なだ》めた。

「島原さん、まだ前みたいに動くのは無理ですよ。ちゃんと休んでいてください」

「……だけどさ、母さんに聞いたら、俺が寝てる間もずっといるらしいじゃねえか。仲間の助さんがそんなんじゃ、黙ってられねえよ」

「待ってくださいよ、ご老公。僕は格さんだったでしょ」

「いや、この前真琴ちゃんと話してさ、気が変わったんだよ。真面目《まじめ》でお堅い格さんもいいけどさ、人情派のあんたが俺は大好きだから……」島原は続けた。「央介先生、あんたが今いるべき場所はここじゃねえだろうがよ。な、もう帰りなって」

幼子を諭《さと》すように、島原が言う。それは、病み上がりの力のない声だった。島原が言いたいことは、央介にもわかった。選挙のために町に立てと説得したいのだ。

……しかし、央介は深く頭を下げた。

「すみません、どうしてもここにいたいんです。ご迷惑なのはわかってますが、邪魔だったら病院の外でもいいんです。どうか僕を、島原さんの近くにいさせてください」

「馬鹿だねえ、あんたは……。俺みたいな爺さんに、そんなに懐いちゃってさ」

目を丸くしたあとで、島原は呆《あき》れたように息を吐いた。

「ほら、島原さん。空を見てください。今夜は、月が明るく輝いてますよ。明日は久しぶりに晴れそうです」自分を案ずる島原の気を逸《そ》らそうと、央介はあえて呑気《のんき》なことを言った。「桜はもう散ってしまったけど、これから躑躅《つつじ》の季節です。躑躅はいいですよねえ。丈夫で、たいした世話をしなくても綺麗《きれい》な花を毎年咲かせてくれます。だから、どの町でも街路樹に多く採用されてるんです。……ああ、これ、島原さんが教えてくれたんですよね」

「母さんが、花が好きだからね」

　央介は、島原の横顔を見つめた。倒れた時よりはずっと顔色がいい。また以前のように、元気に町を歩きまわれる日も来るかもしれない。しかし、そのためには、長く根気のいるリハビリが必要だろう。自分も親とは上手《うま》くいっていないからだろうか。島原夫妻の息子がこの病院には来ないであろうことが、央介にはなんとなくわかった。だったら、できるだけ自分が島原についていたかった。

「島原さん。あの頃のこと、覚えてますか。あなたと初めて会った頃のことです」言いながら、央介は自嘲《じちょう》するように笑った。「父親に対するちっぽけな反抗心で、あんな馬鹿みたいな暮らしをして。僕は、自分がどんな人間で、なにをしたいのかちっともわかっちゃいなかった。あの時の仲間とは今もいい友達だから、悪いことばっかりじゃなかったけど……」

　島原が、黙って央介の話を聞いている。央介は続けた。

「でも、今考えると、確かにねえ、あなたの言う通りでしたよ。あの頃の僕らみたいな人間の代弁者だって、政治家には必要です。誰か有名な人が言ってたそうですけど、本当に行政の助けが必要なのは、とっても手助けしたくなるような人間じゃないって。あれ、切実な現実だと思います。真面目で健気《けなげ》で、だけど理不尽に追い詰められてしまったような人間ばかりが、行政の助けを必要としてるわけじゃない。あの頃の僕らみたいな馬鹿に、個人でなにかしてやろうなんて思う奇特な人間は、島原さんくらいのもんですよ」

「ああ……、懐かしいねえ。爺《じじい》にとっちゃ、昨日の出来事みたいなもんだよ」島原の掠《かす》れた笑い声が響く。「……そうだよ、その通りだ。個人を見たら、きっと助けたくねえって奴もわんさかいる。だけど、だからこそ感情で大事なことを判断しちゃならねえ。人柄で線引きをあれこれ変えちゃなんねえんだ。それがわかってるあんただからこそ、今頑張るべきなんじゃねえのかい」

「選挙運動なんか、しなくたっていいんです。もし落選したとしたら、それは僕の四年間の活動が及ばなかったということです。この四年間支持してくれた人のために、僕は自分にできる限りのことをしました。僕みたいなのには、これ以上はどう引っくり返ったってできません。それで必要としてもらえないなら、それまでです。落選して無役になったら、また島原さんと町を歩きますよ」

央介の声を聞いて、島原は眉間《みけん》に皺《しわ》を深く寄せた。険しい顔で、島原は央介を叱《しか》った。

「たった一期務めただけの坊ちゃん議員が、仕事をやりきったベテランみたいな台詞《せりふ》を吐くんじゃないよ。新人でもベテランでも、どんなに働いてても怠《なま》けてても居眠りしてても、議員報酬《ほうしゅう》はおんなじなんだ。それがどういうことか、わからんおまえさんじゃねえだろう。たった一期の新人仕事で辞められたら困るんだよ。央介先生にはたくさん税金がかかってるんだ。その分、ちゃんと働きで返してもらわなくっちゃ」

病床の自分よりもずっとつらそうな顔をしている央介を、島原は目を細めて眺めた。子供のように俯《うつむ》いている央介の頭を、島原はぐしゃぐしゃと撫《な》でた。

「央介先生よ、俺は後悔《こうかい》してることがあるんだ。前の選挙の時は、俺みたいな爺はあと十年で死ぬ身だから――なんて格好つけて、投票に行かなかったけどよ。……やっぱり、行きゃあよかったよ。そりゃあ、正直に言って、まだまだあんたの活動内容には満足してないよ。あんたが初めて会った頃に言ってたあのご高説、ありゃやっぱり的《まと》を射《い》てるね。地域の陳情《ちんじょう》に答えるのは、そりゃいいことだ。住民と行政のパイプ役ってのは政治家の大きな仕事だからね。だけど、政策で地域をよくしないで、なにが政治家だい。俺みたいな爺に代わって、新しい時代を支える若いあんたみたいな奴がもっともっと勉強して、次の世代に応えていかなきゃいけない。な、そうは思わねえかい」

答えない央介に、島原は言った。

「思うはずなんだがなあ。俺の知ってる央介先生ならよ。だからさ、こんなところで、こんな爺の相手なんかしてちゃ駄目だよ。……だってさ、この爺はもう、あんたに投票するって心を決めてるんだから……」

島原は無理にも体を起こして、央介の手をぎゅっと握った。

「あんたにゃ、やれることも、できることもまだ山ほどあるんだ。真琴ちゃんも……。あの優しい女の子も、きっとあんたを待ってる。あの子をいつまで一人にさせとく気だい。さっさと駆けつけてやんなよ、愛と勇気の議員先生よ……」

＊＊＊

「お嬢さん、――待ち人がついに来たわよ。ほら、顔を上げて」

シロさんに声をかけられ、真琴ははっとした。

告示日まで残り数日というその夜になって、――ようやく央介が幸居事務所に戻ってきたのだ。開きっ放しの玄関には、央介が立っている。用意した選挙ポスターの裏に両面テープを貼っていた真琴は、慌てて立ち上がった。

「央介先生……！」

「真琴ちゃん、それに、ドラさんにシロさんにミケさんも。みんな、心配かけて本当にすみませんでした」深く頭を下げて、央介は続けた。「テープ貼りをやってててくれたんだね。

手伝うよ」

「でも、島原さんは……？」

「少し長く喋《しゃべ》れるようになったよ。怒られて、呆れられたけど。……真琴ちゃんを一人残して、病院になんていているんじゃないって」

「あの……。あたしの留守電、聞きました……？」

我ながら、凄《すご》いことを吹き込んでしまった気がする。でも、あの時はあれくらい言ってやりたかったのだ。すると、央介は頷《うなず》いた。

「聞きました。本当にごめん。まさかきみが一人でも僕の選挙のための準備をやってくれてるなんて、想像もしてなくて……」

「……はい？」央介の言葉に、真琴は思わずカッとなった。「……それ、あたしを怒らせようとして言ってます？」

腹の底から怒りがこみ上げ、こめかみがぴくぴくと痙攣《けいれん》する。声を震わせて、真琴は央介をにらみつけた。

「やっ……、やるに決まってるじゃないですかっ！　あたしを秘書に雇ったのは誰です。あたしみたいな人間にはなんの力もないですけど、それでも今日までずっとあなたと一緒にこの事務所で議員秘書として一生懸命働いてきたんです！」

「そうだそうだー！」

「言ったれ、姉ちゃん！」

「グーで殴《なぐ》るのよ、グーで！」

三面大猫天に煽《あお》られながら、真琴は央介に迫った。

「町歩きでも活動報告書配りでも街頭演説でも、ずいぶん他の候補に引き離されてますよ。ここから追いつくためにも、あなた一人じゃとっても無理でしょう。だから、あたしが今ここにいるんじゃないですかっ……」

「そう……、そうだよね。きみはそういう真面目で優しい子だった。思い至らなかった、僕が悪いよ。今日は僕がやるから、きみは帰って休んで」

「嫌です！」即座に真琴は言った。「央介先生は、あたしの留守電のなにを聞いてたんですか⁉　……あたし、絶対最後まで央介先生と一緒に頑張ります」

「だけど……」

「だけどじゃないっ！　あれからあたしが、どれだけ一人で苦労したと思ってるんですかっ」央介がまだ悪あがきをしようとするものだから、この数日溜まりに溜まった鬱憤《うっぷん》を真琴は思いっきり吐き出した。「央介先生のスケジュールに負けないように町をまわってマイクを持って。嫌な人に絡まれたり、無視されたり、本当に大変だったですからね……」

真琴は、央介が不在の間にあった出来事を全部一気に捲《まく》し立てた。すっかり話し終えてまた涙が出てくると、慌てたように央介がボックスティッシュを差し出してきた。

「ごめん、泣かないで。僕のせいで、本当に苦労をかけたと思ってるんだ。だから、きみにはちょっとでも休んでもらいたくて……」

……なんだか、駄目亭主の言い訳みたいだ。だけど、議員と秘書って、ある意味夫婦みたいな二人三脚なのかもしれない。もう我慢をやめて真琴は大泣きしながら央介に言った。

「もし本当に悪いと思ってるなら……、約束してください。二度と勝手に戦線離脱したりしないって」

「うん、わかった。約束する」

「あと、一回思いっきりビンタでもさせてください」

「……えっと、本気？　なら、受けるけど」

顔を引きつらせながらも目を瞑《つむ》って肩に力を入れる央介に、真琴は泣きながら苦笑した。

「……冗談ですよ。これから大勝負って時に、担《かつ》ぎ上げてる議員の顔にビンタの痕をつける秘書がどこにいるんですか」央介から分捕《ぶんど》ったティッシュペーパーで鼻を大きくかんで、真琴は言った。「さあ、まだまだやることはありますすよ！　他の候補者より遅れてる分、頑張らないと!!」

　央介が幸居事務所に帰ってきてからすぐに、芽衣子が幹事を務めてくれて、真琴の小学校のミニ同窓会が開かれた。集まってくれたのはまだ地元に残っている女友達ばかりで、ほとんど女子会みたいなものだった。宴もたけなわになった頃合いを見計らって、芽衣子がみんなに真琴の現職について話してくれた。

「――え、マジ⁉　あの大人しかった真琴ちゃんが政治家⁉」

　驚いたような旧友たちの質問攻めにあって、真琴は慌てて首を振った。

「違う違う、秘書だってば！」

「ねえねえ、政治家先生って、どんなん？　やっぱりオッサン？」

「いやいや、うちの先生はわりと若いんだよ」

　ここはポスター写真の盛りっぷりが成功して、友人たちの反応はまずまずだった。

「あ、本当だ、結構イケメンじゃん」

「まあ、だいぶ盛ってるから」

「そりゃこういう人気商売のお約束でしょ。ね、真琴ちゃんとその先生、どういう関係なの？　付き合ってるとか？」

「え、ほんと⁉」

政治から急に身近な話題になったからか、集まったメンバーがわっと湧いた。真琴は慌てて否定した。

「うわあぁ！　違う、違うの！　そういうんじゃなくて、無職のところを拾ってもらって……！　でも、今はただ本当に応援してるっていうか……。ていうか、事務所の運営費用はうちは毎月公開してるから。うちは公正明大、クリーンな政治活動が売りだから！　ほら、ホームページも見て！」

「あ、本当だ。真琴ちゃんの給料も載ってるじゃん。……えっ、少なっ！」

「あああ、そこはあんまりガッツリ見ないで……！」

女子会は、終わり際になって大盛り上がりになった。なんだかんだと騒ぎながらも、真琴は同級生たちに活動報告書を配ることに成功したのだった。

それから、幸居事務所はにわかに騒がしくなってきた。真琴の懐かしい同級生たちも手伝ってくれることになり、それ以外にも、なにやらちょっと怖そうな雰囲気《ふんいき》の央介の旧友たちが代わる代わる現れた。それから――あの酔っ払いの芽衣子の父親までもが。

「……ほら、お父さん、さっさと来て謝って！」

芽衣子に突き出されて、あの夜の表情よりもずっと険しさがなくなった彼女の父親が、肩を落として頭を下げた。

「えっと……。真琴ちゃん、だったね。あの時は迷惑をかけたようだね。酔っ払ってて、あんまり記憶にないんだけど……」その言い訳の途中で、芽衣子がじろりとにらむ。「いや、本当に悪かった。こんな親爺《おやじ》だけど、お詫《わ》びに手伝わせてください」

「真琴ちゃん、あの日は本当にごめんね。……だけど、うちのお父さん、あの日以来お酒を止めたの。見ての通り反省してるって言うから、なんでも使ってやって」

娘にこっ酷《ぴど》く叱《しか》られ、芽衣子の父親は縮こまった。

駆けつけてくれたのは、芽衣子たちや央介の旧友ばかりではなかった。いくらもしないうちに、噂《うわさ》を聞きつけた佳代たちまでもが現れた。

「央介先生、手伝いに来たわよ！　……真琴ちゃんったら、一人で街頭演説に立ってたんですって？　声をかけてくれたら、手伝いに行くのに！　水臭《みずくさ》いわねえ」

佳代に開口一番そう言われ、真琴は頭を掻《か》いた。

「中島商店街の町内会には昭二さんもいますし、他にもベテランの区議の方が所属されてるでしょう？　だから、佳代さんもうちと板ばさみになっちゃうんじゃないかと思って」

「まあ」驚いたように口許《くちもと》に手を当て、佳代は笑った。「本当にあなたたちの世代って、気にしいなのよねえ。考えすぎよ。……あのね、昭二君は今回は選挙に出ないの」

「えっ、そうなんですか？」

「衿子《えりこ》さんが猛反対なのよ。自分の子供の面倒もろくすっぽ見ない男が、今すぐ政治家になったって大きな仕事はできないって」佳代はくすくす笑った。「まあ、政治家が仕事に専念するためにパートナーが私生活の方は支えるっていうのはあるあるなんでしょうけどね。子育てのいいとこ取りしかしない今の昭二君を支える気はないって、衿子さんはっきり言ったそうなのよ。昭二君、そのことを真琴ちゃんたちには連絡しなかったの？」

「全然です」

　真琴がぷるぷる首を振ると、佳代は続けた。

「昭二君らしいわねえ、本当に子供っぽいんだから。でも、まあ、油断しちゃ駄目よ。昭二君は政治の道を諦めないし、衿子さんも今回は見送るけど、本腰を入れて応援する時が来るまで準備するって言ってたもの。律君たちも保育園が決まったし、パートで仕事に慣れたあとは長く働ける正社員の職を探すって。だからね、今回は央介先生たちの選挙戦での戦い方を近くで見てこいって、口酸《くちす》っぱく言われたらしくて」

「衿子さんが……」

　子育てに四苦八苦しながら奮闘していた衿子も、前に進んでいるのだ。

「それにね、あたしたちだって政治家の普段の仕事振りはちゃんと見ているわよ。義理だけで毎度毎度投票しないわ。選挙が近づいてやっと顔を出すような議員なんて、嫌だもの。まあ、面と向かってはっきりと今回は投票しませんとまではなかなか言えないけどねえ」

佳代が快活に笑う。すると、事務所に響く明るい話し声に誘われるように、桐ヶ谷《きりがや》が現れた。それも、大地たちに引っ張られて。

「真琴さーん、大人、連れてきたよ！　桐ヶ谷さん、ほら、来て！　座ってできる事務作業もあるんだってさ」

「うちの母ちゃんも来たよ。ビラのポスティングくらいなら手伝えるって」

「あら、真琴ちゃん、噂をすれば影よ。ほら、昭二君が来たわよ」

昭二たち一家が、手を振りながら近づいてくる。

人が増えるとさらにそこから輪が広がって、ボランティアの人たちが増えていく。協力者の中には、柴犬《しばいぬ》飼いの鈴山《すずやま》の顔もあった。

「選挙前だってのに央介先生が貼ってまわってた、例の迷子犬のポスター見たよ。まったく、本当にお人好しだよね、央介先生は」犬好きの鈴山は、満更でもなさそうに微笑《ほほえ》んだ。

「知り合いの犬飼い連中には声をかけといたからさ。ちょっと時間が空《あ》いてちゃってるのが心配だけど、そのうちきっと情報が出てくるよ。迷子犬のビラを配るついでに、政治活動報告書も配っといてやるからね。あ、逆だったか」

「冴島《さえじま》さんは公務員だから大手を振って政治活動はできないけどさ。きっと央介先生に投票してくれると思うよ。央介先生と真琴ちゃんに、凄《すご》く感謝してたもん」

集まってくれた人たちの話を聞いて、真琴はまた泣きそうになった。

だが、泣いている場合ではない。選挙ポスターを公営掲示板に貼る準備をしたり、選挙はがきの宛名《あてな》印刷も待っている。まだまだ、やることは山ほどあるのだ。

告示日までに、町に貼られた政治活動ポスターは綺麗《きれい》に姿を消す。幸居事務所があるアパートも事情は同じで、これまで貼られていた区議たちのポスターは持ち帰られていた。

告示日当日は、事務所総出で手分けをしてベニヤ板でできた町の公営掲示板をまわった。例によって盛りに盛られたあの選挙ポスターを貼ってまわるのだ。雨が降っていたりすると両面テープがはがれてしまったりして大仕事になるのだが、幸い今年はよく晴れていた。

それから、選挙はがきだ。宛先が重複しないように整理をする——通称かるた取りの作業も行われた。

一方の央介は、選挙カーを使わない分、本人がひたすら町を歩いてまわった。地元の中島商店街から始まって、選挙期間をかけて、選挙区を横断するのだ。中島区はそう大きな選挙区ではないし、央介は歩き慣れているとはいえ、それでも選挙区すべてを丁寧《ていねい》に歩こうと思うと相当な時間がかかる。それも、選挙期間中、朝の八時から十二時間、夜の八時までぶっ続けである。

町歩きに加え、当然駅頭《えきとう》や辻立《つじだ》ちも行った。央介について町を歩いた日は、真琴も猛烈な筋肉痛に苦しんだ。真琴はまだ事務所での作業にまわる日もあったが、央介は連日歩きまわっていた。スマホの万歩計が毎日見たこともない数字を叩き出したし、すっかり日焼けした央介はげっそりと痩《や》せていた。大物弁士たちが駆けつける有名政党の候補者を尻目に、幸居事務所の一団は、ひたすら歩いて挨拶《あいさつ》をして支持を訴えた。

たった一週間の選挙期間は怒濤《どとう》のごとくすぎて、あっという間に投票日になった。

当日の朝一番で投票を終えると、真琴は事務所に戻った。

そわそわして真琴はちっとも休めなかったが、毎日歩き続けた央介は眠りこけているらしい。すでに自分の部屋に引っ込んでいる。

やっとのことで選挙報道が始まり、真琴は両手を合わせてインターネット中継にかじりついた。しかし、一人、また一人と同じ選挙区の当選者の名前がわかる度《たび》に、真琴は背筋が凍る思いがした。

（駄目だ、見てられない……！）

さっさと自分の部屋に帰ることにした央介は、正解だったのかもしれない。事務所にいるのに歩きまわってモニターを視界に入れずにいたり、はたまた座ってみたら目を瞑《つむ》り込んで神棚《かみだな》に祈ったりと、真琴は一人で忙しかった。

「――出た、出た出た！　央介先生、当選したよ！」

まず佳代が声を上げてくれて、真琴はやっと目を開けた。本当だ。見間違いじゃなかった。確かに当選報道が出ている。

「やった！　央介先生、誰か起こしてきて！」

「早く、早く！」

「……って、いない!?　あの央介先生、こんな大事な夜にどこ行ったんだ！」

事務所のあるアパートが、その夜は大騒ぎとなった。央介の不在が発覚して近所を探しまわっていると、ようやく央介がひょっこり事務所へ帰ってきた。その胸には、なぜか犬が抱えられている。

「皆さんすみません、心配おかけしました。実はちょっと急に思いついたことがあって、町を歩いてみていたんです」

呑気に笑って、央介が頭を下げる。

「こ、こんな大事な時になにやってるんですか、央介先生……！」

仲間たちを代表して真琴が詰め寄ると、央介の懐《ふところ》から犬がすり抜けた。犬は、事務所の隅で小さく座っている――芽衣子の父親の膝へと駆け寄った。

「……え、小太郎⁉」

「見つかったの……⁉」

見慣れない犬の登場に、あっという間に小さな騒ぎが起きる。芽衣子が慌てて立ち上がり、まわりの人たちに頭を下げた。

「すみません、この子、迷子になってたうちの犬なんです。ああ、どうしよう。生きててくれたのね。もう駄目だと思ってたのに……！」

祝賀ムードを他所《よそ》に芽衣子がわっと泣き出し、事情を知っている同級生たちが慰め始めた。その隣で、芽衣子の父親がすっかり痩せた老犬を嬉しそうに抱いている。

「そうかよ……。おまえ、おれに会いにここまで来てくれたんだな……」

「もう、お父さんったら、都合のいいこと言わないでよ……」

泣き崩れている芽衣子の父親への突っ込みは、力がなかった。芽衣子たち父子の様子を見て、真琴は央介に耳打ちした。

「お、央介先生……。どうしてあの子を見つけられたんですか？」

するとと、央介がそっとこう答えた。

「僕がこの事務所に戻った日、きみが芽衣子ちゃんのお父さんと会ったことを教えてくれたでしょう？　お父さんが住んでる前の慣れた家が近いなら、もしかしてその辺りで家に帰ろうと思って迷ってるんじゃないかなと思ったんだ。選挙運動で歩きまわってる時も気にかけてたんだけど、見つかってよかったよ」

選挙期間が終わったと思ったら、……途端にまたこれか。らしいといえば央介らしくて、真琴は目尻の涙を拭《ぬぐ》った。

「……央介先生、当選しましたよ。おめでとうございます。あなたの四年間がみんなに評価されたんです」

「また新しい四年間の始まりだけどね。……でも、光栄なことです」

二人でそっと話せたのは、そこまでだった。我に返って央介にお祝いを言う人に揉《も》みくちゃにされ、またしても事務所は大騒ぎになった。

必勝祈願の達磨《だるま》に目を入れ、何度もみんなで当選結果を喜び合った。

――幸居央介が二期目に挑んだ選挙結果は、最終得票数は三千票に届きそうだった。前回よりも得票数も順位も伸びて、入院中の島原夫妻も大いに喜んだのだった。

当選証書の受け取りも終わったその夜の事務所は、急にがらんと広くなった。誰もいなくなった事務所で、真琴はゆっくりと選挙のあと片付けを始めていた。

思い返せば、一年ちょっと前にこの事務所で雇われてから、いろいろなことがあった。最初はわけもわからず、ここでどんな仕事をするのかもわからずにこの事務所に来た。けれど、幸居事務所で地元に足をつけて動きまわるうちに、少しずつ、自分と自分の人生とが、世の中から孤立してそこにあるわけではないことがわかってきた。

今まで知らなかった世の中の誰も彼もの人生が、地続きに自分の人生と繋《つな》がっている。今は、そのことがよくわかった。

「えへへへ。殊勝《しゅしょう》なことを思いますねえ。まあ、その感じがお姉さんらしいということなんでしょうねえ」

「姉ちゃん！　ほら、おれたちも酒でも飲もうぜ。ずっと断酒してたんだから、今夜くらいいいいじゃねえか」

「お酒に逃げるのが得意技だった時もあったのに、よくここまで我慢したわねえ」

三面大猫天にお尻を押され、真琴は、密かに続けてきた禁酒を解禁することにした。

「お神酒《みき》じゃなくて悪いけど。じゃあ、みんなで飲もうか」

「そうこなくちゃ！」

「朝まで付き合うわよ」

「飲んで飲んで飲みまくりましょう」

あの夜のようにコンビニで山ほど酒や肴《さかな》を買い込んで、真琴と猫天様たちは、事務所の隣の空《あ》き部屋で小さな宴会を繰り広げた。食べて飲んで騒いで、尽きないお喋《しゃべ》りをしているうちに、やっぱり眠れないのか、央介も現れた。

「話し声がすると思ったら、みんなまだ飲んでたんだ。お邪魔していいかい」

央介の顔を見て、ミケさんが図々《ずうずう》しい甘ったれ顔でニヤニヤ笑った。

「いいですけどぉ、手土産《てみやげ》はあるんでしょうね？」

「もちろんです」

ミケさんに負けない恵比須顔《えびすがお》で央介が微笑《ほほえ》み、お中元《ちゅうげん》やお歳暮《せいぼ》らしい立派な箱入りのご馳走や、高級そうな銘酒《めいしゅ》の瓶《びん》を並べた。

「おっ！　さすが、人の心ってもんをわかってますねえ、央介先生は」

「実家で押しつけられたんだよ。うちの母親一人じゃとっても処理しきれないって。捨てるくらいならみんなで食べてくれってさ」

「そういうことなら任せなさい。残り物には福があると言いますからねえ」

嬉しそうにミケさんたちが張り切って包装をびりびり破り、猫天様と真琴たちはありがたく酒盛りの飛び入り参加を迎えた。少し酒が進むと、あらたまって央介が言った。

「真琴ちゃん、それから、ドラさん、シロさん、ミケさんも。今回は本当にお世話になりました。僕のせいで、みんなにさんざん迷惑をかけてしまって本当に申し訳なかった」

深々と頭を下げた央介に、真琴たちは目を見合わせた。

「おやおや、央介先生ったらそんな」鷹揚《おうよう》に言ったあとで、ミケさんの目がきらりと光った。「ごめんで済んだら警察は要らないんですよぉ。本当に悪いと思ってるなら、言葉ではなく行動で示してくださいね」

「わかってますとも。なんなりとお申しつけください」

央介が素直に頷《うなず》くと、ミケさんは満足げにドラさんやシロさんと目を合わせた。

「いい心意気です。ではね、あなたのような方が今後も末永くこの町のために努めることをぼくらは所望《しょもう》します」

「だなぁ。央介先生には、町の名物先生になってもらわなくっちゃ」

「お嬢さんと一緒にこれからも頑張りなさいな、央介先生。——それでいいわね？　お嬢さんも」

シロさんに訊かれ、真琴は苦笑して頷いた。

「ええ、はい。あたしも構いません」

赤ら顔の真琴が頷くと、嬉しそうに央介も微笑んだ。

「よかった。必ず約束するよ、真琴ちゃん。それに、みんなにも」

最後に現れたくせに、酒に弱いらしい央介は一番に潰れた。疲れ果ててぐうぐう寝ている央介の顔に、シロさんがありがたくない猫顔の落書きを始めた。

「うふふふ、ポスターなら落書きは逮捕案件だけれど、本人なら大丈夫だなんて、人の世の法律もおかしなものねえ」

「いや、シロさん、人の顔に落書きも通報されたら罪になるから！」

「ガハハハ！　いいじゃねえか、今夜くらい。央介先生だって許してくれるって」

日本酒をぺろぺろと舌先で舐《な》めていたミケさんが、ずいぶんと陽気になって猫パンチでぶんぶん真琴の頰《ほお》を叩《はた》いた。

「はい、はい、はい！　じゃあここで、ぼくからお姉さんへ質問です。この幸居事務所に雇われて一番心に残ってることはなんですかぁ～？」

「決まってるわよぉ、央介先生が選挙を目前にして逃亡しやがったこと！」

「ガハハハ！　央介先生が戻ってきた日に思いっきりビンタしてたら、島原御大《おんたい》に付き添ってふらふらだった央介先生は今頃うっかり病院送りだったかもなあ。思い止《とど》まってよかったぜ、本当にさ」

「未来を視通《みとお》すわたくしの目には、傷害容疑で聴取を受けてるあなたが視えたわよ」

「ええ〜⁉　本当にぃ？」

「えへへへ、信じるか信じないかはあなた次第ってやつですよぉ」

「だけど、おれが心残りなのは、姉ちゃんが議員に立候補しなかったことだなあ。見てみたかったぜ、姉ちゃんの立派な政治家姿をさ」

「無理だってば。あたし、そういうの、苦手だもん」

「だけど、町に立って頑張ってマイクを持ってたじゃないですか」

「無我夢中だったたし、みんながついててくれたからできたの！　一人じゃ絶対無理。もう一回やれって言われたって、できっこないよ」

ちょっと冷静になって思い出すと、顔から火が出そうになった。思わずぐいぐいアルコールを呷《あお》って気恥ずかしさを喉《のど》の奥へ押し流すと、真琴は頬を押さえた。

「……だけど、あたしにできることは全部やったとは思うよ」そう言ってから、真琴はふと猫たちを見つめた。「ねえ、みんな。未来が視えるなら、島原さんのことも本当に視える？　ミケさん……、あの時の予言は本当だったの？」

少し緊張した真琴を見て、しかし、ミケさんは質問の深刻さに似合わないふてぶてしい笑顔になった。

「ええ～？　それ、訊いちゃいます？」

「えっ……？　ど、どういうこと？」

　真琴がおろおろと目を丸くしていると、ドラさんが額に手を当てた。

「あーあー、嬢ちゃんはすっかりミケさんに謀《たばか》られちまったなあ」

「長いこと一緒にやってるけど、ミケさんは本当にえげつない神様よねえ」

　シロさんも、くすくす笑っている。すると、ミケさんが勿体《もったい》つけて口を開いた。

「じゃあ、種明かしを披露しましょう。えへへへ。ぼくらみたいな長い寿命《じゅみょう》を持っている土地神から見たら、人間なんて今日生まれて明日死ぬようなもの。ぼくの感覚では、あなたにも近々死期が迫ってますよぉ～。そうですね、七十年後くらいに！」

「は……!?」ミケさんのいかにもらしいふてぶてしい笑顔に、真琴は顎《あご》を落とした。「な、な、なんて、嘘を……！」

「嘘じゃありませぇん、本当のことでぇす。……ま、あのお節介《せっかい》老人が倒れることくらいは視えましたからね。お嬢さんが心の準備をして、さらに本気で頑張れるように教えておいたというのが実際のところです。どうです？　ぼくのおかげでとっても頑張れたでしょう？」

「……もう、ミケさんったら！」

真琴は頬を膨《ふく》らませた。まったく、なんていう神様だろう。……でも、今は怒るよりも先に力が抜けてしまった。そうか……、島原はまだまだ死なないのか。

「うふふふ、怒るよりも嬉しそうね？　お嬢さんは」

「まあ、あの爺《じい》さん、お姉さんにはずいぶん世話になったもんなあ」

「ほらほら、お姉さん、飲んでくださいな。央介先生が持ってきてくれた銘酒はまだまだ尽きませんよ。ぼくらで処理してあげないと、央介先生のご母堂《ぼどう》が困ります」

「もう、央介先生は本当にしょうがないなあ」

勧められるままに酒を飲んでつまみを食べて、猫天様たちと喋っているうちに、真琴はうつろになりつつある目を上げた。

「……ねえ、あたし、みんなの代わりに少しは役に立てた？　地域の人の役に立てたかな？」

真琴がふとぽつりと訊くと、猫天様はそれぞれ顔を見合わせた。

「ガハハ……。そうさなあ。おれたちゃ、この浮き世を気の遠くなるほど長く長ぁく眺めてきたけどよ。姉ちゃんはずいぶん頑張ってくれたと思うぜ、この土地のためによ。そしてさ、姉ちゃんのような人が一人ずつでも増えてくれりゃ、浮き世ってのはだんだんよくなっていくのさ。たとえ気の長い年月がかかったとしてもな」

「浮き世なんていうと途轍《とてつ》もなく大きくて広いものに感じられてしまうけど、本当はお嬢さんみたいな人間が一人一人が生きている世のことを言うのよね。うふふふ。あっという間の一年だったけど、わたくしたちもお嬢さんと一緒にすごせてとても楽しかったわ」

「えへへへ、ぼくらにうっかり手を合わせてくれる方なんて滅多《めった》にいないんですけどねえ。でも、お姉さんのような人と出会えるから、やめられないんです。こうして、ゆるキャラ像に憑《つ》く付喪神《つくもがみ》になっても、土地神業《ぎょう》がね」

「だけどよ。……姉ちゃん、出会ったあの頃よりもずっといい顔してるぜ。地域の人らの役に立つ以上に、おめえさん自身の役には立てたんじゃねえかい。な、そうだろう？」

猫天様たちに言われ、真琴はアルコールでふやけた頰を綻《ほころ》ばせた。すっかり泥酔《でいすい》し、頭と体が重くなっている。

「そうだね……、そうみたい。あたし、この仕事をしてみて、やっと自分ってものが見えてきたみたい。地域の人たちの暮らしを知るって、大変なこともあるけど、凄《すご》く面白くて楽しくて」

地に足を着けるというのが、どんなに人を助けるか、……今の真琴にはとてもよくわかった。ふと壁の時計を見上げれば、もう深夜だった。連日の選挙運動疲れで、うつらうつらとなりながら、それでも真琴は続けた。

「……あなたたちに勧められて、この事務所に来て本当によかったよ。あたし、自分がこんなに頑張れる奴だって、今まで知らなかった……。大変だったけど、……楽しかった。こんな風に思えたのって、たぶん、人生で、初めて……」

ほとんど、真琴は眠りに落ちかけていた。真琴の疲れた背中を、猫たちの優しい手が撫《な》でてくれていた。

「えへへへ。初めて会った時にはこの世の終わりみたいな顔をしていたのに、今はすっかりいい顔になりました。右肩上がりにはいかないのが人の世の常ですが、あなたなら大丈夫ですよ。あなたという人間をこの上なく幸せにするという御役目も、お姉さんならきっといつか果たせます。ぼくらは、その日を楽しみに待っておりますよ。ずっと、この町の、あなたのそばで……」

――朝になって目を覚ますと、三面大猫天の姿はどこにもなかった。部屋には、彼らと一緒に飲み明かした空《から》のコップが並んでいるだけだった。

なんとなく、予感はあった。今度こそ、本当に別れが来たのだ。

真琴は、また空き部屋となってしまった空間を見渡した。央介の寝息が、主のいなくなった部屋に静かに響いている。コップや酒瓶《さかびん》を片づけていると、ふと央介が顔を上げた。

「……真琴ちゃん？」寝惚《ねぼ》けまなこを擦って、央介が眩《まぶ》しそうに窓を眺めている。「おはよう、ごめん、俺寝落ちしてたんだ」

「ええ、はい、早々に」

苦笑して、真琴は央介に冷たい水を渡した。ごくごく飲んでいる顔からは、昨夜猫天様に描かれたありがたくない落書きは消えていた。真琴は央介の向かいに座ると、少し寂しく彼の寝惚け顔を見た。

「あれ……？　俺ら、二人で飲んでたんだっけ？　確か、昨夜はもう少しいたような……」

首を傾《かし》げている央介に、真琴は微笑《ほほえ》んで頷《うなず》いた。

「二人ですよ、幸居事務所は。少々こぢんまりとしてますが、地元で活動するには充分すぎるんじゃないでしょうかね。さあ、事務所に戻りましょう。あっちも、選挙の後始末をしないとね」

事務所の掃除《そうじ》が終わり、これからの平常運転への準備が整うと、もう夜になっていた。真琴は、一人そっとアパートを抜け出して町を歩いてまわった。

もう会えないのは、わかっていた。それでも、猫天様たちとの思い出を探して、町を歩くのをやめられなかったのだ。

（あのポスター、前は大地君たちに落書きされちゃってたんだよね。商店街に、それからあっちには冴島さんのお祖母《ばあ》さんの家があって……）

町を一人で歩いて、どれだけ時間が経っただろうか？

ふいに、さり気なく、ふくらはぎの辺りに温もりが通り抜けていった。いつかの夜も感じた、さっと撫でるような心地よい感覚……。

どきっとして振り返ると、それは、確かに猫の後ろ姿だった。しかし、ドラさんでもシロさんでもミケさんでもない。それでも真琴は、猫の背を追ってゆっくりと歩き始めた。

猫の背中に導かれて辿《たど》り着いた先は、幸居事務所のある島原のアパートだった。まるで、そこが今の真琴の居場所だと示すように――。

（そう……、そうだよね）

猫天様たちに背中を押された気がして、真琴は大切な場所になったアパートに帰った。

選挙が終わってしばらく経つと、幸居事務所はいつも通りの毎日に戻っていた。

気がつけば桜もほとんど散って、町は次の季節への準備を始めている。

ふと空を見上げると、風はもう夏の気配を乗せていた。新緑が芽吹《めぶ》き、暑い季節がまた町にめぐってくる。そして——やっと大地に根づき始めた真琴の人生も、ずっとずっとこの町で巡っていくのだ。

するといつものように開きっ放しの玄関に、新たな訪問者が立った。

「あのう、央介先生はいらっしゃいますか？　噂《うわさ》を聞いて、地域のことで陳情《ちんじょう》に来たんですけど——」

参考文献

「ＯＬ辞めて選挙に出ました　―みんな知らない選挙&政治劇場」　えびさわけいこ　主婦の友社
「市議会議員に転職しました　ビジネスマンが地方政治を変える」　伊藤大貴　遠藤ちひろ　小学館
「ビジネスマンよ　議員をめざせ！　―セカンドキャリアのすすめ」　鈴木たつお　新倉貴士　日本地域社会研究所
「国会女子の忖度日記　議員秘書は、今日もイバラの道をゆく」　神澤志万　徳間書店
「地方議員」　佐々木信夫　ＰＨＰ新書
「地方議員は必要か　３万２千人の大アンケート」　ＮＨＫスペシャル取材班　文藝春秋
「自治体議員の政策づくり入門　―「政策に強い議会」をつくる―」　礒崎初仁　イマジン出版
「市民と議員のための自治体財政　これでわかる基本と勘どころ」　森裕之　自治体研究社

謝辞

取材に当たり、たくさんの方々にお世話になりました。お話を伺わせていただきました議員の皆様、そして、関係者の皆様に、この場を借りて心から御礼を申し上げます。

※この作品はフィクションです。実在の人物・団体・事件などにはいっさい関係ありません。

集英社オレンジ文庫をお買い上げいただき、ありがとうございます。
ご意見・ご感想をお待ちしております。

● あて先
〒101-8050　東京都千代田区一ツ橋2-5-10
集英社オレンジ文庫編集部 気付
せひらあやみ先生

央介先生、陳情です！

かけだし議員秘書、真琴のお仕事録

集英社
オレンジ文庫

2023年9月24日　第1刷発行

著　者　せひらあやみ
発行者　今井孝昭
発行所　株式会社集英社
〒101-8050東京都千代田区一ツ橋2-5-10
電話【編集部】03-3230-6352
【読者係】03-3230-6080
【販売部】03-3230-6393（書店専用）
印刷所　株式会社美松堂／中央精版印刷株式会社

ISBN 978-4-08-680520-9 C0193

集英社オレンジ文庫

せひらあやみの本

お仕事エンタメからファンタジーまで幅広く!

双子騎士物語

四《しの》花《はな》雨《さめ》と飛竜舞う空

大悪魔に故郷も家族も自分の顔さえも奪われた少女騎士フィア。
双子の兄が受継ぐはずだった竜骨剣を背に、大悪魔討伐のため、
そして自分自身を取り戻すために夏追いの旅に出る——!

虹を蹴る

天才肌のスタンドオフ・逸哉と人知れず努力を重ねるウィング・龍之介。
そして、倒れた母に代わり、弱小ラグビー部の寮母となった瑞希。
ラグビーへの想いが、前に進むことを躊躇っていた三人を変えていき——?

魔女の魔法雑貨店　黒猫屋

猫《ぼく》が導く迷い客の一週間

もやもやを抱える人の前にふと現れる「魔女の魔法雑貨店　黒猫屋」。
店主の魔女・淑子さんは町で評判の魔女だ。
そんな彼女が悩めるお客様に授けるふしぎな魔法とは…?

建築学科のけしからん先生、天《てん》明《みょう》屋《や》空《たか》将《と》の事件簿

建築学科的ストーカー騒動、愛する『彼女』誘拐事件、
パクリ疑惑…天才的建築家ながら大学講師として緩々暮らす
天明屋空将が、事件の謎を解く!

好評発売中

【電子書籍版も配信中　詳しくはこちら→http://ebooks.shueisha.co.jp/orange/】